D0907746

COLLECTION FOLIO

Jack Kerouac

Les clochards célestes

Traduit de l'anglais par Marc Saporta

Gallimard

Titre original :

THE DHARMS BUMS

ISBN 2-07-036565-4

Jack Kerouac est né en 1922 à Lowell, Massachusetts, dans une famille d'origine canadienne-française.

Étudiant à Columbia, marin durant la Seconde Guerre mondiale, il rencontre à New York, en 1944, William Burroughs et Allen Ginsberg, avec lesquels il mène une vie de bohème à Greenwich Village. Nuits sans sommeil, alcool et drogues, sexe et homosexualité, délires poétiques et jazz bop ou cool, vagabondages sans argent à travers les États-Unis, de New York à San Francisco, de Denver à La Nouvelle-Orléans, et jusqu'à Mexico, vie collective trépidante ou quête solitaire aux lisières de la folie ou de la sagesse, révolte mystique et recherche du *satori* sont quelques-unes des caractéristiques de ce mode de vie qui est un défi à l'Amérique conformiste et bien-pensante.

Après son premier livre, *The Town and the City*, qui paraît en 1950, il met au point une technique nouvelle, très spontanée, à laquelle on a donné le nom de « littérature de l'instant » et qui aboutira à la publication de *Sur la route* en 1957, centré sur le personnage obscur et fascinant de Dean Moriarty (Neal Cassady). Il est alors considéré comme le chef de file de la *beat generation*. Après un voyage à Tanger, Paris et Londres, il s'installe avec sa mère à Long Island puis en Floride, et publie, entre autres, *Les Souterrains*, *Les clochards célestes*, *Le vagabond solitaire*, *Anges de la Désolation* et *Big Sur*.

Miné par la solitude et l'alcool, Jack Kerouac est mort en 1969, à l'âge de quarante-sept ans.

A Han Shan

I

Sans bourse délier, je quittai Los Angeles sur le coup de midi, caché dans un train de marchandises, par une belle journée de la fin septembre 1955. Étendu sur une plate-forme roulante, mon sac sous la nuque, les genoux croisés haut, je me laissai absorber par la contemplation des nuages tandis que le convoi roulait vers le nord. L'omnibus qui m'emportait me permettrait d'arriver avant la nuit à Santa Barbara où je me proposais de dormir sur la plage. Le lendemain matin, un autre omnibus m'emmènerait jusqu'à San Luis Obispo, ou bien le rapide de marchandises me déposerait à San Francisco à sept heures du soir. Quelque part du côté de Camarillo, où Charlie Parker était allé se reposer après être devenu dingue et où il avait retrouvé la raison, un vieux clochard rabougri grimpa sur la plate-forme juste au moment où notre convoi se rangeait sur une voie de garage pour laisser passer un autre train. Le petit homme parut surpris de me voir mais il alla s'installer dans un coin, à l'autre bout du wagon. Là, il s'étendit de tout son long, en me regardant sans rien dire, la tête posée sur son misérable balluchon. La locomotive siffla plusieurs fois de toute sa vapeur après le passage du grand train de marchandises, lancé vers l'Est en ouragan, sur la voie principale, et nous repartîmes. L'air devenait plus frais et la mer nous envoyait déjà des souffles de brume par-dessus les chaudes vallées de la côte. Le petit vieux et moi tentions inutilement de nous blottir contre l'acier froid de notre véhicule; il fallut nous lever et marcher de long en large pour nous réchauffer. Chacun dans notre coin, nous sautions sur place en battant des bras, mais très vite, le train se rangea de nouveau sur une autre voie de garage, à proximité d'une petite station et je jugeai qu'un litron de rouge me serait indispensable pour gagner Santa Barbara. « Pouvez-vous garder mon sac pendant que je vais acheter une bouteille de vin?

— Pour sûr. »

Je sautai par-dessus le rebord du wagon et traversai au pas de course la grand-route 101. Dans une boutique, j'achetai le vin, un peu de pain et des sucreries. Je regagnai à toutes jambes mon train de marchandises qui baignait maintenant dans une grande flaque de soleil chaud où nous passâmes encore un quart d'heure avant de repartir. Mais le soir tombait déjà et le temps commencerait bientôt à fraîchir. Le petit vieux était assis en tailleur dans un coin, devant le maigre contenu d'une boîte de sardines qui composait tout le menu de son dîner. Il faisait vraiment pitié. Je me rapprochai donc pour lui demander : « Vous ne voulez pas un peu de vin ? Ça vous réchauffera. Peut-être bien que vous mangerez aussi un peu de pain et de fromage avec vos sardines ?

— Pour sûr. » On aurait dit qu'il tirait chaque son des profondeurs de son corps. Il avait une petite voix grêle qui semblait sortir d'une boîte à musique, comme celle d'un homme mal assuré ou qui n'ose pas élever le ton. J'avais acheté le fromage trois jours plus tôt, à Mexico, avant d'entreprendre le long voyage de trois mille kilomètres, jusqu'à la frontière américaine, dans des autocars peu dispendieux, qui allaient me ramener à El Paso par Zacatecas, Durango et Chihuahua. Il mangea le pain et le fromage, en buvant du vin, avec plaisir et gratitude. J'étais content. Je me rappelais le passage du *Sutra de Diamant* où il est dit : « Fais la charité sans aucune arrière-pensée charitable, car la charité n'est qu'un mot. » J'étais très pratiquant, à cette époque-là, et remplissais mes devoirs religieux avec une rigueur proche de la perfection. Depuis lors, je suis devenu un peu hypocrite quant à la dévotion, un peu désabusé et cynique. Je me sens vieilli et indifférent... mais en ce temps-là je croyais vraiment à l'existence de la charité, de la bonté, de l'humilité, de la ferveur, du détachement qui procure la paix, de la sagesse, de l'extase, et je me croyais un vieux bhikkhu des anciens temps sous ma défroque moderne, errant de par le monde (généralement à l'intérieur du vaste triangle délimité par New York, San Francisco et Mexico), afin de tourner la roue de la Véritable Signification, ou du Dharma, pour accumuler les mérites qui feraient de moi un futur Bouddha (Instrument du Réveil) et un futur héros du paradis. Je ne connaissais pas encore Japhy Ryder que j'allais rencontrer la semaine suivante et ignorais tout des « clochards célestes » alors que j'en étais un moi-même, dans toute l'acception du terme, et me considérais comme un pèlerin errant. Le petit vieux du train renforça toutes mes croyances lorsque la boisson l'eut rendu loquace et qu'il fit jaillir de je ne sais où un bout de papier où l'on pouvait lire une prière de sainte Thésèse : elle y annonçait qu'après sa mort, elle reviendrait ici-bas, sous la forme d'une pluie de roses éternelle, arrosant du haut du ciel toutes les créatures vivantes. Je demandai au petit vieux :

« Où avez-vous eu ça?

— Oh! je l'ai découpé dans un magazine de la salle d'attente, à Los Angeles, il y a bien deux ans. Je l'emporte toujours avec moi.

— Et vous le lisez en brûlant le dur, comme ça, dans des fourgons?

— Presque tous les jours. » Il n'en dit pas beaucoup plus long et ne commenta pas davantage la prière de sainte Thérèse. Il se montra très discret sur sa religion et sur sa vie privée. C'était l'un de ces vieux clochards rabougris et tranquilles qui n'attirent pas beaucoup l'attention — pas plus dans les bas-fonds que dans les beaux quartiers. Si un flic leur dit de circuler, ils obtempèrent et disparaissent, et si les gardiens de nuit font une ronde dans les entrepôts d'une grande gare au moment où un train de marchandises s'ébranle, il y a des chances pour qu'ils ne voient guère l'un de ces petits vieux cachés parmi les buissons et sautant d'un bond dans l'ombre d'un wagon. Quand je lui dis que je pensais me glisser dans le rapide, la nuit suivante, il demanda : « Vous voulez dire le Fantôme de minuit?

— C'est comme ça que vous appelez le *Zipper ?*

— Sûr que vous avez travaillé dans ce train?

— Oui, j'étais serre-freins sur le réseau de la Sud-Pacifique.

— Eh bien, nous autres, clochards, on l'appelle le Fantôme de minuit, parce qu'on peut sauter dedans à Los Angeles et se retrouver le lendemain matin à San Francisco sans que personne ne vous ait aperçu tant ce machin va vite.

— Cent vingt-cinq à l'heure dans les lignes droites, vieux père.

— Sûr ; et même qu'il fait drôlement froid, la nuit, à cette allure-là, quand on remonte le long de la côte vers Gavioty avant de contourner le Surf.

— Et après le Surf, il redescend par la montagne jusqu'à Margarita.

— C'est ça, après on arrive à Margarity... je ne sais même plus combien de fois j'ai fait le trajet sur ce train-là.

— Ça fait combien de temps que vous n'êtes pas rentré chez vous ?

— Trop longtemps pour que je me rappelle. C'est de l'Ohio que je viens. »

Mais le train repartait et le vent redevint froid. Il y avait de nouveau de la brume. Pendant une heure et demie environ notre seul souci fut de maîtriser nos frissons et le tremblement bruyant de nos mâchoires. Je me recueillis dans mon coin pour méditer sur la chaleur, la grande chaleur divine, ce qui m'aidait à lutter contre le froid. Puis je me remis debout pour battre des bras et trépigner tout mon soûl en chantant à tue-tête. Mais le petit vieux avait plus d'endurance que moi. Il resta étendu, à ruminer ses pensées avec une moue amère et désabusée. Je claquais des dents et mes lèvres étaient bleues. Dans le noir, nous aperçûmes avec soulagement se dessiner les contours des montagnes de Santa Barbara ; peu après, le train s'arrêta. Nous pûmes enfin nous réchauffer dans la nuit chaude et étoilée qui enveloppait maintenant la voie.

Je souhaitai bonne chance au petit vieux de sainte Thérèse et nous sautâmes à bas du wagon devant le passage à niveau. Je m'en allai vers la plage, où je pensais dormir sous mes couvertures, dans un endroit écarté, au pied de la falaise ; les flics ne m'y découvriraient pas pour m'en déloger.

Je fis cuire des saucisses sur des bâtonnets que je venais de tailler après avoir allumé un feu de bois dans un trou. Une boîte de haricots et une boîte de macaronis au fromage furent vite chaudes sur les braises rouges. Je bus le vin que je venais d'acheter et me réjouis de passer là l'une des plus belles nuits de ma vie. Je pataugeai dans l'eau et divaguai un peu puis je restai en contemplation devant le somptueux ciel nocturne : c'était l'univers aux dix merveilles d'Avalokitesvara, fait d'ombre et de diamants. « Et voilà, Ray, me disais-je à moi-même, il ne te reste plus que quelques kilomètres à franchir. Tu t'en es bien tiré, une fois de plus. » J'étais pleinement heureux, vêtu de mon seul caleçon de bain, pieds nus, les cheveux en broussaille, dans la lueur rouge du feu, chantant, buvant du vin, crachant, sautant, courant et pensant que c'était ça, la belle vie. Seul et libre dans le sable tendre de la plage, écoutant les soupirs de la mer tandis que les étoiles se reflétaient dans les eaux fluides de la passe extérieure, attirantes comme autant de sexes chauds et vierges sur le ventre des eaux (Ma-Wink). Les boîtes de conserves étaient chauffées au rouge et pour les tenir il me fallut mettre mes bons vieux gros gants de cheminot. Je laissai mon dîner refroidir un peu, tout en savourant une gorgée de vin et quelques pensées encore. Puis je m'assis en tailleur dans le sable et examinai ma vie : j'étais là, mais pourquoi ne pas être ailleurs ? Qu'allait-il m'arriver les jours prochains ? Mais le vin commençait à agir sur mes papilles gustatives et bientôt il me fallut attaquer mes saucisses que j'entamai à belles dents en me servant du bâtonnet-broche comme de fourchette, miam miam, avant de puiser dans les deux appétissantes boîtes de conserves avec ma vieille cuillère d'ordonnance qui ramenait du fond des récipients de savoureux morceaux de porc accompagnés de haricots ou des macaronis dégouttant de sauce brûlante avec un peu de sable de temps à autre. « Combien y a-t-il de grains de sable sur cette plage ? me demandai-je. Autant que d'étoiles au ciel (miam miam). Et combien d'êtres humains sont-ils passés par ici — combien d'êtres vivants plutôt — depuis que s'est écoulée *la plus petite* fraction du temps qui n'a jamais eu de commencement. Aïe, aïe, il faudrait calculer le nombre de grains de sable sur cette plage et multiplier le total par le nombre des étoiles dans chacun des dix mille grands chiliocosmes, ce que ne pourraient faire ni les machines électroniques d'I. B. M. ni celles de Burroughs, de sorte que je ne connais pas la réponse à ma question (un coup de rouge). Je ne la connais pas mais ça doit bien faire deux fois plus de douzaines de trillions de sextillions de fois le nombre des incroyablement innombrables nuages de roses que la douce sainte Thérèse et le charmant petit vieux sont en train de faire pleuvoir en ce moment sur vos têtes avec des lis. »

Puis, le repas terminé, essuyant mes lèvres avec mon foulard rouge, je lavai ma vaisselle dans l'eau salée, fis voler quelques mottes de sable à coups de pied, errai aux alentours, essuyai mes ustensiles, les rangeai, fourrai ma vieille cuillère dans mon sac gluant de saleté après ce long voyage et me roulai en boule dans ma couverture pour goûter un repos bien gagné. Je ne m'en éveillai pas moins au milieu de la nuit : « Ouiche, voilà bien l'éternel jeu de basket-ball que les Danaïdes sont en train de jouer avec le panier percé de mon existence dans la vieille maison qu'est ma vie! La maison est-elle la proie des flammes? » Non, c'est seulement le chœur des vagues qui se chevauchent au pied de ma couche et se rapprochent, de plus en plus hautes, de ma couverture. « Où suis-je? Je me sens plus vieux et plus dur qu'une coquille d'huître. » Et je me rendormis et rêvai que, dans mon sommeil, je dévorais trois grands sandwiches d'air-frais... « Ah! pauvre esprit de l'homme, solitaire esseulé sur la plage tandis que Dieu lui adresse un sourire significatif », pensai-je. Et je rêvai de ma maison natale abandonnée depuis si longtemps, là-bas en Nouvelle-Angleterre, tandis que mes jouets d'enfant tentaient de me rejoindre, tout au long de la route de plusieurs milliers de kilomètres qui s'enfonçait à travers l'Amérique ; et ma mère s'avançait vers moi, sac au dos (mon père, lui, courait en vain derrière quelque train éphémère). Voilà ce que je rêvai, et je m'éveillai dans l'aube grise que je découvris en ouvrant les yeux et humai ; et l'horizon changea comme si un machiniste s'était dépêché de remettre en place un décor pour me faire croire à sa réalité. Puis je me rendormis en me disant une fois de plus : « Tout est pareil à tout » ; et je m'entendis le dire dans le vide que j'embrassai étroitement en dormant.

2

Le petit vieux de sainte Thérèse fut le premier vrai représentant des « clochards célestes » que je rencontrai. Le second, Japhy Ryder, fut le plus important d'entre eux. Ce fut même lui qui imagina de donner ce nom aux membres de la corporation. Japhy Ryder était un garçon de l'Oregon oriental, élevé dans une cabane perdue au fond des bois, avec son père, sa mère et sa sœur ; il avait toujours vécu en forestier, la hache sur l'épaule, en terrien profondément intéressé par les animaux et les traditions indiennes, de sorte qu'en se retrouvant, par un curieux concours de circonstances, sur les bancs de l'université, il était tout prêt à se spécialiser dans l'anthropologie et la mythologie indiennes. Finalement, il apprit le chinois et le japonais, devint un orientaliste érudit et découvrit l'existence des plus grands clochards célestes — les Fous du Zen — en Chine et au Japon. Comme c'était en même temps un vrai garçon du Nord-

Ouest, plein d'idéal, il se passionna pour les mouvements ouvriers anarchisants du début du siècle — comme les syndicats I. W. W. (« Industrial Workers of the World ») — et apprit à jouer de la guitare. Cela lui permit, entre autres, de chanter en s'accompagnant lui-même les vieux hymnes ouvriers qu'il adjoignit à son répertoire de chansons indiennes. Ne s'intéressait-il pas en effet à tous les chants folkloriques en général? La première fois que je le vis, il descendait une rue de San Francisco. Cela se passait la semaine suivante (entre-temps, j'avais fini mon voyage en auto-stop, de Santa Barbara à Frisco, grâce à une randonnée éclair dans une Lincoln Mercury rouge grenat, du dernier modèle, conduite — aussi incroyable que cela paraisse — par une jeune beauté blonde, en tout point délicieuse, vêtue sommairement d'un maillot de bain blanc comme neige dont les deux pièces étaient seulement complétées par un anneau d'or que la mignonne portait à la cheville au-dessus de son pied nu; cette charmante enfant avait besoin de benzédrine pour pouvoir conduire d'une traite jusqu'à San Francisco et elle m'avait traité de cinglé en apprenant que j'en portais dans mon sac). Japhy était donc en train de descendre cette longue rue où passe le curieux funiculaire urbain de San Francisco. Son petit sac à dos était bourré de livres, de brosses à dents, et de je ne sais quoi d'autre encore, le tout constituant son « couche-en-ville »; ce qui ne l'empêchait pas de traîner en outre un grand paquetage avec sac de couchage, poncho et batterie de cuisine. Il portait une barbiche qui, avec ses yeux verts un peu en amande, lui conférait un air vaguement oriental, mais il ne faisait pas penser à un bohémien malgré tout (en fait, il était beaucoup moins un bohémien qu'une sorte d'amateur d'art). Il était maigre, tanné par le soleil, vigoureux et ouvert, plein de faconde joviale, saluant à grands cris les clochards qu'il croisait et répondant aux questions qu'on lui posait avec une vivacité telle qu'on ne savait si c'était instinct ou raison, mais toujours avec brio et esprit.

« Où as-tu pêché Ray Smith ? lui cria-t-on tandis que nous entrions à *The Place*, le bar favori des amateurs de jazz de la Plage.

— Oh ! je rencontre toujours mes Boddhisattvas dans la rue », glapit-il, et il commanda de la bière.

C'était une nuit mémorable, une nuit historique à plus d'un titre. Lui et quelques autres poètes (il écrivait aussi des vers et traduisait des poèmes chinois et japonais en anglais) devaient lire des textes à la Galerie Six, en ville. Ils s'étaient donné rendez-vous au bar pour se mettre en forme. Mais tandis que tous prenaient place ou déambulaient çà et là, je vis qu'il était le seul à ne pas avoir l'air d'un poète — encore qu'il le fût indiscutablement. Les autres étaient des zazous intellectuels, binoclards, avec de longs cheveux noirs comme Alvah Goldbook, ou de jolis poètes délicats et pâles comme Ike

O'Shay (en complet-veston), ou bien même des Italiens de la Renaissance, à l'allure patricienne et loin-du-siècle, comme Francis Da Pavia (qu'on eût pris pour un jeune prêtre), ou encore de vieux ribauds anarchistes à nœud papillon, tout ébouriffés, comme Rheinhold Cacœthes. Il y avait même quelques gras petits pères tranquilles à lorgnon comme Warren Coughlin. Et tous ces futurs génies poétiques étaient là, attifés de diverses façons, avec leurs vestes de velours râpées aux coudes, leurs souliers éculés, leurs bouquins émergeant de leurs poches. Mais Japhy portait des vêtements de travailleur manuel, achetés d'occasion dans une coopérative et qui lui permettaient d'escalader sans souci un sommet, de marcher le long des routes ou de s'asseoir par terre, la nuit devant un feu de camp, au cours de ses randonnées le long de la côte. En fait, dans son drôle de petit sac à dos, il avait aussi un curieux chapeau tyrolien vert qu'il mettait lorsqu'il rencontrait une montagne sur sa route, accompagnant généralement ce geste de quelques ioulements, avant d'entreprendre une escalade de quelques centaines de mètres. Il portait de coûteuses chaussures d'alpiniste qui faisaient sa joie et son orgueil, des godillots de fabrication italienne avec lesquels il écrasait la sciure sur le plancher du bar, comme un bûcheron de légende. Japhy n'était pas grand — à peine un mètre soixante-dix — mais il était fort, sec, nerveux et musclé. Son visage n'était qu'un masque triste et osseux, pourtant ses yeux pétillaient comme ceux des malicieux Sages chinois, au-dessus de son petit bouc, et ôtaient à son beau faciès l'aspect sévère qu'il aurait pu avoir. Dans sa jeunesse, au fond des forêts, il avait dû négliger quelque peu de soigner ses dents et celles-ci étaient peut-être jaunâtres, mais nul ne s'en apercevait lorsqu'il ouvrait la bouche pour s'esclaffer en écoutant une plaisanterie. Parfois il s'immobilisait et regardait fixement le plancher dans l'attitude du paysan en train de tailler un bout de bois avec son couteau. Il n'en était pas moins gai parfois. Il avait écouté avec attention l'anecdote du petit vieux de sainte Thérèse et mes propres histoires : errances dans les bois ou le long des routes, voyages dans des trains de marchandises ou dans des voitures stoppées. Il proclama sur-le-champ que j'étais un grand « Boddhisattva » (ce qui signifie « un grand être sage » ou « un grand ange de sagesse ») et que ma sincérité contribuait à l'ornement de l'univers. Nous avions aussi une dévotion commune pour le même saint bouddhiste : Avalokitesvara, ou, en japonais, Kwannon-aux-onze-têtes. Il connaissait à fond les particularités du bouddhisme au Tibet, en Chine, au Mahayana en Hinayana, au Japon et même en Birmanie, mais je lui fis savoir aussitôt que je me moquais éperdument des particularismes bouddhistes en matière de noms, de mythes ou de folklore. Je m'intéressais seulement à la première des quatre nobles vérités de Sakyamuni : *toute vie est souffrance*, et dans une certaine mesure, à la troisième : *il est possible de parvenir à l'abolition de la souffrance*, sans toutefois y croire absolument (je n'avais pas encore assimilé les Écritures de Lankavatara qui montrent notamment qu'il n'est rien d'autre, au monde, que l'Esprit ; d'où l'on peut déduire que tout est possible y compris l'abolition de la souffrance). Le copain de Japhy était le gros père déjà mentionné, le brave Warren Coughlin qui se présentait sous l'apparence de quatre-vingt-cinq kilos de viande de poète mais qui — d'après ce que Japhy me glissa dans le creux de l'oreille — valait mieux que son apparence.

« Qui est-ce?

— C'est le meilleur ami que j'aie d'ici à l'Oregon. Il y a très longtemps que nous nous connaissons. Au premier abord, on peut le croire lent et stupide, mais c'est en réalité une lumière. Tu verras. Ne le laisse pas te mettre en pièces : il te ferait voler la tête en éclats, mon gars, avec un seul de ses éclairs d'inspiration.

— Pourquoi?

— C'est un grand et mystérieux Boddhisattva. Je pense qu'il est peut-être la réincarnation d'Asagna, le grand érudit Mahayan des anciens temps.

— Et moi, qui suis-je?

— Sais pas. Peut-être le Bouc.

— Le Bouc?

— Peut-être la Boue.

— Qui est la Boue?

— La Boue est celle dont est formée ta tête de Bouc! Que dirais-tu si quelqu'un examinait le point de savoir si un chien peut être Bouddha et répondait « Ouah »?

— Je dirais que c'est un sacré idiot de Bouddhiste Zen! » Cela refroidit un peu Japhy. « Écoute, vieux, lui dis-je, je ne suis pas un Bouddhiste Zen, je suis un Bouddhiste sérieux, un vieux trouillard rêveur hinayaniste, de la dernière période du mahayanisme. » Et nous poursuivîmes notre conversation nocturne sur ce ton. Je tentai de lui montrer que le bouddhisme Zen n'est pas tant porté vers la bonté que vers un brouillage de l'intelligence. Et cela afin de permettre à l'entendement de comprendre que toutes les sources de toutes choses ne sont qu'illusions. « C'est *méchant*, lui dis-je, de la part des grands maîtres Zen, de traîner dans la boue les jeunes gens sous prétexte qu'ils ne peuvent trancher d'idiotes querelles de vocabulaire.

— C'est parce qu'ils veulent leur montrer que la motte de boue vaut mieux que le mot de la bouche, mon gars. » Mais je ne pourrais répéter, même en m'appliquant, les traits d'esprit de Japhy, ses commentaires et ses gloses qui me tinrent sur charbons ardents toute la soirée et finalement troublèrent mes pensées de cristal au point de modifier mes projets d'avenir.

Quoi qu'il en soit, je suivis la meute hurlante

des poètes jusqu'à la Galerie Six où devait avoir lieu la lecture, ce soir-là qui marqua, entre autres choses importantes, la première manifestation de la renaissance poétique de San Francisco. Tout le monde était présent. Ce fut une nuit de folie. Et je fus celui qui prépara, en cette occasion, l'avenir, en faisant circuler la sébile parmi les spectateurs plutôt guindés de la Galerie, après quoi je revins chargé de trois magnums de bourgogne californien, ce qui maintint l'esprit de chacun à un niveau élevé. De telle sorte que vers onze heures, Alvah Goldbook, complètement ivre, put lire ou plutôt vagir son poème *Vagissements*, les bras en croix, devant un public qui scandait : « Al-lez! Al-lez! » comme à un match de football, tandis que Rheinhold Cacœthes, le père de la poésie san-franciscaine, essuyait des larmes de joie.

Japhy lui-même lut un beau poème sur le dieu coyote des Indiens des Hauts-Plateaux de l'Amérique du Nord (à moins que ce ne fût le dieu des Indiens Kwakiutl du Nord-Ouest et *tutti quanti*). « Allez vous faire foutre », chanta le Coyote, « et qu'on ne vous revoie plus », lut Japhy à son public distingué qui hurla de plaisir tant la pureté de l'auteur avait lavé ce « foutre » de toute obscénité. Puis il lut quelques morceaux tendrement lyriques, comme son poème sur les ours grappillant des baies, où il laissait deviner son amour des animaux. Il y eut aussi des textes plus hermétiques, notamment celui qui décrit des bœufs sur une route de Mongolie où se révèle sa profonde connaissance de la littérature orientale — et même d'œuvres aussi difficiles que celles de Hsuan Tsung, ce grand moine chinois qui se rendit à pied de la Chine au Tibet, de Lanchow à Kashgar et à la Mongolie, un bâtonnet d'encens à la main. Il fit aussi la preuve de son sens de l'humour populaire en racontant comment le Coyote apporte des bonbons aux enfants sages, et manifesta ses idées anarchistes sur la façon dont les Américains ratent leur vie, en décrivant les banlieusards pris au piège de leurs living-rooms que meublent les dépouilles de pauvres arbres abattus par la scie mécanique (son passé de bûcheron dans le Nord lui fournissait, sur ce sujet, une copieuse documentation). Sa voix était profonde et sonore, pleine de défi parfois, comme celle des anciens héros et tribuns américains. C'était la voix d'un homme honnête et fort, plein d'espoir dans l'humanité — ce que j'appréciais d'autant plus que les autres poètes étaient soit trop éthérés par souci d'esthétique, soit trop hystériquement cyniques pour offrir quelque promesse d'espoir, ou bien trop abstraits et introvertis, ou trop engagés politiquement, ou encore trop incompréhensibles, comme Coughlin (mais lorsque le gros Coughlin, dissertant au sujet de « démarches obscures », affirma que la révélation était affaire subjective, je reconnus le credo idéaliste et rigoureusement bouddhiste de Japhy, qu'il avait inculqué au brave Coughlin, au cours de leurs années d'intimité à l'université, de même que j'avais moi-même fait part de mes idées à Alvah, — au temps où je vivais encore dans l'Est — à Alvah et à quelques autres moins turbulents peut-être, plus sensés sans doute, mais guère plus compréhensifs ni sensibles).

Pendant tout ce temps, des vingtaines de personnes se pressaient dans la Galerie, plongée dans l'ombre comme un théâtre, l'oreille tendue pour ne rien perdre de cette extraordinaire lecture tandis que je me faufilais entre les groupes, suggérant aux spectateurs de s'enfiler un coup de rouge ou revenais vers la scène pour reprendre ma place d'où je faisais entendre des gloussements approbateurs, voire de longs commentaires, sans y avoir été invité d'ailleurs, ce qui ne suscita pourtant aucune protestation tant était grande l'euphorie générale. C'était vraiment une nuit mémorable. Le délicat Francis Da Pavia s'avança à son tour, tenant dévotement entre ses longs doigts blancs quelques feuillets de papier de soie jaune et rose, et lut quelques poèmes de son défunt pote Altman qui avait bouffé trop de peyotl à Chihuahua avant de passer l'arme à gauche pour cause de polio ; bien qu'il ne récitât aucune de ses propres œuvres, sa lecture constituait une charmante élégie en soi, à la mémoire du jeune poète disparu, capable d'arracher des larmes à Cervantes lui-même malgré son chapitre sept, le tout avec une prononciation si délicatement britannique que j'en pleurais à force de retenir un rire nerveux, ce qui ne m'empêcha pas de concevoir plus tard de l'estime pour Francis quand je le connus un peu mieux.

Parmi les spectateurs, se trouvait Rosie Buchanan, une rousse aux cheveux ras, maigre et belle, une vraie poupée, qui connaissait tous les gens bien sur la Plage — elle avait posé pour plusieurs artistes et écrivait elle-même — ; ce soir-là, elle pétillait littéralement tant elle était folle de mon vieux copain Cody. « Fameux, hein, Rosie? » hurlai-je à son intention. Elle but un coup à la bouteille que je lui tendais et m'adressa un clin d'œil. Cody était juste derrière elle et lui tenait la taille à pleins bras. Parmi les poètes, Rheinhold Cacœthes avec son nœud papillon et son vieux manteau fripé émergea du lot pour faire un petit discours humoristique et annoncer le lecteur suivant, d'une petite voix de fausset, mais il était onze heures et demie, la séance était terminée et il s'essuyait encore les yeux, avec son mouchoir, comme je l'ai dit ; tout le monde s'éparpillait en commentant la soirée avec émerveillement, en discutant de l'avenir de la poésie américaine. Et nous partîmes tous ensemble — les poètes, Cacœthes et moi — dans plusieurs voitures, pour gueuletonner au quartier chinois et faire un vrai dîner chinois, avec baguettes et discussions véhémentes se prolongeant tard dans la nuit, dans l'un de ces grands restaurants chinois de San Francisco où l'on est servi avec libéralité. Nous nous retrouvâmes tous au Nam Yuen, préféré de Japhy, où celui-ci m'apprit à commander un menu chinois, à manger avec des baguettes et me raconta des histoires à n'en plus finir sur les Fous du Zen, en Extrême-Orient. J'étais si excité — il y avait une bouteille de vin sur la table — que je finis par aller demander à un vieux cuisinier, dans le couloir de l'office : « Pourquoi le Bodhidharma est-il venu de l'Ouest ? » (Bodhidharma est l'Indien qui introduisit le bouddhisme en Chine.)

« Je m'en moque », répondit le vieux cuisinier en plissant les yeux, et je répétai sa phrase à Japhy qui dit :

« Excellente réponse, absolument excellente. Maintenant, tu sais ce que signifie le Zen pour moi. »

Il me fallait pourtant en savoir bien davantage, notamment quant à la façon dont Japhy en usait avec les filles, à la mode des Fous du Zen, mais j'eus l'occasion de me documenter directement sur ce point la semaine suivante.

3

A Berkeley, je vivais avec Alvah Goldbook, dans son petit chalet à toit rose, qui donnait sur la cour intérieure d'une grande maison de Milvia Street. Le vieux porche vermoulu, tout de guingois parmi les vignes vierges, abritait un charmant vieux rocking-chair où je m'asseyais pour lire, chaque matin, mon *Sutra de Diamant*. La cour était couverte de plants de tomates mûrissantes et de menthe qui répandaient alentour un parfum envahissant. Il y avait aussi un vieil arbre splendide au pied duquel j'aimais m'asseoir pour méditer dans la nuit fraîche et étoilée de l'automne californien, dont on ne trouve l'équivalent nulle part ailleurs. Nous avions une petite cuisine merveilleuse avec un réchaud à gaz et peu nous importait qu'il n'y eût point de glacière. Nous jouissions d'une petite salle de bains non moins merveilleuse avec une baignoire et de l'eau chaude courante. La pièce principale était couverte de coussins, de nattes, de couche-partout et de livres (des livres par centaines, de Catulle à Ezra Pound), d'albums de disques où Bach voisinait avec Beethoven et éventuellement Ella Fitzgerald (accompagnée par Clark Terry dans une intéressante interprétation à la trompette) ; un bon phono à trois vitesses faisait assez de bruit pour crever le toit, une simple planche de contre-plaqué au demeurant, ainsi que les murs (j'y fis un trou, d'un coup de poing, au cours d'une nuit d'orgie en compagnie de quelques Fous du Zen, et Coughlin agrandit la brèche en voulant y passer la tête).

A quinze cents mètres de là, en descendant la rue, puis en remontant vers l'université de Californie, derrière une autre grande maison ancienne dans une rue tranquille (Hillegass), Japhy habitait sa propre bicoque : beaucoup plus petite que la nôtre (quatre mètres sur quatre), elle ne contenait rien qui ne fût révélateur des idées du propriétaire sur les vertus d'une simplicité monastique. Pas de chaises du tout, même pas un rocking-chair. Seulement quelques nattes. Dans un coin, le fameux sac de camping avec sa batterie de cuisine bien lavée, pots et casseroles emboîtés les uns dans les autres et le tout soigneusement ficelé dans un foulard bleu noué en balluchon ; des socques de bois « pata » japonaises qu'il ne portait jamais et une paire de pantoufles « pata » noires qui lui permettaient de ménager ses belles nattes de paille tressée : juste la place pour quatre doigts, le gros orteil servant à tenir la chaussure en place. Il avait un tas de caisses à oranges, pleines de beaux livres de références, certains écrits dans des langues orientales (notamment tous les Sutras et leurs commentaires, les œuvres complètes de D. T. Suzuki et une belle édition en quatre volumes de haïkaïs japonais). Tout cela voisinait avec une impressionnante collection de poèmes. En fait, si un voleur avait voulu cambrioler la maison il n'y aurait trouvé aucun objet de valeur à part les livres. Les vêtements de Japhy étaient de vieux oripeaux achetés d'occasion — non sans plaisir, ni humour — dans des coopératives ou à l'Armée du Salut : chaussettes de laine ravaudées, sous-vêtements de couleur, blue-jeans, salopettes et quelques chandails à col roulé que Japhy enfilait les uns sur les autres lorsqu'il passait la nuit dans les froides montagnes de la Haute-Californie ou sur les monts Cascades du Washington et de l'Oregon, au cours de ses incroyables virées qui duraient parfois des semaines et des semaines, avec, pour tout potage, quelques kilos d'aliments déshydratés, dans son sac. Des caisses à oranges avaient été transformées en table. Lorsque j'allais le voir, dans la soirée, il était installé à cette table, une paisible tasse de thé fumant à côté de lui, studieusement penché sur les idéogrammes du poète chinois Han Shan. Coughlin m'avait donné son adresse et j'arrivai à l'improviste. Il faisait un temps superbe. La première chose que je vis, ce fut la bécane de Japhy sur la pelouse de la grande maison derrière laquelle se cachait la bicoque (et où vivait la propriétaire de toutes deux). Puis je remarquai les quelques rochers bizarres et le curieux petit arbre qu'il avait rapportés de ses courses en montagne pour se fabriquer son propre « jardin japonais » comme on en voit là-bas autour des « maisons de thé » (il avait eu la chance de trouver le pin indispensable et murmurant, déjà tout planté devant sa baraque).

Je n'avais jamais contemplé de spectacle plus paisible. Lorsque, par cette fin d'après-midi rougeoyante et déjà fraîche, je poussai la petite porte, sans plus de cérémonie, je vis Japhy, dans un coin de sa demeure, assis en tailleur sur un coussin de Paisley posé à même la natte, à côté du thé fumant dans une tasse de porcelaine — une théière en étain à portée de la main. Avec ses lunettes et son livre sur les genoux, il paraissait vieux, savant et sage. Il leva calmement les yeux, me reconnut et dit : « Entre, Ray », avant de se replonger dans sa lecture.

« Qu'est-ce que tu fais ?

— Je traduis le grand poème de Han Shan, *la Montagne Froide.* Ce texte a été écrit il y a mille ans et en partie gribouillé n'importe comment, au pied d'une montagne, à plusieurs centaines de kilomètres de tout être vivant.

— Houhou !

— Quand tu entres ici, il faut te déchausser. Regarde ces nattes, tu les mettrais en pièces avec tes souliers. »

J'ôtai donc mes espadrilles bleues et les posai avec soin sur le seuil. Il me lança alors un coussin et je m'assis en tailleur, moi aussi, le dos appuyé contre le mur de bois de la maison. Japhy m'offrit une tasse de thé chaud : « Tu n'as jamais lu le *Livre du Thé ?* demanda-t-il.

— Non ; qu'est-ce que c'est?

— C'est un ouvrage érudit sur la façon de préparer le thé. On y trouve le résultat de deux mille ans d'expérience en la matière. Certaines descriptions des effets produits par la première gorgée de thé, puis par la seconde et la troisième sont vraiment fascinantes et bouleversantes.

— Ces gens s'excitent pour pas grand-chose, hein?

— Bois ton thé et tu verras. C'est du bon thé vert. » Le thé était bon et je me sentis aussitôt calme et dispos. « Tu veux que je te lise des passages du poème et que je te parle de Han Shan?

— Ouais.

— Han Shan, vois-tu, était un érudit chinois qui, ne pouvant plus supporter la grande ville et le monde, alla se cacher dans les montagnes.

— Ça te ressemble assez.

— En ce temps-là, on pouvait vraiment faire ça. Il est resté dans des grottes, près d'un monastère bouddhiste dans la région de T'ang Hsing (c'est dans la province de T'ien Tai) et le seul être humain qu'il fréquentait était ce drôle de bonhomme... Shih-Te, un Fou du Zen qui avait mission de balayer le monastère avec un balai de paille. Shih-Te était aussi un poète, mais il n'a pas écrit grand-chose. De temps à autre, Han Shan descendait de la Montagne Froide, avec ses habits d'écorce, et pénétrait dans la chaude cuisine du monastère pour mendier un peu de nourriture. Mais aucun des moines ne voulait lui en donner sous prétexte que le solitaire refusait d'entrer dans les ordres et de répondre à l'appel de la cloche invitant les moines à la méditation trois fois par jour. Tu comprendras pourquoi en lisant quelques-unes de ses professions de foi, comme... — écoute, je vais t'en traduire un passage directement... » Je me penchai par-dessus son épaule pour voir les grandes griffes d'oiseaux sauvages qu'il déchiffrait sur l'original : « Quand je remonte le sentier de la Montagne Froide, le sentier de la Montagne Froide s'allonge devant moi ; une longue gorge barrée d'éboulis et de gros blocs, une large vallée dont l'herbe s'efface dans la brume ; la mousse est glissante, encore qu'il n'ait pas plu ; le pin murmure, bien qu'il n'y ait pas de vent ; qui peut dénouer les liens du monde et s'asseoir avec moi parmi les nuages blancs ? »

— Houhou!

— Bien sûr, je traduis comme je peux. Tu vois, il n'y a que cinq signes par ligne et il faut y introduire des propositions, des articles, etc.

— Pourquoi ne pas traduire littéralement, cinq mots pour cinq signes ? Que signifient ces cinq premiers signes ?

— Il y a un signe qui signifie avancer ; un autre en haut ; et puis : froid, montagne, sentier.

— Eh bien, on peut traduire : Sentier escaladant Haute Montagne Froide.

— Ouais, et pour les caractères qui signifient : long, gorge, barrer, avalanche, bloc?

— Eh bien : Avalanche bloquant longue gorge barrée.

— Oui, j'y ai pensé mais il me faut l'accord des prof' de chinois de l'université et ils veulent que ce soit traduit en langage correct.

— Mon vieux, c'est épatant, dis-je en examinant, de ma place, la bicoque, et tu te trouves là, tranquillement, à cette heure tranquille, en train de travailler tout seul, tes lunettes sur le nez...

— Ray, il faut que tu viennes escalader une montagne avec moi, un de ces jours. Pourquoi pas le Matterhorn?

— Épatant! Où est-ce?

— Là-haut dans la sierra. On pourrait aller là-bas dans la voiture de Henry Morley avec les sacs et commencer à grimper à partir du lac. Je prendrais tout ce dont nous avons besoin, les vivres et le reste, dans mon sac à dos et tu pourras demander à Alvah son petit sac de camping pour porter ton linge, des chaussettes et des chaussures de rechange.

— Que veulent dire ces signes?

— Ça explique que Han Shan est descendu de la montagne après y avoir erré pendant plusieurs années, pour revoir les siens à la ville. Je traduis : « Naguère, j'étais sur la Montagne Froide, etc. et hier j'ai été voir mes amis et mes parents. Plus de la moitié d'entre eux étaient partis vers les sources jaunes (c'est-à-dire la mort) et ce matin je regarde mon ombre solitaire. Je dois cesser d'étudier car mes yeux sont pleins de larmes. »

— Ça aussi c'est pour toi, Japhy, tu étudies mais tes yeux sont pleins de larmes.

— Mes yeux ne sont pas pleins de larmes.

— Ça viendra avec le temps, non?

— Ça viendra sûrement, Ray, mais écoute ceci : « Dans la montagne il fait froid, il a toujours fait froid, et pas seulement cette année. » Tiens, tu vois, il se trouve vraiment à une très grande altitude, plus de quatre mille mètres, et il continue à s'élever et il dit : « Escarpements déchiquetés couverts de neiges éternelles, forêts noires au fond des ravins qui crachent leur brouillard, l'herbe n'a pas fini de pousser au seuil de l'été et au mois d'août les feuilles tombent déjà. Et me voici en transes comme un drogué... »

— Un drogué!

— Je modernise le poème. Je transpose en traduisant. Le texte dit : « excité comme un sensuel dans la ville d'en bas ».

— C'est bon. » Je lui demandais pourquoi Han Shan était l'un de ses dieux.

« C'était un poète et un montagnard, un Bouddhiste qui se contentait de méditer sur l'essence des choses, un végétarien, aussi, bien que je diffère de lui sur ce point, peut-être parce que, dans le monde moderne, il faut couper les cheveux en quatre pour se sentir obligé d'être végétarien. Au fond, tous les êtres qui ressentent quelque chose se nourrissent comme ils peuvent. En outre, c'était un solitaire qui se suffisait à lui-même et pouvait vivre dans la pureté tout en demeurant fidèle à lui-même.

— Comme toi.

— Comme toi aussi, Ray. Je n'ai pas oublié ce que tu m'as dit à propos de tes méditations dans les forêts de la Caroline du Nord, ni tout le reste... » Japhy était très triste, comme envoûté. Je ne l'avais jamais vu aussi calme, mélancolique. Sa voix pensive avait des inflexions maternelles. On eût dit qu'il parlait de très loin à une pauvre créature souffrante (moi) impatiente d'entendre un message que lui, Japhy, était incapable de rendre efficace. Il était sur le point d'entrer en transes.

— Tu as médité aujourd'hui?

— Ouais, je commence la journée par une méditation avant le petit déjeuner et je consacre toujours un long moment à la méditation dans l'après-midi, si je ne suis pas interrompu.

— Qui t'interrompt?

— Oh! des gens. Coughlin parfois. Alvah est venu hier, et puis il y a Rol Sturlason et cette fille qui joue au yabyum avec moi.

— Qu'est-ce que c'est que le yabyum?

— Tu ne connais pas le yabyum, Smith? Je t'expliquerai ça un jour. » Il semblait trop triste pour parler du yabyum auquel je fus initié le surlendemain. Il parla encore un bout de temps avec moi à propos de Han Shan et du poème sur les montagnes. Au moment où je sortais, son ami Rol Sturlason arriva. C'était un grand garçon blond, assez beau, qui venait discuter un projet de voyage au Japon avec Japhy. Ce Rol Sturlason s'intéressait au fameux « jardin des rochers » de Ryoanji dans le monastère de Shokokuji, à Kyoto. C'est un jardin qui ne contient que de gros blocs rocheux disposés, semble-t-il, selon des critères à la fois mystiques et esthétiques. Des milliers de touristes et de moines font chaque année de longs voyages pour aller contempler les rochers plantés dans le sable et cette contemplation leur apporte la paix de l'âme. Je n'ai jamais vu des gens aussi sensibles au surnaturel, avec une bonne foi et un sérieux étonnants. Je ne devais plus rencontrer Rol Sturlason par la suite, car il s'embarqua peu après pour le Japon, mais je n'ai jamais pu oublier ce qu'il me dit au sujet de ces rochers, quand je lui demandai qui les avait disposés de façon si extraordinaire.

« Personne ne le sait, un moine ou des moines, il y a très longtemps. Mais la forme du jardin répond à un ordre mystérieux. Seule la forme peut nous permettre de comprendre ce qu'est le vide. » Il me montra une photo du jardin où les rochers se dressaient sur un lit de sable bien ratissé, comme des îles sur la mer. Sur certains d'entre eux il y avait des creux qui faisaient penser à des yeux. Dans le fond se détachait le cloître du monastère, d'une architecture sobre et nette.

Il me montra ensuite un plan du jardin où chaque rocher était dessiné en projection et m'expliqua la logique géométrique de l'ensemble ainsi que les autres rapports nécessaires entre les rocs, qu'il considérait comme des « individualités solitaires » et des « heurts contre l'espace ». Je ne m'intéressais d'ailleurs pas tant à toute cette bizarre affaire qu'à Rol lui-même et à l'attitude du brave Japhy qui prépara une nouvelle fois du thé sur son bruyant petit réchaud à pétrole et nous offrit de nouvelles tasses avec une inclinaison silencieuse et quasi orientale. C'était une nuit très différente de celle où avait eu lieu la lecture des poèmes.

4

Mais le lendemain, vers minuit, Coughlin, Alvah et moi nous tombions d'accord pour acheter un magnum de bourgogne et pour aller surprendre Japhy dans sa cahute.

« Qu'est-ce qu'il fait cette nuit? avais-je demandé.

— Oh! il doit être en train de travailler ou de baiser, on verra bien. » Nous achetâmes le vin dans une boutique de Shattuck Avenue en passant, et une fois de plus je vis la pitoyable bicyclette anglaise sur la pelouse. « Japhy roule sur cette bécane toute la journée, du haut en bas de Berkeley, dit Coughlin. Avec son sac à dos. Il faisait la même chose à l'université dans l'Orégon. Il s'était vraiment établi là-bas. Puis nous avons commencé à organiser pas mal de beuveries, avec des filles, et nous avons fini par sauter par les fenêtres et organiser des chahuts d'étudiants dans toute la ville.

— C'est vraiment un drôle de type », dit

Alvah en se mordant la lèvre pour marquer son admiration. Il portait un vif intérêt à notre étrange ami, si calme et si dynamique à la fois. Nous arrivions une fois de plus à la petite porte. Japhy était assis en tailleur comme toujours, un livre de poésie américaine sur les genoux. Il leva les yeux derrière ses lunettes et dit simplement « Ah » avec une inflexion étrangement sophistiquée. Nous retirâmes nos souliers avant de fouler les nattes. J'avais mis plus de temps que les autres à me déchausser et, de loin, je montrai à notre hôte le flacon de vin que je tenais à la main. Sans changer de pose, Japhy rugit « Yaaaaah », puis il se détendit comme un ressort et franchit d'un bond l'étendue de la petite pièce pour se précipiter vers moi, atterrissant sur ses jambes après cette envolée de 1 m 50, dans la position de l'escrimeur qui se fend ; la pointe d'une dague, brusquement surgie dans sa main, vint toucher la bouteille avec un « clic » léger. C'était bien le bond le plus étonnant que j'aie jamais vu accomplir — sauf par des acrobates de métier — une sorte de saut de chèvre sauvage, animal avec lequel Japhy avait sans aucun doute des affinités, comme je pus le constater par la suite. Il me fit penser à un guerrier samouraï ; tout y était : la détente, le cri farouche, la position et même l'expression du visage — un masque de colère comique, roulant des yeux et m'adressant une grimace. J'eus l'impression qu'il protestait ainsi contre notre intrusion et contre le vin lui-même qui l'enivrerait à coup sûr et lui ferait perdre le bénéfice d'une soirée de lecture. Mais sans plus de manières, il ouvrit la bouteille et but une longue gorgée à la régalade. Tout le monde s'assit en tailleur et nous passâmes quatre heures à nous communiquer les uns aux autres toutes sortes de nouvelles, de façon assez plaisante.

JAPHY : Eh bien, Coughlin, espèce de vieux pet, qu'est-ce que tu as fait de beau ?

COUGHLIN : Rien.

ALVAH : Qu'est-ce que c'est que tous ces drôles de livres ? Hum, Pound. Tu aimes Pound ?

JAPHY : A part le fait que cette face de cul a appelé un bon Chinois comme Li Po par son nom japonais et quelques autres sottises du même genre, il n'est pas mal, c'est même mon poète préféré.

RAY : Pound ? Cette noix creuse peut-elle être le poète préféré de qui que ce soit ?

JAPHY : Bois encore un coup, Smith, ça te remettra dans ton bon sens. Quel est ton poète préféré, Alvah ?

RAY : Pourquoi est-ce que personne ne me demande quel est mon poète préféré, à moi ? Je m'y connais mieux en poésie que vous tous réunis.

JAPHY : C'est vrai ?

ALVAH : Ça se pourrait. Vous n'avez pas encore lu le dernier livre de vers qu'il vient d'écrire au Mexique : « La roue de la frémissante conception de la viande tourne dans le vide procréant les tics, les porcs-épics, les éléphants, les hommes, les nébuleuses, les idiots et la crétinerie... »

RAY : Ce n'est pas ça!

JAPHY : A propos de viande, vous n'avez pas lu le dernier poème de...

Etc. le tout dégénérant en une orgie de mots, de hurlements et finalement de chansons tandis que l'un ou l'autre se roulait par terre à force de rire, jusqu'au moment où Alvah, Coughlin et moi nous remontâmes en titubant, bras dessus, bras dessous, la paisible rue de l'Université en chantant *Eli, Eli* à pleins poumons, fracassant la bouteille sur le pavé, dans un grand bruit de verre brisé, sous les yeux de Japhy qui riait encore sur le pas de sa porte. Mais nous lui avions fait perdre une soirée de travail et j'en eus des remords jusqu'au moment où, la nuit suivante, il parut sur le seuil de notre petite maison accompagné d'une jolie fille à qui il demanda de se déshabiller, ce qu'elle fit aussitôt.

5

En cela, Japhy illustrait ses théories sur les femmes et l'amour. J'ai oublié de mentionner que le jour où j'avais rencontré chez lui l'amateur de rochers, une fille s'était présentée par la suite — une blonde qu'on appelait Princesse, avec des bottes en caoutchouc et un manteau tibétain à boutons de bois. Au cours de la conversation, elle avait demandé où en étaient nos projets d'ascension du Matterhorn, après quoi elle avait exprimé le désir de se joindre à nous étant donné son goût pour l'alpinisme.

« Pour chûr », avait répondu Japhy, avec l'accent du terroir qu'il affectait lorsqu'il avait envie de plaisanter, imitant d'ailleurs un bûcheron qu'il avait connu dans le Nord-Ouest, le vieux Burnie Byers, un gars qui avait fini dans la police montée. « Pour chûr, fiens afec nous et on fa te baiser à trois mille mètres. » Et il avait dit cela de façon si amusante et primesautière — encore qu'il fût parfaitement sérieux — que la fille se trouva plus flattée que choquée. C'est dans le même état d'esprit qu'il avait conduit Princesse jusqu'à notre bicoque. Il était huit heures du soir et il faisait nuit. Alvah et moi étions en train de savourer paisiblement une tasse de thé, et de lire ou de recopier des poèmes, lorsque deux bicyclettes s'arrêtèrent dans la cour. Japhy et Princesse avaient chacun la sienne.

Princesse avait vingt ans à peine, des yeux gris et des cheveux blonds. Elle était très belle. Il faut ajouter qu'elle était nymphomane et qu'il ne fallut pas la prier longtemps de jouer au yabyum. « Tu ne connais pas encore le yabyum, Smith ? » demanda Japhy de sa voix de stentor, en entrant sans ôter ses bottes. Il tenait Princesse par la main. « Princesse et moi sommes venus pour te faire une démonstration.

— Je ne sais pas ce que c'est, mais ça me va. » J'avais fait la connaissance de Princesse, en ville, bien avant ce jour-là et j'en avais été très amoureux l'année précédente. C'était seulement par une coïncidence invraisemblable qu'elle avait connu Japhy plus tard et qu'elle en était devenue follement amoureuse. Elle lui obéissait au doigt et à l'œil. Quand nous avions des visiteurs dans notre bungalow, je mettais toujours mon foulard rouge sur la lampe appliquée au mur et éteignais le plafonnier. La reposante lumière rouge et douce incitait tout le monde à s'asseoir, à boire et à bavarder. Je préparai donc mes éclairages comme d'habitude et j'allai chercher une bouteille à la cuisine. En revenant, je vis à ma grande surprise que Japhy et Alvah se déshabillaient et jetaient leurs vêtements au hasard ; Princesse était toute nue et sa peau blanche comme neige semblait éclairée par le crépuscule sous la pâle lumière rouge.

« Qu'est-ce que vous foutez ? demandai-je.

— Voilà comment on joue au yabyum, Smith », dit Japhy, et il s'assit en tailleur sur l'un des coussins posés par terre. Puis il se rapprocha de Princesse qui s'assit en face de lui, en lui jetant ses bras autour du cou. Ils restèrent ainsi, un bon moment, sans rien dire. Japhy n'était ni nerveux ni embarrassé et demeurait assis dans une position fort correcte. « C'est ainsi que l'on procède dans les monastères du Tibet. C'est une cérémonie rituelle qui a lieu en face des prêtres. Ceux-ci chantent et les fidèles prient et récitent Om Mani Padmé Oum, ce qui signifie : Que soit faite la volonté de la foudre dans le Vide obscur. Je suis la foudre et Princesse est le vide obscur. Tu saisis ?

— Mais qu'est-ce qu'elle en pense, elle ? » hurlai-je désespérément. J'avais eu pour cette fille des sentiments si idéalistes, un an plus tôt, que je m'étais tourmenté pendant des heures et des heures en me demandant si je pouvais coucher avec elle, parce qu'elle était si jeune, etc.

— Oh ! c'est délicieux, dit Princesse Essaie.

— Mais je ne peux pas rester assis comme ça. » Japhy était assis dans la position du lotus, comme on l'appelle : les chevilles sur les cuisses. Alvah était sur le matelas et s'efforçait de poser ses chevilles sur ses cuisses, lui aussi. Finalement les jambes de Japhy s'ankylosèrent et les deux partenaires tombèrent sur le matelas où Alvah et Japhy se mirent en devoir d'explorer le terrain. Je ne pouvais en croire mes yeux.

« Déshabille-toi et viens avec nous, Smith. » Mais, outre mes sentiments pour Princesse, je venais de passer un an de chasteté absolue, car je pensais que la fornication est la cause directe de la naissance et que la naissance est la cause directe de la souffrance et de la mort. J'en étais arrivé à un point où, sans mentir, je considérais la fornication comme une agression et même une cruauté.

« Les jolies filles creusent des tombes », me disais-je lorsque je regardais involontairement l'une de ces petites Indiennes du Mexique qui sont les plus belles filles que j'aie connues. Et la chasteté m'avait apporté une paix nouvelle que je goûtais beaucoup. Mais cette fois, la mesure était comble. J'avais encore peur de me déshabiller, et je n'ai jamais aimé le faire devant plus d'un témoin, particulièrement devant des hommes. Mais Japhy s'en fichait absolument comme d'une guigne et bientôt il rendait Princesse heureuse. Puis ce fut le tour d'Alvah (avec ses grands yeux sévères brillant dans la lumière tamisée — et dire qu'il lisait des poèmes, un instant auparavant!). Je demandai alors :

« Est-ce que je peux m'occuper de son bras ?

— Vas-y, c'est une bonne idée. » Et me voilà étendu de tout mon long sur le sol, sans me déshabiller, embrassant la main de la fille, puis son poignet, et remontant ainsi vers son corps, tandis qu'elle riait et pleurait presque de plaisir alors que chacun de nous s'affairait sur sa chair. Toute la paix bouddhiste que m'avait value la chasteté s'en allait à vau-l'eau. « Smith, je me méfie de toutes les philosophies bouddhistes et même de *toutes* les philosophies ou théories sociales qui rabaissent la sexualité », dit Japhy d'un ton doctoral. Maintenant qu'il était satisfait, il était assis de nouveau en tailleur, tout nu, roulant une cigarette (la manie de rouler lui-même ses cigarettes faisait partie de son système de vie « simple »). Un peu plus tard dans la soirée, nous étions tous nus et faisions gaiement du café dans la cuisine. Princesse, toujours dévêtue, était couchée par terre, en chien de fusil, les bras autour des genoux, pour rien, pour le plaisir de faire de l'exercice. Finalement, nous nous retrouvâmes, elle et moi, en train de prendre un bain chaud dans la baignoire, tandis que nous parvenaient les échos d'une conversation entre Alvah et Japhy qui discutaient dans l'autre pièce, au sujet des orgies d'amour libre auxquelles se livraient les fous du Zen.

« Princesse, nous ferons ça tous les jeudis, hein ? hurla Japhy. On met la représentation au programme.

— D'ac'! cria Princesse, sans sortir de la baignoire. Elle se sentait parfaitement heureuse et m'expliqua : « Tu sais, je me sens comme la mère de toutes choses et je dois prendre soin de mes enfants.

— Tu es une si jolie petite chose, toi-même.

— Mais je suis la vieille mère de la terre. Je suis une Boddhisattva. » Elle était juste un tout petit peu folle ; pourtant, à la façon dont elle prononça le mot « Boddhisattva », je compris qu'elle voulait devenir une vraie Bouddhiste comme Japhy ; mais étant femme, le seul moyen dont elle disposait pour y parvenir consistait à renouer avec la tradition du yabyum tibétain, de sorte que tout était bien ainsi. Alvah était ravi et tout à fait d'accord pour recommencer tous les jeudis. J'étais désormais dans le même état d'esprit, moi aussi.

« Alvah, Princesse prétend être une Boddhisattva.

— Elle a raison.

— Elle dit qu'elle est notre mère à tous.

— Les femmes Boddhisattva, au Tibet et dans une partie de l'Inde, aux temps anciens, servaient de concubines dans les temples et les grottes consacrées et elles accumulaient, elles aussi, des mérites et s'adonnaient à la méditation. Tous, hommes et femmes, méditaient et jeûnaient ensemble, ils organisaient des soirées comme celle-ci, mangeaient, buvaient, discutaient, erraient de par le monde, vivaient dans des viharas pendant la saison des pluies, et à l'air libre pendant la saison sèche ; ils ne connaissaient pas les problèmes sexuels et c'est ce que j'ai toujours apprécié dans les religions orientales. C'est aussi pourquoi je me suis toujours intéressé aux études indiennes, même en Amérique. Quand j'étais jeune, là-bas, dans l'Oregon, je ne me sentais pas Américain du tout, à cause de toutes ces idées de chez nous sur les communautés suburbaines et la discipline sexuelle et cette censure lugubre qu'une presse austère fait peser sur toutes les vraies valeurs humaines. Mais quand j'ai découvert le bouddhisme, j'ai tout à coup compris que j'avais déjà vécu antérieurement, il y a très très longtemps, et que j'avais été condamné à mener une vie inférieure en expiation des fautes et péchés que j'avais commis au cours de ma première existence. Mon karma a été de renaître en Amérique où personne ne sait s'amuser et où personne n'a le sens de la liberté, ni de rien. C'est pourquoi je me suis toujours senti attiré par les mouvements libertaires, comme l'anarchisme dans le Nord-Ouest, et les héros du bon vieux temps — ceux du massacre d'Everett, par exemple... » La soirée se termina par une longue discussion à cœur ouvert sur tous ces sujets. Et finalement Princesse se rhabilla et rentra chez elle avec Japhy, chacun sur son vélo. Alvah et moi restâmes seuls, assis l'un en face de l'autre dans la lumière rouge tamisée.

« Tu sais, Ray, Japhy est vraiment intelligent. C'est le plus follement intelligent de tous les gars les plus dingues que j'aie connus. Ce que j'aime en lui c'est qu'il est vraiment comme les héros de l'Ouest. Voilà deux ans que je suis ici et je n'ai pas encore rencontré un seul type qui vaille vraiment la peine d'être connu ou qui possède une intelligence authentique et inspirée. J'en étais venu à désespérer de la côte Ouest. En plus de toutes ses connaissances sur la culture orientale, Pound, le peyotl, les bhikkhus, et l'alpinisme, ouais, Japhy est le type du nouveau héros de la culture américaine. »

Je reconnus qu'il était fou, « mais il y a d'autres choses aussi que j'aime en lui : ses silences par exemple quand il a le cafard.

— Bon Dieu, je me demande comment il finira...

— Je suppose qu'il finira comme Han Shan et qu'il se retirera tout seul dans la montagne pour écrire des poèmes sur les escarpements rocheux ou chanter ses vers devant les foules, sur le seuil de sa caverne.

— Il pourrait tout aussi bien aller à Hollywood et devenir une vedette de cinéma ; sais-tu ce qu'il m'a dit l'autre jour ? Il a dit : « Alvah, je n'ai jamais essayé de devenir une vedette de Hollywood. Je sais que je pourrais faire n'importe quoi mais je n'ai pas encore essayé ça. » Et je le crois lorsqu'il dit qu'il pourrait faire n'importe quoi. Tu as vu comme il a subjugué Princesse ?

— Si fait. » Et plus tard, cette nuit-là, pendant qu'Alvah dormait, j'allai m'asseoir sous l'arbre de la cour et contemplai les étoiles et fermai les yeux pour méditer et tenter de recouvrer la paix afin de rentrer en moi-même.

Alvah se réveilla au milieu de la nuit et vint me rejoindre. Il s'étendit à plat dos dans l'herbe, les yeux au ciel et dit : « Il y a de gros nuages vaporeux, dans l'ombre, là-haut. Cela me rappelle que nous vivons sur une vraie planète.

— Ferme les yeux et tu verras plus clair.

— Oh! je ne sais pas ce que tu veux dire », répondit-il avec humeur. Il était toujours irrité par mes petits sermons sur l'extase de Samadhi — c'est l'état dans lequel on se trouve quand on parvient à tenir en suspens tout mouvement y compris celui de la pensée. On aperçoit alors, les yeux fermés, une multitude d'étangs éternels, traversés par des sortes d'éclairs électriques ululants, au lieu des misérables images et des objets que nous voyons d'habitude et qui sont, d'ailleurs, tout aussi imaginaires. Et si vous ne me croyez pas, revenez dans un milliard d'années pour me confondre. En effet, qu'est-ce que le temps? « Ne crois-tu pas qu'il est beaucoup plus intéressant de vivre comme Japhy qui se donne du bon temps, entre ses études et ses filles, et fait vraiment quelque chose au lieu de rester stupidement assis à méditer sous les arbres?

— Nenni », dis-je. Et j'étais sincère et je savais que Japhy m'approuverait. « Japhy ne fait que se distraire à vide.

— Je ne crois pas.

— Je le parierais. Je vais faire de l'alpinisme avec lui, la semaine prochaine, et je tirerai cela au clair, après quoi je te dirai ce qu'il en est.

— Bon (un soupir), en ce qui me concerne, je vais me contenter d'être Alvah Goldbook et envoyer ce bouddhisme de merde au diable.

— Tu le regretteras un jour. Pourquoi ne veux-tu jamais comprendre ce que j'essaie de t'expliquer : ce sont tes six sens qui t'abusent et te font croire non seulement que tu as six sens mais que tu peux prendre contact avec un monde extérieur réel par le moyen des sens. Si tu n'avais pas d'yeux tu ne me verrais pas. Si tu n'avais pas d'oreilles tu n'entendrais pas cet avion. Si tu n'avais pas de nez, tu ne sentirais pas l'odeur de la menthe dans la nuit. Si tu n'avais pas de papilles sur la langue tu ne saurais pas qu'il y a une différence de goût entre A et B. Et si tu n'avais pas de corps tu ne jouirais pas de Princesse. Mais je n'existe pas plus que l'avion ; ni la pensée, ni Princesse, ni rien d'autre n'existe. Veux-tu vraiment être abusé toute ta vie et chaque instant de ta vie, nom de Dieu ?

— Je ne demande rien d'autre et je remercie Dieu d'avoir fait naître quelque chose de rien.

— Eh bien, moi, je vais t'apprendre une nouvelle ; c'est exactement le contraire : le rien est né de quelque chose et ce quelque chose c'est le Dharmakaya, le corps de la Vraie Signification et le rien c'est tout ce radotage et ces discussions. Je vais me coucher.

— Bon, parfois je vois une lueur de raison dans tout ce que tu tentes d'exprimer mais crois-moi, il y a plus de satori en Princesse que dans les mots.

— C'est un satori de ta stupide chair, espèce de débauché.

— Je sais que mon Rédempteur est vivant.

— De quel Rédempteur et de quelle vie s'agit-il ?

— Bon, ça suffit, essaie de vivre, sans plus.

— Fadaises. Quand je vivais comme toi, Alvah, j'étais aussi misérable et avide que toi. Tout ce que tu veux c'est courir de-ci de-là, et te faire étendre, te faire battre, et presser comme un citron, après quoi tu seras vieux, malade et meurtri par le samsara, bandant toujours pour fouiller la même chair de l'éternel retour et tu ne l'auras pas volé, à mon avis.

— C'est pas gentil. Chacun est malheureux et chacun essaie de vivre comme il peut avec ce qu'il a. Ton bouddhisme t'a rendu méchant, Ray, et t'empêche même de te déshabiller pour participer à une petite orgie hygiénique.

— Je me suis exécuté quand même, n'est-ce pas ?

— Oui, mais tellement à contrecœur. Bon, oublions tout ça. »

Alvah alla se coucher ; je restai assis, les yeux clos et pensai : « J'ai cessé de penser », mais pour penser cela, je cessai de cesser de penser. Pourtant, je fus envahi par une vague de joie à l'idée que toute cette agitation n'était qu'un rêve déjà achevé et que je n'avais pas besoin de m'en faire car je n'étais pas « moi ». Je priai Dieu, ou Tathagata de m'accorder le temps, la force et le bon sens nécessaires pour aller révéler au monde ce que je savais (or, je ne suis toujours pas en état de le faire, même à présent) afin de faire savoir à tous ce que je savais et les empêcher de désespérer. Le vieil arbre me couvrait silencieusement comme un être vivant. J'entendais une souris piailler dans les herbes du jardin. Les toits de Berkeley ressemblaient à des êtres vivants compatissants, mettant de douloureux fantômes à l'abri de l'éternité des cieux, qu'ils n'avaient pas le courage d'affronter. Quand je gagnai mon lit, je savais que nulle Princesse, ni aucun désir de Princesse, ni aucune réprobation ne m'entamerait ; je me sentis heureux et dormis bien.

6

Puis arriva le temps de notre grande ascension. Japhy vint me chercher, un soir, sur son vélo. Nous prîmes le sac à dos d'Alvah et le fixâmes sur le porte-bagages. J'avais emporté des chandails et des chaussettes mais je ne possédais pas de bottes de montagne. Je dus me contenter des espadrilles de tennis de Japhy, qui étaient vieilles mais solides. Mes propres souliers étaient trop usés et avachis. « Ça vaudra mieux, Ray, dit Japhy. Avec des espadrilles tu te sentiras plus léger et tu pourras sauter sans difficulté d'un rocher à l'autre. De temps en temps nous échangerons nos chaussures et tout ira bien.

— Qu'est-ce que tu emportes à manger ?

— Avant de parler de manger, R-a-a-y (parfois il m'appelait par mon prénom qu'il ne pouvait prononcer sans allonger la syllabe comme s'il voulait me marquer sa sollicitude), regarde ton sac de couchage. Il n'est pas en duvet comme le mien, et naturellement il est beaucoup plus lourd, mais si tu te couches tout habillé, auprès d'un grand feu, tu te sentiras très bien là-haut.

— Je garderai mes vêtements, mais pourquoi allumer un feu en octobre?

— Ouais, il gèle là-haut en octobre, R-a-ay, dit-il tristement.

— La nuit?

— Ouais, la nuit. Mais le jour il fait chaud et l'on est bien. Le vieux John Muir, tu sais, avait l'habitude d'escalader les montagnes où nous allons sans rien d'autre que sa vieille capote militaire et un sac en papier plein de pain sec. Il dormait enroulé dans sa capote et trempait le pain dans de l'eau lorsqu'il avait faim. Il errait sur les cimes pendant des mois ainsi, avant de se replonger dans la ville.

— Nom de Dieu, il devait être costaud.

— En ce qui concerne la nourriture, j'ai été au marché du Crystal Palace, dans Market Street, et j'ai acheté mes céréales préférées : des bulgurs. C'est une sorte de blé dur bulgare éclaté. Je vais y ajouter du bacon en petits dés et ça nous fera un fameux dîner pour tous les trois... Morley et nous deux. J'emporte aussi du thé parce que je sais qu'une bonne tasse de thé chaud est toujours la bienvenue quand la nuit est fraîche. J'ai pris aussi de quoi faire un vrai pudding au chocolat. Pas une espèce d'ersatz, mais du vrai pudding au chocolat qu'on fait d'abord bouillir sur le feu et glacer ensuite dans la neige.

— Chic alors!

— Cette fois, au lieu d'emporter du riz comme d'habitude, j'ai pensé à préparer une gâterie pour toi, R-a-a-y : dans les bulgurs, je vais mettre une macédoine de légumes séchés que j'ai achetés à la boutique de Siki. Comme ça nous aurons de quoi composer notre dîner et notre petit déjeuner. Pour les calories, j'ai un grand sac de cacahuètes et de raisins secs ; un paquet de pruneaux et d'abricots secs complétera le menu. » Et il me montra le petit sac qui contenait cet impressionnant ravitaillement susceptible de rassasier trois hommes au cours d'une ascension de vingt-quatre heures ou plus, à grande altitude. « L'important, quand on fait de l'alpinisme, c'est de réduire le poids au minimum. La nourriture pèse lourd.

— Mais, mon Dieu, il n'y a pas assez à manger dans ce petit sac!

— Bien sûr que si! L'eau fera gonfler tout ça.

— Nous n'emportons pas de vin?

— Non. Cela nous ferait du mal. Une fois qu'on est fatigué et à grande altitude, on n'a pas besoin d'alcool. » Je n'en crus pas un mot mais je ne dis rien. Nous chargeâmes mes propres affaires sur la bicyclette et traversâmes à pied les terrains de l'université pour rentrer chez Japhy, en poussant le vélo le long du trottoir. C'était une nuit claire et fraîche, lumineuse comme les nuits d'Arabie. Le beffroi de l'université de Californie se découpait nettement en ombre chinoise sur un arrière-plan de cyprès, d'eucalyptus et d'autres arbres. Des cloches sonnaient quelque part dans l'air vif. « Il va faire froid, là-haut », dit Japhy, mais il se sentait en forme, cette nuit-là, et se mit à rire quand je demandai si, le jeudi suivant, nous passerions la soirée avec Princesse. « Tu sais, nous avons joué deux fois au yabyum depuis l'autre soir. Elle vient chez moi nuit et jour ; quel que soit le moment ou le partenaire, elle ne dit jamais non. Je donne donc satisfaction à ma Boddhisattva. » Puis Japhy voulut me raconter sa vie et me parler de sa jeunesse, dans l'Orégon. « Tu sais, ma mère, mon père et ma sœur menaient une existence vraiment primitive dans notre ferme de rondins. Par les froids matins d'hiver, tout le monde s'habillait et se déshabillait devant le feu. Il n'y avait pas moyen de faire autrement. C'est pourquoi je ne suis pas aussi pudibond que toi en la matière. Je veux dire que cela ne me fait pas honte.

— Qu'est-ce que tu faisais à l'université ?

— L'été, je m'engageais dans le corps des guetteurs du gouvernement pour signaler les incendies de forêts. C'est ce que tu devrais faire l'été prochain, Smith. Et l'hiver, je skiais ou j'arpentais fièrement les terrains de l'université avec des béquilles si je m'étais cassé quelque chose. J'ai fait quelques belles excursions en montagne là-bas. Je me suis même hissé presque au sommet du mont Rainier, jusqu'à l'endroit où l'on écrit son nom en tout cas. Il n'y a pas beaucoup de noms inscrits là-haut. Et puis j'ai fait des ascensions dans les monts Cascades, en saison et hors saison ; j'ai travaillé comme bûcheron. Je peux te raconter tout un roman sur les forestiers du Nord-Ouest, Smith. Toi qui parles tout le temps des chemins de fer, tu devrais voir le petit train à voie étroite là-haut. Quand tu te sens repu de crêpes au sirop et de café noir et que tu prends ta hache à deux tranchants, par un froid matin d'hiver, pour couper ton premier arbre de la journée, il n'y a rien de tel au monde...

— J'ai toujours imaginé le Grand Nord comme ça dans mes rêves, les Indiens Kwakiutl, la Police montée.

— Eh bien, on peut en rencontrer au Canada, dans la Colombie britannique. J'en ai vu moi-même au passage. » Nous poussions le vélo le long des cafeterias et autres repaires d'étudiants de l'université. En passant devant le Robbies nous risquâmes un œil pour voir s'il n'y avait aucun ami à l'intérieur. Nous aperçûmes Alvah qui travaillait là à mi-temps, comme extra. Avec nos vieux habits, Japhy et moi avions l'air d'étrangers venus de loin, parmi les universitaires. D'ailleurs, Japhy passait, à leurs yeux, pour un excentrique. C'est en effet ce que la gent de Faculté pense généralement des hommes quelque peu authentiques qui font parfois irruption dans les amphithéâtres (les universités n'étant pas autre chose que des écoles de dressage pour les représentants de la classe moyenne, dépourvus de personnalité, comme ceux qui peuplent les rangées de bungalows cossus, alignés, aux abords de la cité universitaire, avec pelouse, télévision et living-room où tout le monde regarde en même temps le même spectacle et pense la même chose, tandis que les Japhy du monde entier rôdent dans le désert pour entendre les voix qui crient dans le désert, connaître l'extase étoilée de la nuit, découvrir le mystérieux secret originel de notre civilisation sans visage, sans beauté et sans scrupules). « Tous ces gens, dit Japhy, ont des cabinets de céramique blanche, où ils chient aussi salement que les ours dans la montagne. Mais comme toute leur merde est emportée dans des égouts dûment contrôlés, personne n'y pense plus ou se rappelle que le fait de chier ait quelque chose à voir avec la merde et la puanteur et toute la dégueulasserie du monde. Ils passent leur temps à se laver les mains avec des savons crémeux qu'ils rêvent de dévorer en secret dans leur salle de bains. » Il avait un million d'idées. Il avait toutes les idées à lui seul.

Nous parvînmes à sa bicoque au moment où la nuit s'épaississait. Il y avait un parfum de feuilles brûlées et de feu de bois dans l'air. Après avoir tout empaqueté soigneusement, nous allâmes retrouver Henry Morley, le propriétaire de la voiture. Morley était un garçon à lunettes, fort érudit et assez excentrique — plus excentrique et *outré* [1] encore que Japhy, parmi les universitaires. Il avait un emploi de bibliothécaire et peu d'amis mais c'était un bon alpiniste. Son petit bungalow, situé

1. En français dans le texte.

sur la pelouse arrière de Berkeley, ne comportait qu'une seule pièce tapissée de livres et de photos de montagne. On y voyait traîner, au hasard, des sacs à dos, des bottes à crampons, des skis. Je fus étonné d'entendre Henry parler exactement comme Rheinhold Cacœthes, le critique, mais appris bientôt que tous deux étaient de vieux amis et avaient fait des escalades ensemble. Je ne pus déterminer si Morley avait influencé Cacœthes ou vice versa, mais je penchai vers la première interprétation. Il avait la même prononciation factice, sarcastique, très soignée et extrêmement spirituelle que son ami, et s'exprimait par images avec beaucoup de bonheur. Par exemple quand nous entrâmes, Japhy et moi, il y avait avec Morley toute une bande de ses amis (un groupe étrange venu de tous les coins de la planète, y compris un Chinois, un Allemand d'Allemagne et toutes sortes de gens plus ou moins étudiants) et le maître de céans nous dit : « J'emporte mon matelas pneumatique ; vous autres, les gars, vous pouvez dormir à même le sol glacé si bon vous semble, mais moi, je vais me servir de ma gomme, d'abord parce que ça m'a coûté seize dollars dans le désert d'Oakland — je veux dire dans les magasins de la Marine de la ville — et ensuite parce que je cherche à savoir si avec des patins à roulettes et une pompe à bicyclette on peut techniquement être considéré comme un véhicule. » Il est vrai que des plaisanteries de ce genre me paraissaient incompréhensibles et mystérieuses (les autres ne semblaient pas en deviner non plus le sens) et d'ailleurs personne n'y prêtait grande attention. Morley n'en continua pas moins à parler imperturbablement comme s'il ne s'adressait qu'à lui-même, mais il me fut immédiatement sympathique. Nous soupirâmes, à la vue du bric-à-brac volumineux qu'il prétendait emporter : outre son matelas pneumatique, il avait un tas de boîtes de conserves, une collection de piolets et je ne sais quoi encore dont nous n'avions nul besoin.

« Tu peux prendre ce pic, Morley, mais je ne crois pas qu'il te serve à grand-chose, quant aux boîtes de conserves, elles contiennent surtout de l'eau qu'il te faudrait charrier sur tes épaules, alors que tu trouveras toute l'eau que tu voudras là-haut.

— Je pensais seulement que cette soupe chinoise en boîte devait être fameuse.

— J'emporte suffisamment de nourriture pour nous trois. Allons-nous-en. »

Morley perdit encore un bon moment à disserter et à réunir son bazar qu'il empaqueta dans un sac fort malcommode. Puis nous prîmes congé de ses amis et montâmes à bord de sa petite voiture anglaise. Il était dix heures quand nous partîmes enfin vers Tracy et Bridgeport d'où la voiture nous conduirait, douze kilomètres plus loin, au pied de la piste, devant le lac.

Je m'assis sur le siège arrière et les deux autres devant, pour bavarder. Morley était complètement fou. Un jour, plus tard, il vint me chercher pour me faire boire une pinte de liqueur aux œufs, mais je l'obligeai à m'accompagner chez un marchand de spiritueux, plutôt que d'avaler sa mixture. Il lui avait pris la fantaisie d'aller voir une fille avec qui il était brouillé et de m'emmener avec lui pour l'aider à faire la paix avec elle. Il fallut bien passer par là, mais quand elle le vit elle nous ferma la porte au nez. Après quoi, il voulut revenir chez moi. Je ne sus jamais de quoi il retournait. Un autre jour, ayant remarqué que mon ami Alvah n'avait pas de lit à sommier, il se présenta chez nous de bon matin tandis que nous faisions le café du petit déjeuner et nous laissa un grand sommier pour un lit à deux personnes, que nous eûmes ensuite un mal de chien à cacher dans une grange. Il nous donna aussi toutes sortes de planches inutilisables pour faire une bibliothèque et un nombre infini d'autres choses bizarres. Bien des années plus tard, je vécus en sa compagnie une aventure incroyable de chercheur d'or, dans la maison qu'il possédait à Contra Costa (il la louait à l'occasion pour gagner quelque argent) et où il me fit passer des après-midi inénarrables à charrier des seaux de boue (à deux dollars l'heure) que je lui apportais dans une cave inondée pour qu'il les passe au tamis, avec un mystérieux sourire de contentement sur les lèvres — plus couvert de limon noir que Tartarilouak le roi de la vase de Paratioalaouakak. Et c'est en revenant de cette équipée que nous descendîmes la grand-rue d'une petite ville (nous étions propres et lavés ce jour-là, encore que nous ayons traîné nos seaux et nos râteaux sur la route) des cornets de glace à la main et nous cognant à qui mieux mieux contre les passants sur les petits trottoirs étroits, comme un couple d'acteurs comiques dans un film muet. C'était un bien étrange personnage, de quelque façon qu'on le considérât. Ce jour-là, il conduisit jusqu'à Tracy sur la grande autoroute sans cesser de parler et coupant sans cesse la parole à Japhy. Leur conversation n'avait d'ailleurs ni queue ni tête. Si Japhy disait : « Je me sens très bûcheur ces temps-ci. La semaine prochaine je vais étudier un traité d'ornithologie... » Morley enchaînait : « On a toujours envie de bûcher quand on n'a pas en sa possession une fille bronzée par le soleil de la Riviera. »

A tout bout de champ il se tournait vers Japhy pour lui débiter quelques brillantes sornettes avec un visage sans expression. Je ne pouvais comprendre quelle étrange sorte de clown érudit et disert il était en réalité, ni ce qu'il faisait en Californie. Si Japhy mentionnait les sacs de couchage, Morley l'interrompait pour dire : « Je vais avoir bientôt un sac de couchage français bleu pâle, très léger, en duvet d'oie. Ce sera une bonne emplette. J'en ai vu à Vancouver. C'est un modèle épatant pour Daisy Mae. Inutilisable au Canada. Tout le monde se demande si son grand-père était un explorateur et s'il a rencontré un Esquimau. Je suis moi-même né au pôle Nord.

— Qu'est-ce que signifie tout cela? demandai-je à Japhy, en me penchant vers le siège avant. Ce garçon n'est, tout au plus, qu'une sorte de bande magnétique qui a enregistré des choses intéressantes. »

J'avais dit à mes amis que j'avais des caillots de sang dans les veines des pieds à la suite d'une petite thrombo-phlébite et que l'ascension du lendemain m'inquiétait un peu. Non pas que cela dût me gêner à l'aller, mais parce que je pourrais avoir des ennuis au retour. Morley dit : « Est-ce que la thrombo-phlébite est un rythme de pisse particulier ? » Ou si je disais quelque chose à propos des gens de l'Ouest, Morley affirmait : « Je suis moi-même l'un de ces idiots de l'Ouest. Vois ce que les idées préconçues ont fait de l'Angleterre.

— Tu es cinglé, Morley.

— Sais pas. Peut-être bien. Mais si je suis fou, je n'en laisserai pas moins un joli testament. » Puis, à propos de rien, il ajouta : « Eh bien, je me sens très flatté de courir la montagne en compagnie de deux poètes. Je vais écrire un livre moi-même sur Raguse. Une petite cité-république du haut moyen âge qui résolut le problème des classes sociales, offrit un poste de ministre à Machiavel et vit son patois élevé à la dignité de langue diplomatique dans tout le Levant pendant une génération. A cause des tiraillements avec les Turcs, naturellement.

— Bien sûr », répondîmes-nous.

Puis il se demanda à voix haute : « Peut-on dater Noël avec une marge de dix-huit millions de secondes seulement par rapport à la première vieille cheminée de briques rouges ?

— Certainement, répondit Japhy en riant.

— Certainement », répéta Morley en conduisant l'auto d'une main sûre, le long des innombrables lacets de la route. « On est en train de charger les autocars spéciaux attelés de rennes, pour la Conférence préliminaire du Bonheur ; tous les cœurs sont convoqués là-haut, dans le désert de la sierra, à dix mille cinq cent soixante mètres du motel primitif le plus proche. C'est plus à la mode que d'aller chez le psychanalyste, mais décevant à force de simplicité. Si vous perdez votre ticket de retour, vous pouvez être changé en lutin — il faut dire que le costume de lutin est assez joli — et l'on dit que le syndicat des acteurs est en train d'absorber le trop-plein des anciens combattants. D'une façon ou d'une autre, Smith (et il se tourna vers l'arrière, pour me regarder), en revenant sur tes pas pour te diriger vers le désert des émotions, tu trouveras un présent de... quelqu'un. Est-ce qu'un peu de sirop d'érable te ferait du bien ?

— Pour sûr, Henry. »

Voilà comment était Morley. Cependant la voiture s'élevait, dans les contreforts de la montagne. Nous traversions des villages maussades où nous nous arrêtions pour prendre de l'essence. Il n'y avait sur la route que des Elvis Presley en blue-jeans, à l'affût d'une victime, mais au-delà, nous percevions le mugissement des torrents froids et le parfum des hautes montagnes déjà proches. La nuit était douce et pure. Puis nous rencontrâmes une toute petite route de campagne, étroite et goudronnée, et nous sûmes que nous allions nous enfoncer pour de bon dans la montagne. De grands pins firent leur apparition de part et d'autre, avec quelques rochers ici ou là. L'air était piquant et sain. Le hasard avait voulu que ce fût la veille de l'ouverture de la chasse et dans un bar où nous entrâmes pour boire un verre, il y avait de nombreux chasseurs à casquettes rouges et à chemises de laine. Ils semblaient bien patauds avec tout leur attirail — leurs voitures étaient bourrées de fusils et de cartouches — et nous demandèrent avec intérêt si nous avions vu des daims. Nous en avions aperçu un, en effet, juste avant d'arriver au bar. Morley était en train de dire : « Eh bien, Ryder, tu seras peut-être un autre Lord Tennyson (Alfred) et tu chanteras nos petites parties de tennis sur la côte californienne, on t'appellera le Nouveau Bohème et l'on te comparera aux chevaliers de la Table Ronde — à l'exclusion d'Amadis le Grand — et l'on évoquera à ton sujet les splendeurs extraordinaires du petit royaume des Maures qui fut vendu à l'Éthiopie pour dix-sept mille chameaux et seize mille gens d'armes à pied — tout rond — à l'époque où César tétait encore le sein de sa mère. » C'est à ce moment que le daim avait surgi sur la route, ébloui par nos phares et comme pétrifié, avant de bondir dans les buissons au bord de la route et disparaître dans le silence de diamant qui envahit soudain la vaste forêt lorsque Morley arrêta son moteur. On n'entendait plus que le bruit de ses sabots qui l'emportaient vers la crique des Indiens sauvages, là-bas dans le brouillard. Nous étions bien à mille mètres d'altitude maintenant, selon Morley. On pouvait entendre les torrents glacés couler au pied des rochers, invisibles malgré la lueur des étoiles. « Petit daim, criai-je à l'animal, n'aie pas peur, nous n'allons pas te tirer dessus. » Maintenant, dans le bar, où nous avions fait halte à ma demande (« dans ces sortes de montagnes glacées du Nord, il n'y a rien de meilleur pour réconforter l'âme d'un homme à minuit que la chaleur d'un verre de porto chaud, épais comme les sirops de Sir Arthur »).

« Okay, Smith, dit Japhy, mais il me semble que nous ne devrions pas boire d'alcool avant une longue marche.

— Qu'est-ce que ça peut foutre ?

— Okay, mais pense que nous avons fait des économies en n'achetant que des aliments déshydratés pour le week-end, et toi, tu vas reconvertir tout cet argent en liquide, mine de rien.

— C'est là toute l'histoire de ma vie, que je sois riche ou pauvre — généralement pauvre et vraiment pauvre. » Nous entrâmes dans le bar, une sorte de maison pour routiers, dans le style le plus pur des chalets suisses, avec des têtes d'élans empaillées et des dessins représentant des daims dans chaque stalle. Les gens qui étaient là avaient l'air de sortir eux-mêmes d'un panneau publicitaire pour accessoires de chasse — tous chargés comme des fusils, si je puis dire — projetant une épaisse masse d'ombre sur le bar faiblement éclairé. Nous traversâmes la salle et prîmes place sur des tabourets pour commander du porto. Notre demande produisit un effet étrange dans ce pays de buveurs de whisky, mais le patron nous dénicha une bouteille égarée de Christian Brothers dont il nous versa une ration dans deux grands verres à vin. (Morley était, à vrai dire, ennemi de l'alcool mais Japhy et moi bûmes et nous en trouvâmes fort bien.)

« Ah », fit Japhy que le vin de minuit échauffait, « je vais bientôt retourner dans le Nord pour revoir les bois humides de mon enfance et mes montagnes brumeuses et mes vieux copains qui sont devenus soit des intellectuels aigris soit des fendeurs de bois soiffards. Nom de Dieu, Ray, tu ne sauras pas ce que c'est que la vie tant que tu ne seras pas allé là-haut, avec ou sans moi. Et ensuite, j'irai faire un tour au Japon et parcourir à pied les collines à la recherche de petits temples antiques cachés et oubliés dans la montagne, avec de vieux sages de cent neuf ans en train de prier Kwannon dans des huttes et méditant si intensément qu'ils éclatent ensuite de rire en voyant quelque chose qui bouge. Mais cela ne signifie pas que je n'aime pas l'Amérique, nom de Dieu, bien que je déteste ces chasseurs qui ne pensent qu'à lever leur fusil sur un être vivant tout désemparé et l'assassiner, car pour chaque être vivant qu'ils abattent, ces salauds devront renaître mille fois et subir les horreurs du samsara et ce sera bien fait pour eux.

— Écoute ça, Morley. Henry, à quoi penses-tu ?

— Mon bouddhisme se limite à prêter une attention superficielle et malheureuse à quelques-unes de ces images ; je dois dire pourtant que Cacœthes met parfois une savoureuse note bouddhiste dans ses poèmes sur la montagne, mais je ne m'intéresse pas au credo. » En fait, il s'en moquait éperdument. « Je suis neutre », dit-il en riant gaiement, avec un clin d'œil polisson. Et Japhy hurla :

« Le bouddhisme, c'est précisément la neutralité.

— Eh bien, ce porto des Christian Brothers va t'obliger à renoncer au yogourt désormais. Je suis désolé qu'il n'y ait pas aussi de la Bénédictine ou du vin de la Trappe, outre ce spiritueux spirituel. Ce n'est pas que je me plaise beaucoup ici, dans ce curieux petit bar qui ressemble au paradis de l'Académie du saucisson-vin rouge [1]. Rien que des épiciers arméniens, ou des protestants bien-pensants et maladroits en goguette, qui voudraient mais ne savent pas se

1. Allusion aux cours d'été pour écrivains dans certaines universités américaines (*N. d. T.*).

servir d'un contraceptif. Tous ces gens ne valent pas plus que le trou du cul d'un âne, ajouta-t-il comme s'il venait de faire une soudaine découverte. Le lait doit être bon par ici, mais il y a plus de vaches que d'hommes. Ce doit être une sorte spéciale d'anglos. Je ne me sens pas particulièrement réjoui de les voir. Les gars rapides de par ici doivent bien faire du cinquante à l'heure. Bon, Japhy, conclut-il, si jamais tu obtiens un poste officiel, j'espère que tu auras un bel uniforme de chez Brooks Brothers... et que tu ne le chiffonneras pas dans des soirées farfelues ici ou là. Tiens, voilà pourquoi les magasins de bébés sont ouverts toute l'année, dit-il encore en voyant des filles se joindre aux chasseurs.

Mais ceux-ci ne voulaient pas nous laisser parler tranquillement à voix basse de nos propres affaires. Ils se joignirent à nous et bientôt il n'y eut plus qu'une conversation générale, d'un bout à l'autre du petit bar ovale, sur les daims de l'endroit et les ascensions et les moyens de grimper. Lorsqu'ils apprirent que nous ne venions pas tuer des bêtes, mais seulement escalader les montagnes, ils nous prirent pour des excentriques et nous quittèrent. Japhy et moi nous sentions de fort bonne humeur après avoir vidé nos verres et regagnâmes la voiture avec Morley. De là nous commençâmes à nous élever progressivement. Les arbres étaient plus hauts et l'air plus frais. A deux heures du matin, mes compagnons dirent qu'il nous restait encore un bon bout de chemin à parcourir avant d'arriver à Bridgeport, au pied de la piste, de sorte qu'il valait mieux dormir au milieu des bois dans nos sacs de couchage et tenir la journée pour terminée.

« Nous nous lèverons à l'aube et partirons tout de suite. En attendant, on va manger du bon pain bis et du fromage, dit Japhy en sortant le pain et le fromage qu'il avait fourrés dans son sac à la dernière minute. Ça nous fera un bon casse-croûte et nous garderons les bulgurs et toutes nos bonnes choses pour le petit déjeuner à trois mille mètres demain matin. » Parlant toujours, Morley conduisit la voiture sur un lit d'aiguilles de pins jusqu'à un merveilleux parc naturel de sapins et de ponderosas dont certains avaient plus de trente mètres de haut. Le sol verglacé reflétait la lueur calme des étoiles. Il régnait un grand silence, à peine coupé par des frôlements dans les buissons où quelque lapin se terrait au son de nos voix. Je sortis mon sac de couchage et l'étendis par terre, me déchaussai et me glissai tout habillé dans mon sac avec un soupir de bonheur. Je regardai gaiement les merveilleux grands arbres alentour et pensai : « Quelle nuit de vrai bon sommeil je vais passer. De quelles méditations ne serai-je capable dans ce silence intense du pays de nulle part. » Mais Japhy cria, de la voiture : « Dis donc, il paraît que Mr Morley a oublié son sac de couchage.

— Allons bon. »

Ils discutèrent un bon moment en jouant avec

les phares dans la nuit glacée, puis Japhy me dit :
« Il faut que tu sortes de là, Smith. Nous n'avons que deux sacs pour trois et il faudra les utiliser comme couverture au lieu de coucher dedans. Nom de Dieu, on va avoir froid.

— On va se geler le dos.

— Oui, mais Henry ne peut pas dormir dans la voiture. Il serait frigorifié, il n'y a pas de chauffage.

— Crédié, je me proposais de passer une si bonne nuit », grognai-je en sortant de mon sac pour me rechausser. Japhy avait déjà étendu les sacs sur des ponchos et s'était installé avant que j'aie pu protester davantage. Pour comble, je devais dormir au milieu. Le thermomètre indiquait qu'il gelait déjà, et les astres ressemblaient à de petits glaçons ironiques dans le ciel. Je me couchai et Morley vint nous rejoindre. J'entendis ce maniaque gonfler son petit matelas pneumatique à côté de moi, puis il se mit à se retourner dans tous les sens, à ronfler, à soupirer, tout cela sous des étoiles qui me faisaient penser à de ravissantes chandelles de glace, tandis que Japhy dormait déjà, protégé qu'il était par moi contre toute l'agitation folle de Morley. Finalement ce dernier, ne parvenant pas à s'endormir, se leva pour regagner la voiture afin sans doute de se tenir à lui-même l'un de ses discours de dingue et je pus m'assoupir un peu. Puis, il revint, tout grelottant et se glissa derechef sous le sac de couchage pour se tourner et se retourner comme auparavant

vant, en jurant de temps à autre entre deux soupirs. Tout cela dura pendant une éternité. Puis je vis que l'aurore faisait pâlir le bord de l'écharpe d'Amide et que de toute façon il faudrait se lever bientôt. Ce fou de Morley! Ce n'était là que la première mésaventure de cet homme remarquable (comme vous le verrez), cet homme remarquable qui fut sans doute le premier alpiniste de l'Histoire à oublier son sac de couchage. « Jésus, pensai-je, pourquoi n'a-t-il pas oublié plutôt son affreux petit matelas pneumatique. »

7

Depuis l'instant même où j'avais rencontré Morley pour la première fois, il n'avait pas manqué d'accompagner nos faits et gestes de ioulements. Ce n'était que de simples « Ou-la-la-iii-tou! » mais il les poussait toujours aux moments et dans les circonstances les plus inattendus, comme par exemple, chez lui, au milieu de ses amis chinois ou allemands. Puis dans la voiture, avec nous « Ou-la-la-iii-tou! » et encore devant le bar où nous étions descendus « Ou-la-la-iii-tou! ». Et maintenant, tandis que Japhy s'éveillait, voyait qu'il faisait jour et quittait l'abri de la couverture pour courir ramasser du bois et frissonner devant une maigre ébauche de feu, Morley sortit du sommeil nerveux qui l'avait gagné à l'aube; il bâilla et hurla un « Ou-la-la-iii-tou! » qui fit retentir les échos des vallées environnantes. Je me levai aussi. Il nous fallait bien rester solidaires maintenant. Je n'avais plus qu'à sauter sur place et battre des bras comme j'avais fait, en compagnie de mon vieux clochard triste, sur le wagon, là-bas dans le Sud. Mais Japhy jetait de nouvelles bûches dans le feu qui se mit à ronfler, de sorte que nous pûmes nous chauffer le dos et crier à qui mieux mieux et parler un peu. La matinée était fort belle. Les premiers rayons rouges du soleil se glissaient par-dessus les sommets et coulaient le long de la montagne à travers les arbres froids comme dans une cathédrale. Le brouillard se levait à la rencontre de l'astre et tout autour de nous le grand grondement secret des torrents montait sous la couche de glace légère des bassins. Un bon coin pour la pêche. Bientôt je chantais « Ou-la-la-iii-tou! » moi-même. Mais quand Japhy s'en fut chercher un supplément de bois et qu'il demeura hors de vue pendant un moment, il répondit simplement « Oooh! » au « Ou-la-la-iii-tou! » de Morley. Il dit que les Indiens s'appelaient ainsi dans la montagne et qu'il trouvait ce cri beaucoup plus beau. De sorte que je lançai des « Oooh! », moi aussi.

Nous regagnâmes la voiture ; et nous voilà en route de nouveau. Le casse-croûte de pain et de fromage fut le bienvenu. Morley était aussi excité que la veille, sauf que sa voix était plus agréable à entendre, tandis qu'il poursuivait son blabla sur ce curieux ton précieux qui lui était propre et qui sonnait bien dans la fraîcheur du matin, comme la voix des gens qui se sont levés tôt et mettent dans leur accent un peu enroué une nuance d'entrain et d'ardeur avant de s'attaquer à une nouvelle journée. Bientôt le soleil fut chaud. Le pain noir était bon. Il avait été cuit pour nous par la femme de Sean Monahan. (Sean possédait une cahute à Corte Madera, où nous pouvions tous aller passer une journée sans payer la location.) Le fromage était du vrai cheddar, mais je n'aimais pas tellement ça et quand je me vis dans un paysage désert sans une maison à la ronde ni rien, je commençai à avoir envie d'un bon petit déjeuner bien chaud. Heureusement, une jolie auberge surgit soudain sur le bord de la route, au moment où nous venions de traverser un pont léger. Sous les genévriers, la cheminée crachait des torrents de fumée et une enseigne au néon promettait des crêpes et du café chauds.

« Nom de Dieu, entrons là. Nous avons besoin d'un breakfast convenable si nous devons courir la montagne toute la journée. »

Personne ne protesta. Nous entrâmes et prîmes place dans une stalle. Une charmante jeune femme vint prendre la commande avec cette hospitalité loquace des gens de l'arrière-pays : « Alors, les gars, on va à la chasse.

— Nenni, fit Japhy, on monte sur le Matterhorn.

— Le *Matterhorn!* Moi, je ne monterais pas là-haut pour mille dollars. »

Cependant, j'avais trouvé le lavabo de rondins dehors et me débarbouillais à l'eau du robinet, délicieusement froide et qui me piquait le visage.

J'en bus un bon coup ; c'était comme un jet de glace liquide dans l'estomac. Cela me fit du bien, et j'en bus encore.

Des chiens hirsutes aboyaient dans la lumière dorée du soleil rouge qui coulait sur les troncs de trente mètres de haut, le long des pins et des ponderosas. De lointaines montagnes brillaient sous leurs capuches de neige. L'une d'elles était le Matterhorn.

Quand je rentrai, les crêpes étaient prêtes et fumantes. Je fourrai les miennes avec trois noix de beurre et du sirop d'érable avant de les déguster en buvant mon café brûlant. Henry et Japhy m'imitèrent et, pour une fois, la conversation chôma. Nous arrosâmes le tout avec une grande bolée de la merveilleuse eau froide tirée à la pompe. A ce moment, des chasseurs firent irruption avec leurs grosses bottes et leurs chemises de laine — pas des chasseurs de pacotille, avinés comme ceux de la veille, mais de vrais chasseurs prêts à passer à l'action après le petit déjeuner. Il y avait un bar, à côté, mais personne ne pensait à l'alcool ce matin-là.

Nous regagnâmes la voiture. La route traversait un autre pont, puis une prairie où paissaient des vaches. Il y avait quelques cabanes en rondins de-ci, de-là. Nous parvînmes enfin à un plateau d'où l'on voyait nettement se dessiner le Matterhorn, dressant, vers le Sud, son affreux pic dentelé. « Le voilà, dit fièrement Morley ; il est beau, hein ? Est-ce que ça ne vous rappelle pas les Alpes ?

J'ai une collection de photos de neige que je vous montrerai un jour.

— J'aime bien ça, moi aussi », remarqua Japhy d'un ton grave, en jetant sur la montagne un regard rêveur qui ressemblait à un soupir secret. Je compris qu'il pensait à son pays natal. Bridgeport est une petite ville endormie, qui ressemble à celles que l'on trouve en Nouvelle-Angleterre, dans la plaine : deux restaurants, deux stations-service, une école et des maisons alignées le long de la Nationale 395 qui va de Bishop à Carson City dans le Nevada.

8

Un autre retard survint — dans des circonstances incroyables — par la faute de Mr Morley qui décida de chercher un magasin ouvert à Bridgeport où il pourrait se procurer un sac de couchage ou au moins une toile de tente, voire une bâche quelconque pour pouvoir dormir à 3 000 mètres, où il ferait diablement froid s'il en jugeait par la nuit passée à 1 200 mètres la veille. Nous l'attendîmes, Japhy et moi, confortablement installés dans la chaleur d'un soleil déjà haut à dix heures du matin, sur la pelouse de l'école. Les voitures n'étaient pas très nombreuses sur la route — d'ailleurs généralement peu fréquentée — et nous assistions en spectateurs aux essais infructueux d'un jeune auto-stoppeur indien qui cherchait à se faire véhiculer vers le nord. Nous eûmes même une discussion à ce sujet. « Voilà ce que j'aime, faire du stop, circuler librement de-ci, de-là ; imagine que tu es un Indien, et que tu fais du stop ! Hein, quelle belle vie ! Allons lui souhaiter bonne chance, Smith. » L'Indien n'était pas très bavard, mais il fit montre de cordialité. Il nous dit qu'il n'avançait pas vite sur la route 395. Nous lui souhaitâmes bonne chance, avant de nous demander ce que devenait Morley. La ville n'était pas grande, mais il nous fut impossible de le retrouver.

« Qu'est-ce qu'il fait ? Il est en train de tirer un indigène de son lit, ma parole ! »

Finalement, Morley revint nous dire qu'il n'y avait rien de disponible et que la seule solution consistait à louer deux couvertures à l'auberge du lac. Nous reprîmes la voiture pour rebrousser chemin jusqu'à un carrefour, quelques centaines de mètres en arrière et bifurquâmes vers le sud pour longer les Twin Lakes jusqu'à l'hôtel indiqué. C'était une grande maison de bois, peinte en blanc, où Morley dut déposer cinq dollars en guise de caution avant de pouvoir louer deux couvertures pour une nuit. Une femme nous regarda partir, les deux poings sur les hanches, tandis que les chiens aboyaient sur nos talons. La route de terre battue était poussiéreuse, mais l'eau du lac semblait d'un bleu très pur. On y voyait se refléter nettement le pied des collines et les parois rocheuses. Plus loin, des cantonniers réparaient la chaussée et des tourbillons de poussière jaune s'élevaient dans l'air, à l'endroit où il nous faudrait longer à pied la rive avant de traverser le petit ruisseau, au bout du lac, pour nous engager dans les contreforts broussailleux qui précèdent le début de la piste.

Nous laissâmes la voiture garée dans un coin après avoir bloqué les vitesses. Sous le soleil chaud, nous fîmes nos derniers préparatifs. Japhy bourra mon sac en m'avertissant que si je ne le portais pas je pourrais aussi bien faire un plongeon dans le lac. Il était soudain très sérieux et grave, ce qui me plut infiniment. Puis, avec la même gravité enfantine, il dessina un cercle dans la poussière en se servant de son piolet et se mit en devoir de tracer des signes à l'intérieur du rond.

« Qu'est-ce que c'est que ça ?

— C'est une mandala magique. Non seulement elle nous protégera, mais elle me permettra de lire l'avenir si j'ajoute quelques signes en prononçant une formule rituelle.

— Qu'est-ce que c'est qu'une mandala ?

— C'est un dessin bouddhiste composé de signes que l'on dispose à l'intérieur d'une circonférence. Le cercle représente le vide et les dessins sont les illusions. On voit parfois une mandala tracée sur la tête d'un Boddhisattva et inspirée par l'histoire de sa vie. C'est une coutume d'origine tibétaine. »

J'avais mis mes espadrilles et sortis vivement le couvre-chef montagnard que Japhy m'avait assigné pour la journée : un petit béret basque noir auquel je donnai un angle avantageux. Puis je pris le sac et me sentis prêt à partir. Avec mes espadrilles et mon béret, mon allure était plutôt celle d'un peintre bohème que d'un alpiniste.

Japhy portait ses bottes à crampons et son petit chapeau tyrolien vert à plume. Il faisait penser à un lutin bourru. Je le revois encore, seul, dans la montagne en cette tenue : l'air matinal est pur, sec, dans la haute sierra ; des sapins se découpent nettement dans le lointain, projetant leurs ombres sur les monticules rocheux ; au-delà se dressent des arêtes enneigées ; en deçà, des pins entremêlent leurs branches ; et voici Japhy avec son petit chapeau et son gros sac à dos, avançant lourdement à cause de ses bottines d'alpiniste ; avec le pouce de la main gauche, il tire sur la bretelle de son sac, à hauteur de poitrine ; dans ses autres doigts, il serre la tige d'une fleur ; l'herbe pousse dans les interstices des pierres et des rochers ; au loin, des éboulis pierreux dessinent des balafres dans le matin ; les yeux de Japhy brillent de joie ; il se sent sur la bonne voie, en compagnie de ses héros favoris, John Muir, et Han Shan, et Shih-te, et Li Po, et John Burroughs, et Paul Bunyan, et Kropotkine ; il est trapu et son abdomen bombe curieusement son pantalon ; non pas qu'il ait un gros ventre, mais il cambre les reins dans son effort ; peu importe d'ailleurs, sa silhouette est corrigée par ses longues enjambées (il marche comme un homme de haute taille, j'en sais quelque chose, moi qui m'essouffle à le suivre dans son ascension), car il a des poumons vigoureux et des épaules solides.

« Sacrédié, Japhy, je me sens rudement bien ce matin », lui dis-je lorsque nous partîmes le long de la route du lac, après avoir verrouillé les portières de la voiture. Nous avancions, tanguant un peu sous le poids de nos sacs, musardant un brin, occupant toute la chaussée ou passant de gauche à droite et de droite à gauche comme des fantassins qui avancent, l'arme à la bretelle. « Est-ce que ça ne vaut pas fichtrement mieux que *The Place* ou n'importe quel autre bar, où l'on commencerait déjà à boire, dès le samedi matin, pour se sentir ensuite tout brumeux et nauséeux, au lieu d'aspirer l'air pur du lac en marchant ? Nom de Dieu, c'est un vrai haï-kaï en soi, que d'être ici. »

Puis se tournant vers moi, il ajouta : « Les comparaisons sont toujours odieuses, Smith (c'était une citation de Cervantes et une maxime bouddhiste zen par-dessus le marché) ; dans le fond, être à *The Place* ou sur le Matterhorn, c'est pareil, mon vieux, le vide est partout. » Et je méditai là-dessus et trouvai qu'il avait raison, car les comparaisons *sont* odieuses. Tout se vaut. Mais je me sentais rudement bien, et tout à coup je compris (malgré mes artères en mauvais état) que cette promenade me ferait le plus grand bien et m'empêcherait de boire et me permettrait peut-être de mieux apprécier un nouveau genre de vie. « Japhy, je suis content de t'avoir rencontré. Je vais apprendre à boucler convenablement un sac et à courir la montagne quand j'en ai marre de la vie civilisée. En fait, je remercie le sort de t'avoir rencontré.

— Eh bien, Smith, j'ai eu de la chance de te rencontrer, moi aussi. Ça m'apprend à écrire avec plus de spontanéité et des tas de choses comme ça.

— Ce n'est pas beaucoup.

— Pour moi c'est beaucoup. Hardi, les gars, un peu plus vite, on n'a pas de temps à perdre. »

Peu à peu, nous avions atteint les tourbillons de poussière jaune qui signalaient la présence des tracteurs, montés par de gros gars suants ; ceux-ci ne nous regardèrent même pas, tout occupés à sacrer et jurer en travaillant. Il aurait fallu leur payer double ou quadruple salaire pour leur faire escalader une montagne le samedi.

Japhy et moi éclatâmes de rire à cette idée. Je pensais que je devais avoir l'air d'un idiot avec mon béret, mais les cantonniers n'y jetèrent pas un regard et bientôt nous les avions dépassés. La dernière petite cabane de rondins qui servait de point de ravitaillement apparut au pied de la piste, juste au bout du lac. Elle était blottie entre deux hautes collines en forme de V. Nous nous arrêtâmes pour souffler un peu, assis sur les marches. Nous n'avions pourtant couvert que six kilomètres en terrain relativement plat et sur une bonne route. Nous entrâmes pour acheter des sucreries et des crackers, des Cocas et autres provisions du même ordre. Puis, soudain, Morley qui n'avait pas ouvert la bouche pendant la marche, fit savoir qu'il avait oublié de vidanger le radiateur. Il avait une allure vraiment comique dans son harnachement, sous l'immense paquetage couronné par le matelas pneumatique (dégonflé) ; il ne portait pas de chapeau et semblait sortir de sa bibliothèque, sauf qu'il portait un pantalon plus ample et plus fripé que de coutume.

Ne connaissant rien aux voitures, je ne pris pas son émoi au tragique : « Il n'a pas vidangé le radiateur. Il n'a pas radiangé le vidiateur, dis-je. Il n'a pas radié le videur d'anges.

— Oui ? Eh bien, cela signifie que s'il gèle cette nuit, le radiateur va crever et que nous devrons rentrer à pied à Bridgeport — ce qui fait vingt kilomètres de plus — sans compter qu'on va se trouver coincés.

— Il ne gèlera peut-être pas.

— Pouvons pas prendre le risque », dit Morley.

Je commençais à me sentir fou de rage contre lui et ses façons d'oublier toujours tout, de faire l'idiot, de nous mettre en retard et de compliquer à l'infini cette excursion toute simple que nous avions entreprise.

« Qu'est-ce que tu fais ? Qu'est-ce que nous faisons ? On ne va pas rebrousser chemin ? Douze kilomètres aller retour !

— Rien d'autre à faire. J'y vais seul, je vidange et je reviens. Partez devant, je vous rejoindrai ce soir à l'étape.

— J'allumerai un bon feu, dit Japhy, pour te guider. Tu n'auras qu'à iouler et nous te répondrons.

— C'est tout simple.

— Dépêche-toi, si tu veux nous rejoindre avant la tombée de la nuit.

— Bon, j'y vais. »

Mais je me sentais pris de pitié pour ce pauvre clown sans défense. « Tu ne vas quand même pas faire la grimpette tout seul. Oublie ton radiateur et viens avec nous.

— Si le bidule gèle cette nuit, ça va me coûter trop cher, Smith. Non, il faut que j'y aille. J'ai des tas de pensées charmantes pour me tenir compagnie et me permettre de rester à l'unisson avec vous toute la journée. Crédié, je m'en vais tout de suite. Ne rugissez pas après les abeilles, ne bousculez pas la Joconde et si vous rencontrez des joueurs de tennis tout nus, n'allumez pas le projecteur si vous ne voulez pas que le cul d'une fille vous renvoie un rayon de soleil dans l'œil. Et puis méfiez-vous des chats et des boîtes de conserves. » Après quelques fadaises du même style, il fila à l'anglaise avec un petit signe de la main tout en continuant à marmonner dans sa barbe. Nous lui criâmes « Au revoir, Henry, tâche de faire vite », mais il ne répondit pas et se contenta de hausser les épaules.

« Tu sais, dis-je, je crois que ça lui est égal, dans le fond. Tout ce qu'il veut c'est errer à l'aventure et oublier tout.

— Et se masser le ventre, et voir les choses telles qu'elles sont, comme dit Chuang Tse. » Japhy et moi nous payâmes une pinte de rire en contemplant le pauvre vieil Henry redescendre le long de la route que nous avions déjà eu du mal à monter, tout seul et fou de rage.

« On y va, dit Japhy. Quand j'en aurai assez de porter le grand sac je te le passerai et tu me donneras le tien.

— Donne-le-moi tout de suite, vieux. J'ai envie de porter quelque chose de lourd. Tu ne sais pas comme je me sens *bien.* »

Nous échangeâmes donc nos sacs, et en avant. Nous nous sentions en pleine forme et devisions gaiement de tout et de rien, de littérature, de filles, de Princesse, de poésie, du Japon, de nos aventures passées, de la montagne et je compris que Morley avait fort bien fait de retourner vidanger son radiateur, car sans cela Japhy ne se serait jamais déboutonné pendant toute la journée. Maintenant, j'avais la chance de l'entendre exposer ses idées. Dans sa façon de faire, pendant la marche, il me rappelait Mike, mon copain d'enfance, qui aimait, lui aussi, servir de guide, sérieux comme Buck Jones, le regard perdu dans le lointain, comme Natty Bumpoo, me signalant les ronces ou commentant à haute voix : « Le ruisseau est trop profond ici, il faut traverser ailleurs » ; ou bien : « Il doit y avoir de la boue, dans ce creux, mieux vaut faire un détour », d'un ton grave et heureux. En le voyant faire, j'imaginais un petit garçon nommé Japhy, dans les bois de l'Oregon. Il parlait en marchant, sans se retourner, et je le regardais de dos ; il avait les pieds tournés un peu en dedans comme moi ;

mais il les tourna en dehors, comme Charlot, pour garder une meilleure assise lorsque nous commençâmes à peiner sur la pente. Nous traversâmes une sorte de lit boueux, encadré par des saules et une abondante végétation basse, pour nous retrouver enfin de l'autre côté, légèrement mouillés, sur une piste nettement marquée. Elle avait été remise en état tout récemment, mais des blocs de roche avaient déjà roulé parfois en travers et Japhy prit soin de les écarter de notre chemin, au passage. « J'ai travaillé, dans le temps, avec les équipes chargées d'entretenir ces pistes, Smith, et je ne peux pas supporter de voir celle-ci en aussi mauvais état. » A une certaine altitude, nous pûmes voir tout le lac, en contrebas, avec ses trous profonds où se formaient des tourbillons, comme des puits noirs. Des bancs de poissons égratignaient la surface de l'eau.

« Cela ressemble à un paysage matinal chinois. J'ai cinq ans et le temps est éternel, chantonnai-je. J'avais envie de m'asseoir sur le bord du sentier et de tirer mon calepin pour y griffonner quelques notes.

— Regarde, chanta Japhy, des peupliers jaunes. Cela me rappelle un haï-kaï :

Un peuplier ; des feuilles jaunies.
Un écrivain est passé par là. »

Dans ce pays, on peut comprendre toute la parfaite beauté des haï-kaï que nous ont légués les poètes d'Extrême-Orient. Ces gens ne se laissaient pas enivrer par la nature ; ils gardaient toute la fraîcheur d'esprit des enfants. Ils décrivaient ce qu'ils voyaient sans artifice ni procédés. Nous poursuivîmes notre route en composant des haï-kaï tout en suivant le sentier qui montait en lacet, de plus en plus haut. Je récitai :

« Rochers au flanc de la montagne.
Pourquoi ne roulent-ils pas jusqu'en bas ?

Peut-être est-ce un haï-kaï, mais je n'en suis pas sûr.

— C'est trop compliqué, répondit Japhy. Un véritable haï-kaï doit être simple comme la soupe et cependant avoir la saveur de la réalité. Le plus beau des haï-kaï est probablement celui-ci :

Le moineau sautille sur la terrasse.
Il a les pattes mouillées.

C'est un poème de Shiki. On voit les traces des petites pattes mouillées avec les yeux de l'imagination. Et cependant, dans ces quelques mots, il y a aussi la pluie qui est tombée ce jour-là. On sent presque le parfum des aiguilles de pin humides.

— Encore un!

— Celui-ci sera de moi. Attends :

Le lac, en contrebas;
Des trous noirs comme des puits.

Non, c'est mauvais. Il faut être très fort pour écrire des haï-kaï.

— Pourquoi ne pas improviser sans réfléchir, en marchant?

— Tiens, regarde, interrompit-il joyeusement. Des loups de montagne! Admire le bleu de ces fleurs. Et voilà des coquelicots de Californie là-bas! Tout un champ de couleurs. Et là-haut, c'est justement un authentique sapin blanc comme on n'en voit qu'ici... et encore, il n'en reste plus beaucoup.

— Tu connais bien les oiseaux et les arbres.

— Je les ai étudiés toute ma vie. » Au fur et à mesure que nous grimpions, la conversation devenait plus primesautière et de moins en moins sérieuse. Bientôt un lacet du sentier déboucha soudain dans une clairière sombre, arrosée par une cataracte violente qui éclaboussait les rochers de son écume, avec un bruit de tonnerre. Au-dessus du torrent, un arbre abattu formait un petit pont parfaitement harmonieux; couchés à plat ventre sur le tronc, la tête pendante, les cheveux dans l'eau, nous bûmes à même les vagues qui nous fouettaient le visage. J'avais l'impression de plonger la tête sous la vanne d'une écluse. Je restai là, un bon moment, dans cette délicieuse et soudaine fraîcheur.

« On dirait une affiche pour la bière du mont Rainier, cria Japhy.

— Asseyons-nous un peu pour en profiter.

— Mon vieux, tu ne te doutes pas de ce qui nous reste à faire.

— Je ne me sens pas fatigué.

— Tu ne seras pas aussi faraud ce soir. »

9

Nous poursuivîmes notre route et j'aimais infiniment le goût d'éternité qui imprégnait la piste en ce jeune après-midi. J'aimais voir les collines herbeuses qui paraissaient nimbées de vieil or ; et les insectes qui sautaient sur les pierres ; et le vent qui soupirait en dansant et ruisselant parmi les rochers chauds ; et l'ombre fraîche qui baignait soudain la piste sous les grands arbres ; et la lumière qui semblait plus profonde, une fois franchi le bosquet ; et la façon dont le lac, en contrebas, se transforma en une simple maquette, à petite échelle, mais les tourbillons noirs restaient très visibles ainsi que les ombres des nuages, largement étalées sur les eaux, et la petite route tragique que le pauvre Morley devait parcourir maintenant pour la troisième fois.

« Est-ce que tu vois Morley sur la route ? »

Japhy regarda longuement : « Je vois un petit nuage de poussière. C'est peut-être lui qui revient déjà. » Il me semblait que j'avais déjà passé un après-midi sur cette piste, aux temps anciens, au milieu des prairies, des rochers et des bouquets de loups champêtres, et que j'avais vu auparavant le torrent hurleur éclaboussant le tronc d'arbre jeté en guise de pont, d'une berge à l'autre ; cette verdure presque aquatique m'était familière ; quelque chose d'inexprimable s'était brisé dans mon cœur comme si je me rappelais avoir déjà parcouru ce sentier dans des circonstances semblables avec un autre Boddhisattva, mais au cours d'un voyage peut-être plus important. J'eus envie de me coucher sur le bord de la piste pour en retrouver le souvenir. C'est souvent le cas, en forêt. Les arbres produisent toujours une impression familière ; on dirait le visage d'un parent disparu depuis longtemps et qu'on revoit comme dans un vieux rêve ; une bribe de chanson oubliée qui dérive à la surface des eaux ; cela ressemble à l'éternité dorée de l'enfance enfuie ou d'une tranche de vie adulte déjà écoulée ; cela fait penser à toutes les vies et à toutes les morts et à toutes les peines survenues il y a un million d'années ; et les nuages qui passent semblent en porter témoignage, familiers et solitaires. Ces rappels soudain me plongèrent même dans une sorte d'extase ; tout suant et somnolent, j'aurais aimé m'endormir et rêver dans l'herbe. Nous montions toujours, de plus en plus fatigués, et comme de vrais montagnards nous étions muets maintenant, sans plus ressentir le besoin de parler, et heureux de notre silence, comme le remarqua

Japhy, après une demi-heure de mutisme, en se tournant vers moi : « Voilà ce que j'aime. Aller de l'avant sans avoir besoin de parler, comme des bêtes, et reliés seulement par la télépathie. » Ainsi repliés sur nous-mêmes nous poursuivions notre route. Japhy avançait lourdement dans la position que j'ai indiquée, et je trouvai moi-même mon propre rythme, à courtes enjambées patientes qui me hissaient vers le faîte de la montagne à quinze cents mètres à l'heure, de sorte que j'étais toujours à trente mètres derrière mon guide et quand nous voulions nous réciter un haï-kaï, il nous fallait crier à tue-tête. Bientôt, nous arrivâmes au sommet de cette partie de la piste — constituée jusque-là par un sentier — qui se perdait dans une prairie de rêve, semée de petits étangs. Au-delà, il n'y avait plus que des rocs.

« Il faudra maintenant nous guider sur les repères !

— Des repaires de brigands ?

— Tu vois ces rochers, là-bas ?

— Je ne vois même que des rochers sur sept kilomètres au moins, jusqu'au sommet.

— Tu ne vois pas un petit tas de pierres sur ce rocher, près du pin ? C'est un repère construit par d'autres alpinistes qui sont passés par ici. Peut-être même l'un de ceux que j'ai placés en 1954, mais je n'en jurerais pas. Il nous faudra progresser de rocher en rocher maintenant, en guettant attentivement ces repères qui nous indiquent la bonne voie. Bien entendu, nous ne pouvons pas nous tromper de direction : notre but, c'est ce grand escarpement devant nous. Le plateau est juste au-dessus.

— Le plateau? Bon Dieu, tu ne veux pas dire que le sommet est encore plus loin?

— Oui, bien sûr. Après le plateau, il y a des éboulis et encore des rocs et c'est ensuite que nous atteindrons un beau petit lac de montagne, pas plus grand que cette mare. Il ne restera qu'une petite côte de trois cents mètres à grimper. Il est vrai qu'elle est presque à pic, mais elle conduit au sommet du monde. De là, tu verras toute la Californie et une partie du Nevada sous un vent qui t'arrachera presque ton pantalon.

— Aïe... Il nous faudra combien de temps?

— Au mieux, nous pourrons camper cette nuit sur le plateau, qui n'est d'ailleurs qu'un palier entre les sommets. »

Mais le paysage me semblait si merveilleux au bout de la piste, avec sa prairie de rêve, bordée de pins à une extrémité, son étang, son air frais et ses nuages dorés dans le ciel, que je suggérai : « Regarde tout ça, vieux. Pourquoi ne pas dormir ici. Je ne crois pas avoir jamais vu un parc aussi merveilleux.

— Nous ne sommes arrivés nulle part encore. Tout ça est très beau, mais en nous réveillant demain matin, nous pourrions bien avoir autour de nous trois douzaines de maîtres d'école venus à cheval pour préparer leurs œufs et leur bacon sous notre nez. Là où nous allons, tu pourrais parier ton cul que tu ne verras pas un être vivant. Et si je me trompe tu auras le droit de me botter les fesses. Au pis, nous rencontrerons un alpiniste ou deux mais ça m'étonnerait à cette époque-ci : il va bientôt neiger et si la neige nous surprend, autant dire que nous ne pourrons pas rentrer vivants. Bonsoir tout le monde!

— Eh bien, bonsoir, Japhy... Reposons-nous quand même un peu ici pour boire une gorgée d'eau et admirer la prairie. » Nous nous sentions fatigués mais en pleine forme. Après nous être étendus dans l'herbe pour nous reposer, nous échangeâmes nos sacs. Les bretelles de nouveau bien assujetties, nous étions prêts à repartir. Tout de suite, l'herbe fit place aux rochers. Il nous fallut grimper sur le premier d'entre eux, et de là, sauter de l'un à l'autre. Peu à peu, l'ascension se poursuivait. Sur plus de huit kilomètres, ce n'était qu'une sorte de vallée de rocaille, entre d'immenses escarpements à droite et à gauche. A chaque bond, il nous semblait que les rocs étaient de plus en plus abrupts. A la fin, nous avions presque l'impression de grimper à quatre pattes.

« Et qu'y a-t-il au-delà de la paroi rocheuse?

— Il y a de l'herbe, des bouquets d'arbres, des rochers épars, de délicieux ruisseaux, tout en méandres, charriant des glaçons dès l'après-midi, des plaques de neige, des arbres immenses et un roc deux fois plus grand que le bungalow d'Alvah, incliné en avant; cela nous permettra de nous abriter dessous pour camper, cette nuit, et la chaleur du feu sera réfléchie par la pierre. Au-delà il n'y a plus ni herbe ni arbres. Ce rocher se trouve à trois mille mètres tout juste. »

Avec mes espadrilles, il m'était facile de sautiller lestement d'un roc à l'autre. Mais après un moment, j'observai avec quelle grâce Japhy avançait d'un pas tranquille, de pierre en pierre, esquissant parfois délibérément un pas de danse, de gauche à droite, de droite à gauche, de sorte que je m'appliquai à l'imiter, pas à pas ; cependant je compris vite que j'avais avantage à suivre ma propre inspiration et à improviser une danse pour mon compte.

« Le secret de cette façon de grimper, dit Japhy, est dans le Zen. Ne pense pas. Va ton chemin en dansant. Rien de plus facile au monde. Même la marche en terrain plat est plus dure, à cause de sa monotonie. Chaque pas pose de petits problèmes passionnants et pourtant le corps n'hésite jamais, il se retrouve perché sur une pierre qu'il a choisie sans raison particulière. Cela tient du Zen le plus pur. » Et Japhy avait raison.

Nous ne parlions d'ailleurs pas beaucoup. Les muscles de mes jambes étaient fatigués. Nous passâmes près de trois heures dans cette interminable vallée encaissée et fortement inclinée. L'après-midi se faisait longue et la lumière devenait d'ambre. Les ombres tombant sur les rochers stériles leur donnaient un aspect tragique mais au lieu de m'en effrayer je me sentis saisi de nouveau par un étrange sentiment d'éternité. Les repères étaient bien en place et très visibles. A chaque bond, on pouvait distinguer quelque part en avant le signe indicateur — généralement deux pierres plates l'une sur l'autre, au sommet d'un rocher, et une pierre ronde par-dessus à titre décoratif. Il était aisé de suivre la bonne direction. Le but des montagnards, lorsqu'ils disposent ces repères, est généralement d'épargner des détours à ceux qui les suivront ; on peut gagner ainsi un, deux ou même trois kilomètres. Notre torrent mugissant était toujours proche, mais il se faisait plus calme et plus étroit au fur et à mesure que nous progressions vers l'amont. Il semblait prendre sa source dans la paroi rocheuse que nous avions en face de nous, à quinze cents mètres au-dessus de la vallée où il dessinait une tache noire sur la roche grise.

Conserver son équilibre en sautant sur ces rochers était plus facile qu'il ne m'avait semblé, même pour des gens chargés de sacs pesants. Le balancement de la progression dansante réduit le risque de chute. Je regardai en arrière vers le bas de la vallée et fus surpris de voir à quelle altitude nous étions parvenus. A l'horizon se dessinaient les sommets successifs que nous avions franchis. Notre merveilleux parc, marquant le premier palier de la piste, n'était plus qu'un petit vallon comme on en trouve dans les Ardennes. Mais l'ascension devenait plus pénible, le soleil plus rouge, et bientôt je vis des plaques de neige dans l'ombre de certains rochers. Nous parvînmes à l'endroit où la paroi rocheuse semblait prête à s'effondrer sur nous et Japhy laissa tomber son sac. Je sautillai jusqu'à lui.

« Bon, on se met au point mort. C'est dans un rayon de cent mètres que se trouve le coin où nous allons camper. Je crois me rappeler l'endroit. Tu peux rester ici, ou te reposer, ou graver ton nom sur une pierre tandis que je pars en reconnaissance. Je préfère y aller seul. »

O. K. Je m'assis donc, changeai de chaussettes et remplaçai mon sous-vêtement trempé par une chemisette sèche. Puis je m'assis et sifflotai, plein d'euphorie. Au bout d'une demi-heure, Japhy revint m'annoncer qu'il avait trouvé l'emplacement cherché. Je pensais que nous en étions tout proches, mais il nous fallut plus d'une heure encore pour atteindre le rebord du plateau car les rocs étaient de plus en plus escarpés et nous devions parfois les contourner. Le plateau lui-même était couvert d'herbe rase où se dressait, à deux cents mètres de nous, un grand rocher gris parmi les pins. Le sol formait un tapis merveilleux, où des plaques de neige fondante se mêlaient à l'herbe qu'irriguaient des ruisseaux babillards. Partout, alentour, régnait le silence de la pierre. Le vent apportait un parfum de bruyère. Nous suivîmes un ravissant filet d'eau, nacré, plat comme la main, jusqu'au grand rocher. Il y avait là quelques bûches calcinées abandonnées par d'autres campeurs.

« Où est donc le Matterhorn?

— On ne peut pas le voir d'ici, mais il est à trois kilomètres de nous, seulement. Nous l'aborderons par cette gorge qui tourne là à droite, dit-il en désignant un éboulis, de l'autre côté du plateau.

— Aïe, aïe, il nous faudra encore une journée de marche pour y parvenir.

— Pas si tu arrives à me suivre.

— Bien, mon petit Ryder, moi je dis O. K.

— O. K., mon petit Smith. Et maintenant, repos. On va passer une bonne soirée, fricoter un petit souper fin et attendre le petit Morley. »

Nous ouvrîmes les sacs pour tout préparer. Il n'y avait plus qu'à fumer et à se donner du bon temps. Les montagnes arboraient maintenant une teinte rose — les rochers plutôt, car il n'y avait là que des rochers à peine recouverts par une poussière accumulée depuis l'éternité. En fait, ces blocs monstrueux et déchiquetés, au-dessus de nos têtes, me semblaient effrayants.

« Ils sont tellement silencieux.

— Ouais, mon gars, une montagne, pour moi, est comme un Bouddha. Pense à leur patience. Il y a des centaines de milliers d'années qu'elles sont là, parfaitement silencieuses, comme si elles priaient pour tous les êtres vivants, dans le silence, attendant que nous mettions un terme à notre agitation et à nos stupidités. » Japhy prit le paquet de thé dans son sac — du thé de Chine — et en jeta quelques feuilles au fond d'un pot en fer-blanc. Entre-temps, nous avions allumé le feu, un tout petit brasier pour commencer. Le soleil ne s'était pas encore couché. Japhy coinça un long bâton entre des pierres pour y suspendre un récipient plein d'eau. Quand le liquide se mit à bouillir il en versa dans le pot et servit le thé dans des gobelets étamés. J'avais moi-même puisé l'eau au ruisseau — une eau glacée et pure comme la neige ou comme les yeux cristallins du ciel. Le thé était le plus pur et le plus désaltérant que j'eusse jamais goûté de ma vie et j'en bus à satiété. Il réchauffait l'estomac et étanchait la soif.

« Tu comprends maintenant la passion des Orientaux pour le thé, dit Japhy. Je t'ai parlé d'un livre qui décrit le goût des gorgées de thé. Il y est dit que la première gorgée suscite la joie, la deuxième le bonheur, la troisième la sérénité, la quatrième la folie, la cinquième l'extase...

— Et tout cela est vrai, vieux frère. »

Le rocher sous lequel nous campions était admirable. Il avait dix mètres de haut et dix mètres de large, formant une sorte de cube presque parfait. Des arbres tout tordus s'y agrippaient et leurs branches pointaient vers nous. Il était penché en avant, ménageant une sorte de cavité où nous serions abrités de la pluie.

« Comment ce sacré machin est-il arrivé là?

— Il a dû être charrié jusqu'ici par un glacier qui a fondu plus tard. Tu vois ce champ de neige, là-bas?

— Ouais.

— C'est ce qui reste du glacier. Les rochers sont tombés de quelque montagne préhistorique dont nous ne pouvons même plus nous faire une idée ou bien celui-ci a atterri ici quand les chaînes refroidies ont explosé sous le coup des tremblements de terre jurassiens. Ray, tu n'es pas dans un salon de thé de Berkeley, en ce moment. Nous nous trouvons sur le théâtre du début et de la fin du monde. Regarde ces patients Bouddhas qui nous contemplent sans rien dire.

— Et tu viens ici, toi-même...

— Pendant des semaines entières, comme John Muir. Je fais des escalades, tout seul, je suis les veines de quartz ou je cueille des bouquets pour décorer le camp. Ou bien je me promène, nu en chantant. Je fais la cuisine et je ris tout seul.

— Japhy, il faut que je te le dise, tu es le plus heureux animal du monde, nom de Dieu! Je suis rudement content d'apprendre tout ça. Cet endroit me remplit de piété, moi aussi. Je connais une prière... je ne t'en ai pas encore parlé?

— Non, pas encore.

— Je m'assieds et je récite la litanie de mes amis, de mes parents et de mes ennemis, sans rancœur et sans gratitude ; par exemple : « Japhy Ryder, également vide, également aimable, également digne de devenir Bouddha » et « David O. Selznick, également vide, également aimable, également digne de devenir Bouddha » etc. Bien entendu, je ne cite pas David O. Selznick, mais seulement des gens que je connais personnellement, car en disant « également digne de devenir Bouddha », je veux imaginer leurs yeux... ceux de Morley, tiens, derrière ses lunettes... quand je dis « également digne de devenir Bouddha », je pense à ses yeux bleus et je découvre soudain le vrai secret de la sérénité et de la vérité qui révéleront sa qualité de Bouddha lorsqu'il en deviendra un. Ensuite je pense aux yeux de mes ennemis.

— C'est magnifique, Ray », dit Japhy en prenant son petit calepin pour noter les termes de la prière. Il hocha la tête pour marquer son approbation. « C'est vraiment, vraiment magnifique. Je vais lire cette prière aux moines que je rencontrerai au Japon. Tu es impeccable, Ray. Il te manque seulement l'habitude de venir de temps à autre dans un endroit comme celui-ci. Tu as laissé le monde te fouler sous les sabots de ses chevaux et tu en as conçu de l'amertume. Bien que les comparaisons *soient* odieuses, comme je le dis toujours, celle-ci est exacte. »

Il prit son blé éclaté bulgare et y mélangea deux paquets de légumes déshydratés. Puis il plaça le tout dans le récipient pour faire bouillir la potée plus tard. Nous guettâmes ensuite les ioulements de Morley, mais en vain. Nous commençâmes à nous inquiéter.

« L'ennui c'est qu'il a fort bien pu tomber d'un rocher et se casser la jambe sans que personne l'ait secouru. C'est un sport dangereux... je suis généralement seul, moi-même, c'est vrai, mais j'ai autant d'expérience qu'une chèvre de montagne.

— Je commence à avoir faim.

— Moi aussi, sacré nom! Je voudrais bien le voir arriver ce zèbre-là. Faisons un tour dans les environs pour manger de la neige et boire de l'eau en attendant. »

Nous allâmes jusqu'à l'arête du plateau avant de regagner le camp. Le soleil avait disparu derrière le mur occidental de la vallée, il faisait de plus en plus froid. Les escarpements se couvraient d'une palette noire, rose et pourpre, aux dégradés savants. Une ou deux étoiles pâles avaient même fait leur apparition quand nous entendîmes un lointain « Ou-la-la-iii-tou! ». Japhy bondit au sommet d'un rocher et cria « Hou hou hou! ». Un nouveau ioulement lui répondit.

« A quelle distance est-il?

— Bon Dieu, il n'a pas encore commencé à grimper vraiment. Il doit se trouver à l'entrée de la vallée rocheuse, trop loin pour arriver ici ce soir.

— Qu'est-ce qu'on va faire?

— Allons jusqu'au bord du plateau et restons-y pendant une heure pour le guider. On va emporter des cacahuètes et des raisins secs pour avoir quelque chose à bouffer en attendant. Peut-être est-il plus près que je ne pense. »

Aussitôt dit, aussitôt fait. De là-haut nous pouvions voir toute la vallée. Japhy s'assit dans la position du lotus, prit son chapelet-fétiche à perles de bois et se mit à prier. Il tenait simplement le chapelet entre ses mains jointes, les pouces accolés, et regardait droit devant lui sans bouger d'une ligne. Je m'installai de mon mieux sur un autre rocher. Nous méditâmes en silence. Je fermai les yeux. Le silence était comme un immense rugissement. Des rocs faisaient écran entre nous et le ruisseau dont le roucoulement et le clapotis ne nous parvenaient pas. Nous entendîmes plusieurs ioulements mélancoliques, mais malgré nos réponses, ils semblaient de plus en plus lointains. Quand j'ouvris les yeux, les teintes rosées étaient devenues pourpres. Les étoiles commençaient à briller. Je tombai dans une profonde méditation. Les montagnes m'apparaissaient à moi aussi comme des Bouddhas amis. Je me laissai gagner par une inquiétude surnaturelle. N'était-il pas étrange que seuls trois hommes hantassent l'immense vallée? Trois, chiffre mystique. Nirmanakaya, Samghogakaya, et Dharmakaya. Je priai pour le salut et le bonheur éternel du pauvre Morley. Quand j'ouvris les yeux, je vis Japhy toujours assis, et aussi immobile qu'une pierre. Il était si comique que j'eus envie de rire. Mais les montagnes avaient une solennité impressionnante, Japhy n'était pas moins solennel et je me sentais moi-même à l'unisson, en l'occurrence. Parfois le rire peut être solennel.

Le spectacle était d'une grande beauté. Plus de teinte rose. La nuit était pourpre et le cri du silence ressemblait à une cataracte de diamants qui pénétrait comme un liquide dans nos oreilles. On pouvait y puiser la paix pour mille ans. Je priai pour Japhy et son salut futur, son bonheur et son accession à la dignité de Bouddha. J'étais très sérieux, très halluciné, très heureux.

« Les rochers sont l'espace, pensai-je, et l'espace est illusion. » J'avais un million de pensées. Japhy avait les siennes. Je m'émerveillais de le voir méditer les yeux ouverts. Et j'étais surtout simplement étonné de voir ce petit bonhomme, extraordinaire, qui étudiait avec persévérance la poésie orientale et l'anthropologie et l'ornithologie et toutes sortes de choses dans des livres et battait la montagne et les pistes comme un vrai petit aventurier, et qui pouvait oublier son ridicule et magnifique chapelet de bois pour prier solennellement en ce lieu ; sans doute, aux anciens temps, un saint eût fait de même dans le désert, mais il était étonnant de voir un tel spectacle dans l'Amérique moderne, couverte d'aciéries et d'aéroports. « Le monde n'est pas si mauvais, pensai-je, puisqu'on peut y rencontrer des Japhy », et je me réjouis. Mes muscles étaient douloureux et j'avais des crampes d'estomac, mais la naissance, la vie et la mort me semblaient justifiées, ce soir-là, par la présence des rochers noirs alentour et le fait que deux jeunes gens sincères étaient assis, en train de méditer et de prier pour le monde, en un lieu où ils n'avaient à attendre ni paroles douces, ni baisers apaisants. Amis, quelque chose surviendra, sur cette Voie lactée de l'éternité, qui s'étend devant les yeux déssillés de nos fantômes. J'eus envie de communiquer à Japhy toutes mes pensées mais je savais qu'elles étaient sans importance et qu'en outre il les connaissait, de toute façon. Le silence est une montagne dorée.

« Ou-la-la-iii-tou », chanta Morley. Il faisait sombre maintenant et Japhy dit : « Bon, il semble qu'il soit encore loin. Il possède assez de bon sens pour comprendre qu'il lui faut camper sur place. Rentrons dîner au camp.

— O. K. »

Nous criâmes « Hou hou » deux fois encore pour encourager le pauvre Morley et l'abandonnâmes à son sort pour la nuit. Nous savions qu'il entendrait la voix de la raison et, en fait, ce fut le cas. Il nous dit le lendemain qu'il s'était enroulé dans ses deux couvertures et avait dormi toute la nuit sur son matelas pneumatique dans la fameuse prairie de rêve avec ses étangs et ses pins.

10

Je me dépêchai de ramasser des petits bouts de bois pour rallumer le feu, puis des morceaux plus gros et enfin de lourdes bûches. Il y en avait des quantités aux alentours. Les flammes s'élevaient si haut que Morley lui-même aurait pu les voir si des parois rocheuses ne s'étaient pas interposées entre lui et nous. Le brasier dégageait des bouffées de chaleur intense et la pierre de notre abri l'absorba d'abord, la réfléchit ensuite, de sorte que nous nous trouvions dans une sorte de chambre chaude et nous gelions lorsqu'il nous fallait sortir pour aller chercher de l'eau ou du bois. Japhy remplit d'eau le récipient où il avait préparé les bulgurs et, remuant le tout, il porta le mélange à ébullition. Puis, il entreprit de préparer le pudding au chocolat qu'il laissa bouillir dans un récipient plus petit, tiré de mon sac. Il fit aussi du thé frais et bientôt notre dîner était prêt. Il sortit alors, de je ne sais où, deux jeux de baguettes, et nous commençâmes à manger en riant de plaisir. C'était le plus exquis dîner que j'eusse jamais fait. Au-delà des lueurs orangées de notre feu, brillaient des constellations d'innombrables étoiles, formant des queues de comètes, des voies lactées ou des diamants solitaires avec des reflets d'argent bleus et froids. Notre bûcher ardent mettait des reflets roses sur nos délicieux aliments. Comme Japhy l'avait prédit, je n'avais pas la moindre envie de boire de l'alcool. J'avais oublié jusqu'à son existence. La montagne était trop haute, l'ascension trop fatigante, l'air trop vif, et le vent lui-même suffisait à vous rendre soûl comme une bourrique. Ce fut un repas pantagruélique. Un mets a toujours meilleur goût lorsqu'on le savoure à petites pincées au bout de deux baguettes, sans bâfrer. On pourrait imaginer une application de la loi de Darwin à la Chine : celui qui ne sait pas se servir de ses baguettes pour attraper dans la marmite familiale les meilleurs morceaux mourra de faim. Je n'en terminai pas moins la potée en m'aidant de mon index.

Après dîner, Japhy frotta minutieusement les récipients avec une toile émeri et me demanda d'aller chercher de l'eau. Ce que je fis en me servant d'une boîte de conserve — oubliée par de précédents campeurs — où je fourrai l'une des constellations que faisait briller notre feu. Je revins avec une fameuse boule de neige. Japhy fit la vaisselle avec de l'eau préalablement bouillie. « Généralement, je ne lave pas mes assiettes ;

je me contente de les envelopper dans mon foulard bleu... Ça n'a pas une grande importance... encore qu'on n'apprécie pas ce genre de sagesse dans ce bon Dieu de gratte-ciel de savon de cheval, là-bas, à Madison Avenue, qui appartient à cette sacrée firme anglaise, Urber et Cie [1], ou quelque chose d'approchant ; et je vais te dire mon gars, maintenant faudrait pas qu'on s'avise de m'empêcher de sortir ma carte du ciel pour voir comment se présentent les choses, cette nuit ; tous ces mondes, là-haut, sont plus nombreux que tes fameux sutras Surangamy, mon gars. »

Il prit donc la carte des étoiles, l'orienta convenablement et après l'avoir étudiée, il dit : « Il est exactement vingt heures quarante-huit.

— Comment le sais-tu ?

— Sirius ne se trouverait pas là s'il n'était pas vingt heures quarante-huit. Sais-tu ce que j'aime en toi, Ray ? C'est que tu me fais aimer le vrai langage de ce pays, celui que parlent les travailleurs, les cheminots, les bûcherons T'as pas entendu ces mecs jacter ?

— Pour sûr. Je connaissais un gars, un chauffeur de camion-citerne — carburant — ; je l'ai stoppé un soir, vers minuit. Ce jour-là, un jean-foutre qui tenait un motel appelé, mon cher, « Aux Dandys », figure-toi, m'avait laissé à la porte en précisant que si je ne pouvais pas stopper une

1. Allusion au fameux gratte-ciel new-yorkais d'une marque de produits détergents (*N. d. T.*).

voiture, il me permettrait de coucher sur son plancher. Après avoir fait le pied de grue pendant une heure sur le bord de la route déserte, je vois arriver ce camion conduit par un Indien Cherokee qui me dit s'appeler Johnson ou Smith ou quelque chose comme ça et commence à me raconter : « J'ai quitté la cahute à la vieille avant que t'aies entendu couler d' l'eau, et je m'suis débiné en vitesse, mais j'ai eu, tout partout, l' sale boulot » et il continue comme ça dans le rythme, et pour marquer les temps, il débrayait et passait ses vitesses de sorte que le camion rugissait à cent à l'heure dans les descentes et ne ronflait normalement que pour accompagner ses périodes. C'était magnifique, voilà ce que j'appelle de la poésie.

— C'est ce que je voulais dire. Tu devrais entendre les histoires de mon vieux copain Burnie Byers, quand il se monte la tête, là-bas dans le Skagit, Ray ; faut que tu ailles y faire un tour.

— Okay. J'irai. »

Ainsi agenouillé, déchiffrant sa carte du ciel, et se penchant encore davantage pour voir les étoiles à travers les branches des arbres noueux, sortis du rocher, au-dessus de lui, Japhy, avec sa barbiche et son allure bizarre, ressemblait devant cette puissante et sévère muraille de pierre, à l'un des anciens maîtres chinois du Zen, tels que je les avais toujours imaginés, dans le désert. Il était à genoux, penché en avant, le regard tourné vers le ciel comme s'il tenait un sutra sacré entre les mains. Bientôt, il se dirigea vers la plaque de neige et rapporta le pudding au chocolat, maintenant glacé, et indiciblement savoureux. Nous n'en laissâmes pas une miette.

« L'aurait peut-être fallu en garder pour ce pauvre Morley.

— De toute façon, le soleil l'aurait fait fondre. »

Le feu cessa de ronfler et se transforma en braises ardentes de deux mètres de long chacune. La nuit jeta sur nous son manteau de cristal de gel, mais le froid, combiné au parfum de la fumée, était aussi délicieux que le pudding au chocolat. Je fis une courte promenade solitaire sur les rives du petit ruisseau gelé et m'assis pour méditer au pied d'un tumulus. De part et d'autre du plateau, les montagnes formaient des masses de silence. J'avais trop froid pour m'attarder là plus d'une minute. Comme je regagnais le camp, je vis le feu, notre feu, qui jetait une lueur orangée sur le grand rocher et Japhy à genoux, le regard levé vers le ciel, le tout à plus de trois mille mètres au-dessus du monde grinçant. C'était une leçon de paix et de sagesse.

Un autre aspect de Japhy me remplissait d'étonnement : son extraordinaire sensibilité en matière de charité. Il donnait tout ce qu'il avait avec ce que les Bouddhistes appellent la « Paramita de Dana » — la perfection dans la charité.

Au moment où je revins m'asseoir près du feu, il dit : « Eh bien, Smith, il est temps que tu possèdes, toi aussi, l'un de ces chapelets fétiches.

Tiens, prends le mien. » Et il me tendit les perles de bois brunes, enfilées sur une forte cordelette noire et brillante, terminée par un beau nœud pour retenir la dernière perle.

« Je ne peux pas accepter un cadeau pareil. Ce chapelet vient du Japon, n'est-ce pas ?

— J'en ai un autre tout noir, Smith. La prière que tu m'as apprise cette nuit vaut bien un chapelet. Prends-le tout de suite. » De même qu'il avait veillé à ce que ma portion de pudding fût plus grosse que la sienne, il mit mon sac de couchage plus près du feu que le sien, afin d'être sûr que j'aurais chaud, après avoir disposé des branchages sur le roc et les avoir couverts d'un poncho pour nous faire un matelas. Tout lui était occasion d'exercer sa charité et il fit école, car la semaine suivante je lui donnai de belles chemisettes neuves que j'avais achetées dans une coopérative. Il répondit bientôt par l'offre d'un récipient de camping en plastique. Comme je lui avais apporté, en plaisantant, une grande fleur cueillie dans le jardin d'Alvah, il fit pour moi un bouquet sur les pelouses de Berkeley.

Ce soir-là, il ajouta : « Tu peux garder les espadrilles, j'en ai une autre paire, un peu plus vieille mais en très bon état.

— Je ne peux quand même pas prendre toutes tes affaires.

— Smith, tu ne comprends pas que donner est un plaisir. » Il se livrait à ce plaisir de façon charmante, sans rien de touchant ni de voyant —

avec tristesse, pour ainsi dire. Il m'offrit parfois des objets usés et sans valeur, mais ses dons ne manquaient jamais de grâce, ils étaient utiles et il y avait, dans son geste, de la tristesse.

Nous nous roulâmes dans nos sacs de couchage. Il faisait maintenant un froid de glace. Il était plus de onze heures. Nous bavardâmes encore un peu jusqu'au moment où l'un de nous cessa de répondre et bientôt nous étions profondément endormis. Je m'éveillai au milieu de la nuit et là, devant les étoiles, étendu sur le dos, je rendis grâce à Dieu pour cette course en montagne. Mes jambes allaient mieux et je me sentais fort. Les craquements des bûches dans le feu mourant me rappelaient les commentaires discrets de Japhy sur mon bonheur. Je le regardai. Il avait enfoui sa tête dans le sac de couchage. Cette forme pelotonnée était le seul objet que je pouvais discerner dans la nuit. Et je pensais : « Que l'homme est étrange... car, comme le dit la Bible, « qui peut connaître l'esprit de l'homme qui regarde vers le ciel ? » Ce garçon a dix ans de moins que moi et devant lui je me sens stupide ; j'oublie tout ce qui fit ma joie et mon idéal au cours de ces dernières années, passées à boire et à désespérer. Peu lui chaut d'être sans le sou. Il n'a pas besoin d'argent. Son sac lui suffit ; avec une paire de souliers et quelques sachets en plastique recélant des aliments déshydratés, il va son chemin et s'octroie des plaisirs de millionnaire dans un cadre comme celui-ci. D'ailleurs, un millionnaire goutteux pourrait-il grimper jusqu'à ce rocher que nous avons atteint après une pleine journée de marche ? » Et je me promis de commencer une vie nouvelle. « Je vais errer désormais à travers les terres de l'Ouest et les montagnes de l'Est, et le désert du Sud, sac au dos, à la recherche de la pureté. » J'enfouis mon nez dans le sac de couchage et ne m'éveillai qu'à l'aube, tout grelottant : le sol glacé me gelait les côtes, à travers le poncho. J'avais l'impression de plonger dans une humidité plus pénétrante que celle d'un lit froid. A chaque effort pour respirer, j'exhalais de petits nuages de vapeur. Je me retournai et me rendormis. Mes rêves furent purs et froids comme de la glace. Des rêves heureux, sans cauchemars.

Quand je m'éveillai de nouveau, le soleil ressemblait à un astre neuf, faisant couler sa lumière orange à travers les déchirures des rocs, à l'est, jusqu'à nos sapins odorants. Je me croyais revenu au temps de mon enfance, lorsque je sautais du lit, le samedi matin, pour aller jouer, en tenue de sport, toute la journée. Japhy était déjà debout et chantait, tout en soufflant sur ses doigts devant un petit feu. Il y avait du givre sur le sol. Puis, Japhy bondit soudain en hurlant « Ou-la-la-iii-tou! » et — bon Dieu — Morley lui répondit. Il était plus près de nous que la veille. « Le voilà en chemin. Debout, Smith, quelques tasses de thé chaud te feront du bien. » Je me levai donc et pêchai mes espadrilles au fond de mon sac de couchage où je les avais tenues au chaud toute la nuit. Je me chaussai, coiffai mon béret et me mis à courir dans l'herbe. Le petit ruisseau maigre était gelé sauf en son milieu où un filet d'eau gargouillant faisait un bruit de grelots. Je me jetai à plat ventre et bus longuement, en plongeant mon visage dans le courant. Il n'est rien de tel que de se débarbouiller avec de l'eau glacée en montagne. Je revins vers Japhy qui réchauffait les restes de notre dîner de la veille, ce qui nous fit un excellent petit déjeuner. Nous gagnâmes ensuite l'arête du plateau pour héler Morley. Celui-ci apparut, soudain, tout petit, à trois kilomètres de là, dans la vallée rocheuse, avançant comme un jouet mécanique dans un vide immense. « Che p'tit point, là-bas, c'est not' malin ami Morley », dit Japhy en prenant son curieux accent de bûcheron.

Deux heures plus tard, l'ami Morley était assez proche de nous pour nous faire part de ses commentaires et il ne s'en priva pas, tout en escaladant les derniers rochers. Il nous rejoignit enfin sur la pierre où nous étions assis, dans le soleil matinal, déjà chaud.

« La Société des Dames patronnesses devrait, à mon avis, épingler un ruban bleu sur vos chemises ; il paraît qu'il reste encore de la grenadine fraîche et que Lord Mountbatten s'impatiente. Vous pensez bien qu'ils vont étudier les causes de ce nouveau conflit en Extrême-Orient à moins qu'ils ne se contentent de fonder la confrérie des tâte-café. J'estime qu'ils devraient reviser leurs façons de faire s'ils doivent traiter avec des hommes de lettres aussi distingués que vous..., etc., ses mots sans rime ni raison, du blabla tout pur, nous parvenaient dans l'air bleu du matin, par-dessus les rochers et nous regardions Henry s'avancer, baigné de sueur par l'effort, mais souriant toujours.

— Bon, Morley ; prêt à escalader le Matterhorn ?

— Aussitôt que j'aurai mis des chaussettes sèches. »

11

Il allait être midi quand nous partîmes. Nous laissions nos sacs pesants auprès du feu de camp. Personne n'aurait l'idée de passer par là avant un an au moins. Nous n'emportions que notre déjeuner et une trousse de secouriste. La vallée des éboulis par où nous devions passer se révéla plus longue que prévu. Il fut bientôt deux heures de l'après-midi. Le soleil devenait plus doré et le vent se levait. Je commençais à me demander : « Comment arriverons-nous au sommet avant la nuit ? »

J'en parlai à Japhy qui répondit simplement : « C'est vrai, il faudra se dépêcher.

— Pourquoi ne pas rentrer tout de suite?

— Allons, mariole, on va escalader la butte et rentrer tout de suite après. » La vallée était longue, longue, longue ; la côte devenait de plus en plus raide, à mesure que nous approchions de la crête. Je commençais à avoir peur de tomber sur les petites pierres glissantes. Mes chevilles étaient endolories par la marche de la veille. Mais Morley avançait toujours sans interrompre son verbiage et j'admirai son extraordinaire endurance. Japhy avait ôté ses vêtements à l'exception d'une sangle autour des reins. Il ressemblait à un Indien, nu et rapide, toujours à 300 mètres devant nous, s'arrêtant parfois pour nous permettre de combler une partie de notre retard et repartant vers le sommet qu'il désirait atteindre avant la nuit. Morley venait ensuite à 50 mètres devant moi. Je ne me pressais pas, mais lorsque le soir commença à tomber j'accélérai l'allure et décidai de dépasser Morley pour rejoindre Japhy. Nous étions maintenant à quelque 3 500 mètres. Il faisait froid et il y avait beaucoup de neige. Vers l'est, nous pouvions apercevoir de nombreuses crêtes enneigées et, au-dessous, des vallées étagées, difficiles à identifier. Nous étions pratiquement sur le toit de la Californie. Une fois, je dus, comme les autres, contourner à quatre pattes un rocher sur une étroite corniche suspendue au-dessus d'un ravin. Il y avait de quoi se casser le cou et je me sentis réellement effrayé. Le moindre faux pas m'aurait précipité, 30 mètres plus bas, sur une autre corniche pour me donner un avant-goût du grand saut de 300 mètres dans le fond de la gorge, auquel je n'échapperais peut-être pas. Le vent nous fouettait maintenant. Comme la veille et davantage encore, j'avais l'impression de m'être déjà trouvé là, à quatre pattes sur les rochers, pour des raisons plus anciennes, plus graves et plus simples. Finalement, nous atteignîmes le pied du Matterhorn, où s'étendait un merveilleux petit lac que si peu d'hommes avaient eu l'occasion de voir, et réservé à l'admiration d'une poignée d'alpinistes, à quelque 3 500 mètres d'altitude, bordé de neige, de fleurs somptueuses, de prairies comme on n'en voit qu'en montagne, plates et enchanteresses, où je me jetai aussitôt après m'être déchaussé. Japhy était déjà là depuis une demi-heure. Il faisait froid maintenant et il avait remis ses vêtements. Morley nous rejoignit en souriant. Assis tous trois, nous regardions au-dessus de nous le dernier raidillon qui nous indiquait le chemin de l'escarpement final, au sommet du Matterhorn, tout proche désormais.

« Nous n'en sommes plus loin. On peut y aller, hasardai-je, tout joyeux maintenant.

— Non, Ray, le chemin est plus long qu'il ne paraît. Tu ne te rends pas compte de la distance. Il nous reste encore 300 mètres à parcourir.

— Tant que ça!

— A moins de courir deux fois plus vite, nous ne pourrons pas rentrer au camp avant la nuit ni redescendre jusqu'à la voiture avant demain matin, ou, au mieux, avant minuit.

— Peuh!

— Je suis fatigué, dit Morley, je ne crois pas que j'irai...

— Très bien, dis-je, je ne suis pas venu ici pour pouvoir dire que j'ai atteint le sommet, mais pour retrouver la sauvagerie de la nature.

— J'y vais quand même, dit Japhy.

— Si tu y vas, je t'accompagne.

— Morley ?

— Je ne crois pas que je puisse y arriver. Je vous attendrai ici. » Le vent était violent. Si violent que je me demandai s'il ne nous empêcherait pas d'avancer, au bout de quelques dizaines de mètres.

Japhy me tendit un paquet de cacahuètes et de raisins secs en disant : « Ce sera notre carburant, vieux. Ray, es-tu prêt à courir deux fois plus vite ?

— D'accord. Je ne peux quand même pas expliquer aux copains de *The Place* que je suis venu jusqu'ici pour déclarer forfait au dernier moment.

— Il est tard, dépêchons-nous. » Japhy partit aussitôt, à toute allure, et même au pas de course, parfois, lorsque nous devions passer à droite ou à gauche des longues coulées de l'éboulis. Ces éboulis sont des glissements de rochers et de terre qui rendent la progression très malaisée et cèdent sous les pas en petites avalanches. A chaque foulée, il me semblait m'élever davantage, grâce à quelque ascenseur géant. Je m'étouffai presque, de saisissement, lorsque je me retournai et vis tout l'État de Californie étendu à mes pieds dans trois directions, sous le ciel bleu immense parcouru de nuages comme par autant de planètes ; des vallées lointaines et même des plateaux se déployaient en perspective, ainsi que les monts Nevada, pour autant que je pus en juger. Il était terrifiant de regarder vers le bas et de voir Morley, comme une tache incertaine, sur le bord du petit lac où il nous attendait. « Pourquoi ne suis-je pas resté auprès de ce vieil Henry ? » pensai-je. J'avais maintenant peur de monter plus haut, terrorisé par le sentiment de l'altitude. Je craignais aussi d'être balayé par le vent. Je revécus en toute lucidité tous les cauchemars où je m'étais senti précipité au bas de montagnes ou de gratte-ciel. Tous les vingt pas, il nous fallut bientôt nous arrêter pour souffler.

« C'est à cause de l'altitude, Ray, dit Japhy, en s'asseyant près de moi, tout haletant. Mange des raisins secs et des cacahuètes et tu verras comme cela te donnera des forces. »

Chaque fois que nous mangions, en effet, nous sentions revenir nos forces tant et si bien que nous repartions d'un nouvel élan pour franchir vingt à trente pas d'une seule traite. Puis il fallait s'asseoir de nouveau, en sueur malgré le vent aigre, pour reprendre haleine, sur le sommet du monde, morveux comme des enfants qui jouent dehors trop tard, un samedi soir, en plein hiver. Le vent commençait à hurler comme dans les films sur le désert du Tibet. La pente devenait trop raide pour moi. Je n'osais plus regarder en arrière. Je m'y risquai cependant. On ne voyait plus Morley au bord du petit lac.

« Plus vite, hurla Japhy qui me précédait maintenant de trente mètres. Il commence à être diablement tard. » Je regardai encore une fois le sommet. Il était à portée de la main. Nous l'atteindrions en cinq minutes. « Plus qu'une demi-heure », hurla Japhy. Je ne le crus pas. Après cinq minutes d'escalade acharnée, je tombai. En me relevant, je vis que le pic ne s'était pas rapproché. Ce que je n'aimais pas, c'était le brouillard qui enveloppait le sommet, comme si tous les nuages du monde s'étaient donné rendez-vous à cet endroit.

« Je ne verrai rien de là-haut, de toute façon », murmurai-je. Pourquoi me suis-je laissé entraîner jusqu'ici ? Japhy était reparti tout seul, me laissant le sac de cacahuètes et de raisins secs. Non sans un sentiment de solitude solennelle, il venait de décider de continuer tout seul, même s'il devait y laisser sa vie. Il ne s'assit plus une seule fois. Bientôt il y eut entre nous l'étendue d'un terrain de football — une centaine de mètres. Je voyais sa silhouette diminuer. Je regardai en arrière et demeurai pétrifié comme la femme de Loth. « *C'est trop haut* », hurlai-je à l'adresse de Japhy dans ma panique. Il ne m'entendit pas. Je courus encore quelques mètres et tombai, épuisé, à plat ventre. Je glissai un peu sur la pente. « *C'est trop haut* », hurlai-je encore. J'étais affolé. Si je glissais encore, les éboulis se transformeraient en avalanches. Cette sacrée chèvre de montagne — Japhy — continuait à sauter de roc en roc dans le brouillard, s'élevant un peu plus à chaque pas. Je ne voyais plus que la semelle de ses bottes, au-dessus de moi. « Comment ai-je pu me lier à un maniaque comme lui ? » Mais avec un désespoir efficace, je suivis ses traces. Finalement, je me trouvai sur une petite corniche horizontale où je pus m'asseoir sans avoir besoin de me raccrocher. Je m'y blottis en me serrant contre la pierre pour que le vent ne pût me déloger. Je regardai en bas et autour de moi ; cela m'acheva. « Je reste ici, hurlai-je à Japhy.

— Viens, Smith, encore cinq minutes ; je suis à trente mètres du sommet.

— *Je reste ici. C'est trop haut.* »

Il ne répliqua pas et s'en fut. Je le vis disparaître, tomber, se relever et reprendre sa course.

Je me serrai davantage encore contre la paroi, fermai les yeux et pensai : « Quelle vie ! Pourquoi nous a-t-il fallu naître d'abord, et ensuite exposer notre pauvre, tendre chair aux abominables horreurs de la montagne, du vide et des rochers ? » Avec effroi, je me rappelai le fameux axiome zen : « Quand tu parviendras au sommet de la montagne, continue à monter. » Cela dressa mes cheveux sur ma tête. Les vers m'avaient paru si beaux, alors que je les lisais confortablement installé dans le bungalow d'Alvah, sur une natte de paille. Maintenant il y avait de quoi faire battre et éclater mon cœur simplement parce que je trouvais horrible d'être né. « En fait, quand Japhy arrivera au sommet de ce pic, il *va* continuer à monter tant le vent souffle fort. Moi je suis plus philosophe : je reste ici. » Je fermai les yeux. « Pour le reste, survis et sois bon, tu n'as rien à prouver à personne. » Soudain, j'entendis un ioulement magnifique et haletant, une étrange musique, d'une mystique intensité. Je levai les yeux : Japhy était debout, au sommet du Matterhorn, faisant entendre le magnifique chant de joie du Bouddha-triomphant-qui-a-écrasé-les-montagnes. C'était très beau. C'était comique aussi par certains côtés, encore que le plus haut sommet de Californie ne fût pas comique du tout en ce moment, avec ses rafales de brouillard. Mais il fallait bien le reconnaître : le cran, l'endurance, la sueur, et maintenant ce chant d'une humanité déboussolée c'était comme de la crème fouettée sur une pièce montée. Je n'avais pas assez de forces pour répondre à son ioulement. Il courut quelque part, là-haut et disparut à mes yeux. Il m'expliqua plus tard qu'il en avait profité pour examiner la petite plate-forme de quelques mètres qui se trouvait du côté ouest, coupée par un à-pic, au bas duquel devait se trouver à mon avis, rien moins que Virginia City. C'était une folie. Je l'entendis me crier quelque chose, mais je me blottis plus fort encore sur la corniche, comme dans une coquille protectrice, en frissonnant. Je regardai vers le bas, là où Morley devait nous attendre, auprès du petit lac, confortablement étendu sur le dos, un brin d'herbe entre les dents et dis à haute voix : « Voici le karma de ces trois hommes : Japhy Ryder parvient triomphant au sommet de la montagne ; il a gagné. Moi j'y suis presque arrivé pour abandonner et me cacher sur ce maudit rocher. Mais le plus malin des trois c'est ce poète des poètes, étendu à plat dos, les genoux croisés haut vers le ciel, mâchonnant une fleur et rêvant au bruit des vagues sur une plage. Sacré nom, on ne me reverra plus jamais ici! »

12

Je me sentais plein d'admiration pour la sagesse de Morley, maintenant. « Au diable, pensai-je, au diable toute cette imagerie suisse de sommets enneigés! »

Mais un instant plus tard, je me trouvai plongé en plein délire : en levant la tête je vis Japhy *descendre la montagne en courant*, à grandes foulées de dix mètres, sautant, fonçant, atterrissant sur les talons de ses grosses bottes, rebondissant deux mètres plus loin, pour s'envoler de nouveau par-dessus les rochers, planant, criant, ioulant sur cette marge de la terre, où nous nous trouvions, et dans un éclair je compris qu'*il est impossible de tomber de la montagne, espèce d'idiot*, et avec un ioulement de ma composition je me levai soudain et me ruai à mon tour vers le bas de la pente après Japhy, à force de bonds aussi grands que les siens, de foulées aussi fantastiques ; en cinq minutes, je pense, Japhy Ryder et moi (toujours chaussé d'espadrilles dont j'usai les talons sur les rocs, les pierres et le sable, sans m'en soucier davantage, tant je désirai me trouver sorti de ce mauvais pas) dévalâmes le flanc du Matterhorn comme des chèvres de montagnes, hurlant comme des fous, ou des inspirés chinois du dernier millénaire, avec assez de force pour faire dresser les cheveux du méditatif Morley sur son crâne, là-bas, auprès du lac. Il dit en effet qu'il nous avait vus descendre et qu'il n'en avait pas cru ses yeux. Il est vrai qu'après l'un de mes bonds les plus prodigieux et avec mon cri de joie le plus éclatant, j'atterris juste au bord du lac, plantant, du coup, les talons de mes espadrilles dans le sol et me retrouvai assis par terre, débordant d'allégresse. Japhy avait déjà ôté ses chaussures et en secouait les graviers et le sable. Je sortis de mes propres espadrilles deux seaux de poussière de lave et dis : « Ah, Japhy, tu m'as appris la suprême leçon : on ne peut tomber d'une montagne.

— C'est cela que signifie la maxime : quand tu seras au sommet de la montagne, continue à monter, Smith.

— Nom de Dieu, ton ioulement de victoire était le plus beau chant que j'aie jamais entendu de ma vie. Je regrette de ne pas avoir eu de magnétophone pour l'enregistrer sur-le-champ.

— De telles chansons ne sont pas faites pour les oreilles des gens d'en bas, répondit Japhy très sérieusement.

— Tu as raison, nom d'une pipe, tous ces

ratés sédentaires assis sur leurs oreillers ne peuvent entendre le cri de triomphe du vainqueur des montagnes ; ils ne le méritent pas. Mais quand j'ai levé les yeux et t'ai vu descendre la pente en courant, j'ai tout compris d'un seul coup.

— Un petit satori spécial pour Smith, dit Morley.

— Qu'est-ce que tu faisais pendant ce temps ?

— J'ai surtout dormi.

— Je suis furieux de ne pas avoir atteint le sommet. J'ai honte de moi ; maintenant que je sais descendre une montagne, je sais aussi comment grimper, et je sais qu'on ne peut pas tomber de la montagne. Mais il est trop tard.

— Nous reviendrons l'été prochain, Ray. Pour ta première escalade, tu as laissé un vétéran comme Morley loin derrière toi, tu te rends compte ?

— Sûr, dit Morley. Il faudrait décerner à Smith un diplôme de chat sauvage pour ce qu'il a fait aujourd'hui. Qu'en penses-tu, Japhy ?

— Sûr, dit Japhy. Je suis très fier de lui. Je me suis conduit comme un chat sauvage moi aussi.

— Bon Dieu, je serai un lion la prochaine fois.

— Allons-nous-en, les gars, il nous reste encore beaucoup de chemin à parcourir pour redescendre par cette coulée jusqu'au camp, puis traverser la vallée rocheuse et reprendre la piste du lac. Bigre ! Nous n'y serons pas avant la nuit noire.

— Ça ira, fit Morley en montrant le croissant

de lune qui faisait son apparition dans le bleu profond du ciel, légèrement voilé de rose. Nous aurons de la lumière...

— Allons-y. » Nous nous levâmes donc pour rebrousser chemin. Cette fois, en franchissant la corniche qui m'avait tant effrayé, je trouvai cela amusant comme une bonne blague. Je sautai, glissai, dansai tout le long du chemin. J'avais vraiment appris qu'il est impossible de tomber d'une montagne. Est-ce que cela *peut* arriver, je n'en sais encore rien, mais j'avais appris que c'était impossible. Et c'est ce que j'avais retenu.

Quoi qu'il en fût, c'était un plaisir de descendre dans la vallée et de perdre de vue cet immense panorama étalé à ciel ouvert, si bas ; et finalement, comme il commençait à faire plus sombre, vers cinq heures, je me trouvai seul, à cent mètres des autres, cherchant ma voie, chantant, rêvant, sur les traces d'un daim qui avait laissé tomber ses crottes comme le Petit Poucet avait semé des pierres blanches pour indiquer le chemin. Pas un cri pour me faire tourner la tête ou penser à autre chose. Rien que les petites bouses du daim pour me guider. Je jouissais pleinement de la vie. Une fois, je regardai autour de moi et vis ce fou de Japhy qui grimpait au sommet d'un monticule de neige pour se laisser glisser cent mètres plus bas — il perdit l'équilibre et parcourut les derniers mètres sur le dos — hurlant de joie. Il avait ôté son pantalon de nouveau et le portait autour du cou en guise d'écharpe pour se sentir mieux — il était sincère — et d'ailleurs, il n'y avait personne autour de nous pour se scandaliser (je pense pourtant qu'il faisait de même lorsqu'il partait en excursion avec des filles, sans se soucier nullement de leur présence). J'entendis Morley parler toujours dans la grande vallée solitaire. On pouvait reconnaître sa voix même à distance, par-delà les rochers. Finalement, je suivis si consciencieusement les traces de mon daim par creux et bosses, et à gué de ruisseaux, que je ne voyais plus mes compagnons, si je les entendais toujours, mais je me fiais à l'instinct millénaire du daim et à juste titre car, à la nuit tombante, je me trouvai juste devant le petit ruisseau familier de la veille où l'animal s'était arrêté pour boire tous les jours depuis cinq mille ans. A l'emplacement de notre feu de camp, des braises encore ardentes jetaient gaiement une lueur orange sur le grand rocher. La lune brillait haut dans le ciel. « Bon, cette lune va sauver nos couilles, les gars, pendant les douze derniers kilomètres. »

Après un bref repas arrosé de beaucoup de thé, tout fut prêt en un clin d'œil. Je n'avais jamais été plus heureux que pendant cette descente, lorsque je suivais tout seul les traces du daim ; et quand nous repartîmes, sac au dos, je me retournai pour regarder une dernière fois en arrière, dans l'espoir de voir le daim de mon cœur, mais il faisait déjà nuit et je n'aperçus rien. Je rendis grâce à tout ce qui se trouvait là, à flanc de montagne, quoi que ce fût. J'avais l'impression d'être un petit garçon qui a passé toute la journée à errer seul dans les bois et la campagne et qui rentre chez lui dans l'ombre, les yeux baissés, traînant les pieds, rêvant, sifflant, comme les petits Indiens qui suivaient leurs pères plus rapides, de la rivière russe à Shasta, il y a deux siècles, ou comme les petits Arabes qui suivent les traces de leur père dans le sable ; ma solitude était pleine de chansons joyeuses comme une petite fille qui rentre chez elle, en reniflant un peu — elle tire le traîneau où son petit frère a pris place et tous deux chantent des comptines de leur invention en faisant des grimaces à la nuit et se sentant libres et vraiment eux-mêmes, avant de retrouver la cuisine familiale où ils reprendront le masque exigé par le monde des gens sérieux. « Pourtant, qu'y a-t-il de plus sérieux que de suivre les traces d'un daim pour gagner un ruisseau ? » pensai-je. Nous parvînmes à la falaise qui fermait la vallée rocheuse de huit kilomètres, sous le clair de lune. Il était facile de danser d'une pierre à l'autre. La roche était blanche de neige où les ombres creusaient des tranchées profondes et noires. Tout était net et beau sous la lune. Parfois brillait l'éclair d'argent d'un ruisseau. Plus bas, il y avait la grande prairie en forme de parc, avec ses étangs et ses pins.

A ce moment, mes pieds refusèrent de me porter plus avant. Je m'en excusai auprès de Japhy. Il m'était impossible de bondir plus longtemps. Des ampoules s'étaient formées non seulement sous la plante, mais encore sur le côté des deux pieds, insuffisamment protégés pendant deux jours. Japhy chaussa les espadrilles et me donna ses bottes.

Elles étaient légères et solides. Je compris aussitôt que je pouvais repartir.

Je pouvais bondir sans me sentir meurtri par les pierres à travers les fines espadrilles et c'était pour moi une sensation nouvelle. De son côté, Japhy était heureux de s'être débarrassé de ses bottes. Nous courûmes à toute allure à travers la vallée, mais chaque pas nous courbait un peu davantage. Nous étions vraiment fatigués et le poids des sacs nous empêchait de contrôler pleinement les muscles des cuisses qu'il faut faire jouer pour descendre une pente, ce qui est parfois plus dur que de grimper. Il fallait en outre escalader des rochers qui nous coupaient la route, sauter d'un bloc à l'autre, redescendre lorsqu'il n'y avait plus de roc assez proche et ainsi de suite. Une fois, nous nous trouvâmes bloqués par des fourrés et il fallut les contourner faute de pouvoir passer à travers sans nous meurtrir trop durement. Mon sac s'était accroché à une branche et je restai là, immobilisé, sacrant et jurant sous la lune impassible. Nous ne parlions plus. J'étais furieux contre Japhy et Morley qui ne voulaient pas s'arrêter pour souffler. Il serait dangereux, disaient-ils, de s'attarder à ce moment.

« Qu'est-ce que ça fait? La lune éclaire bien, nous pourrions faire un somme.

— Non, il nous faut atteindre la voiture cette nuit.

— Alors, reposons-nous, j'ai mal aux jambes.

— Bon, une minute seulement. »

Mais ils ne s'arrêtaient jamais assez longtemps pour que je me repose et il me sembla qu'ils devenaient hystériques. Je commençai à les maudire intérieurement et j'en arrivai au point d'interpeller Japhy : « A quoi ça rime de se tuer ainsi? Ça t'amuse? Pouah! » Et j'ajoutai, à part moi : « Tes idées c'est de la frime. » Un peu de fatigue peut changer la face des choses. J'en avais assez des rochers au clair de lune, et des fourrés, et des blocs de pierre, et des repères dans cette ignoble vallée encaissée entre ses deux parois et finalement il me sembla que nous étions sur le point d'en finir, mais ce n'était qu'une illusion et mes jambes me suppliaient de m'arrêter ; je blasphémais en écrasant des brindilles et je finis par me jeter par terre pour souffler.

« Viens, Ray, tout a une fin. » En fait, je commençai à comprendre que je manquais de cran. Je m'en étais déjà douté. Mais j'étais capable de joie. Quand nous atteignîmes la prairie, je me couchai à plat ventre et bus au ruisseau et me réjouis en silence, paisiblement, tandis qu'ils parlaient du retour, le long de la piste, et s'inquiétaient de notre retard.

« Ne vous en faites pas, la nuit est belle, et vous avez abusé de vos forces. Buvez de l'eau et reposez-vous pendant cinq ou dix minutes. A chaque jour suffit sa peine. » C'était moi le philosophe, maintenant. En fait, Japhy m'approuva et s'étendit paisiblement. Ce repos me permit de me sentir mieux et en état d'atteindre le lac. La descente, le long de la piste, était magnifique. La lumière de la lune filtrait à travers l'épais feuillage et mettait des loupes de couleur sur le dos de Morley et de Japhy, devant moi. Malgré nos sacs nous parvînmes à adopter le pas cadencé et « Une-deusse », nous retrouvâmes notre gaieté en même temps que nous reconnaissions les lieux, et nous orientions vers le pied des contreforts, de plus en plus bas sur la piste, à un rythme agréable et harmonieux. Le torrent mugissant était splendide sous la lune avec ses éclairs faits de mille petites lunes volantes, son écume blanche, ses arbres noirs comme de la poix — tout un paradis d'ombres, de lune et d'elfes. L'air commençait à se réchauffer agréablement et je crus même reconnaître l'odeur de l'humanité alentour. Nous pouvions humer en tout cas une bonne odeur de vase au-dessus du lac, le parfum des fleurs et la terre d'en bas. Tout ce que nous quittions sentait la glace, la neige et les arêtes rocheuses insensibles. Bientôt nous parvint l'odeur des arbres et de la poussière réchauffés par le soleil et reposant maintenant dans le clair de lune, la senteur de la vase, de la paille, des fleurs et de toutes les bonnes choses de la terre. Il était amusant de descendre la piste et bien que je fusse, par moments, plus fatigué que jamais — plus même qu'à la sortie de l'interminable vallée rocheuse — je pouvais voir l'auberge du lac, juste au-dessous de nous, et la lumière à travers la fenêtre ; j'avais des ailes. Morley et Japhy reprenaient leur blabla endiablé et nous n'avions plus qu'à nous laisser aller sur la pente jusqu'à la voiture. En fait, ce fut comme dans un beau rêve ou comme un brusque réveil après un cauchemar interminable. Tout fut fini en un moment. Nous étions sur la route, il y avait des maisons, et parmi les voitures garées sous les arbres, celle de Morley qui nous attendait.

« Autant que je puisse en juger, d'après le fond de l'air, dit notre chauffeur en se penchant vers l'auto tandis que nous mettions sac à terre, il n'a pas gelé cette nuit ; je suis revenu vidanger le radiateur pour rien.

— On ne sait jamais... Morley alla chercher un bidon d'huile à l'auberge et on lui dit que la nuit avait été une des plus chaudes de l'année. Il n'avait pas gelé du tout.

— Tout ce sacré tintouin pour rien », dis-je. Mais nul ne s'en souciait. Nous étions affamés. Je proposai : « Allons à Bridgeport où il y a des restaurants routiers et mangeons un hamburger avec des frites accompagnés d'un bon café. » Nous prîmes la route de terre battue le long du lac et Morley rendit au passage les couvertures qu'il avait louées. Une fois en ville, nous rangeâmes la voiture au bord de la route. Pauvre Japhy. Ce fut là que je vis son talon d'Achille. Ce petit bonhomme courageux qui ne craignait rien et pouvait vagabonder seul dans les montagnes pendant des semaines, ou descendre un pic en courant avait peur de pénétrer dans un restaurant où les dîneurs étaient trop bien habillés. Morley et moi prîmes la chose en riant : « Qu'est-ce que ça peut faire? On va entrer et demander à dîner. » Mais Japhy pensait que l'endroit que j'avais choisi semblait trop bourgeois. Il insista pour aller dans un établissement d'aspect plus populaire, de l'autre côté de la route. Nous y entrâmes donc. C'était un bistrot minable, avec une servante endormie qui attendit cinq minutes avant de nous apporter la carte. J'enrageais et suggérai d'aller en face : « Qu'est-ce que ça peut faire, Japhy? On ne nous mangera pas. Tu es peut-être très calé en matière d'alpinisme, mais je sais mieux que toi où il faut aller dîner. » En fait, nous nous querellâmes un peu et je me sentis mal à l'aise, mais il accepta de me suivre dans l'autre restaurant qui était bien plus accueillant; il y avait un bar dans un coin, où de nombreux chasseurs étaient en train de boire dans la lumière tamisée. Le restaurant lui-même comprenait un long comptoir et de nombreuses tables où des familles entières dînaient gaiement. Le choix des plats était vaste et la chère excellente et copieuse : il y avait au menu des truites de montagne et toutes sortes de bonnes choses. Je vis par la même occasion que Japhy hésitait à dépenser dix *cents* de plus pour améliorer le dîner. J'allai au bar et rapportai un verre de porto au comptoir où nous étions installés sur de hauts tabourets. Japhy demanda si c'était permis et je le taquinai un peu. Il se sentait déjà mieux. « L'ennui avec toi, Japhy, c'est que tu es un vieil anarchiste effrayé par la société. Quelle différence y a-t-il entre un restaurant et un autre ? Les comparaisons sont odieuses.

— Eh bien, Smith, je pensais que cet endroit était plein de trous-du-cul cousus d'or et que l'addition serait salée. J'avoue que toute cette opulence américaine me fait peur. Je ne suis qu'un vieux bhikkhu et je n'ai rien à voir avec la grande vie, nom de Dieu. J'ai toujours été un pauvre diable et il y a des choses auxquelles je ne m'habitue pas.

— Tes faiblesses sont admirables, on aimerait les partager. » Nous fîmes un dîner de Lucullus : pommes de terre au four, côtes de porc, salade, brioches chaudes, tarte aux mûres, etc. Nous étions si affamés que nous ne prîmes même pas plaisir à manger. Il nous suffisait d'engloutir de l'authentique nourriture. Après dîner, nous entrâmes chez un marchand de vin où j'achetai une bouteille de muscat. Le vieux commerçant et sa grosse mémère nous dévisagèrent : « D'où venez-vous comme ça, les enfants ?

— On vient d'escalader le Matterhorn », répondis-je fièrement. Ils en restèrent bouche bée. Je me sentis faraud, achetai un cigare, l'allumai et commentai : « Quatre mille mètres. Et on revient avec un tel appétit et en telle forme qu'on va boire un fameux coup. » Les deux vieux en avaient perdu la parole. Nous étions hâlés, sales, sauvages. Ils ne dirent mot, mais pensèrent que nous étions fous.

Nous reprîmes la voiture pour rentrer à San Francisco en riant, buvant et racontant des histoires. Morley conduisit vraiment très bien cette nuit-là et se tut pour nous laisser dormir, Japhy et moi, sur les coussins, lorsque nous atteignîmes les rues de Berkeley, grises dans la pâleur de l'aube. Puis on me réveilla quelque part, comme un petit garçon, et j'entendis dire que j'étais arrivé. Je titubai en sortant de la voiture, traversai la pelouse, entrai dans la maison, ouvris mon lit où je me roulai en boule et dormis jusqu'au soir, d'un sommeil calme et sans rêves. Quand je me réveillai de nouveau le lendemain matin, la circulation du sang était normale dans mes membres inférieurs : je m'étais débarrassé des caillots qui obstruaient certaines veines. Je me sentis heureux.

13

Quand je me levai, le lendemain, je ne pus m'empêcher de sourire en pensant à Japhy, debout devant la porte du restaurant élégant, se demandant si on nous laisserait pénétrer dans la salle à manger et hésitant à quitter l'ombre protectrice de la nuit pour s'avancer sous les lumières. C'était la première fois que je le voyais effrayé par quoi que ce fût. Je projetai de lui en parler le soir même quand il viendrait nous rendre visite. Mais je ne pus rien en faire. D'abord, Alvah s'absenta pour plusieurs heures et j'étais seul, en train de lire, quand j'entendis une bicyclette dans la cour. Je levai les yeux et vis entrer Princesse.

« Où sont les autres ? demanda-t-elle.

— Combien de temps peux-tu rester ?

— Je dois partir tout de suite, à moins que je ne prévienne ma mère.

— Prévenons-la.

— Okay. »

Nous descendîmes jusqu'à la station-service,

au coin de la rue ; je pris un jeton et elle fit savoir à sa mère qu'elle serait de retour deux heures plus tard. Comme nous revenions vers le bungalow, je la pris par la taille et caressai son ventre du bout des doigts. Elle dit : « *Oooh*, je ne peux pas le supporter. » Et elle faillit tomber là, au beau milieu du trottoir, en mordant ma chemise, juste au moment où passait une vieille dame qui nous jeta un regard indigné. A peine celle-ci eut-elle tourné le dos, que nous étions déjà noués en un long baiser fou et passionné, sous les arbres, dans la nuit tombante. Nous courûmes jusqu'au bungalow, où Princesse passa une heure à tourbillonner littéralement dans mes bras. Puis Alvah rentra au moment où nous en étions à célébrer les derniers rites, en dignes Boddhisattvas. Nous prîmes notre bain ensemble comme la fois précédente. C'était merveilleux de s'asseoir à deux dans l'eau chaude, pour bavarder et nous savonner mutuellement le dos. Pauvre Princesse, elle croyait fermement à tout ce qu'elle disait. Je me sentais plein de compassion et de charité envers elle ; je tentai même de la mettre en garde : « Ne va pas faire l'amour avec quinze garçons au sommet d'une montagne. »

Japhy arriva après le départ de Princesse, puis ce fut le tour de Coughlin et soudain tout le monde se déchaîna — le vin aidant. Tout d'abord, Coughlin et moi, tous deux complètement ivres, parcourûmes la promenade principale de la ville, bras dessus, bras dessous, brandissant de grandes fleurs que nous avions cueillies dans les jardins, et une bouteille de vin, hurlant des haï-kaï et des hou-hou et des satoris à tous les passants qui nous souriaient gentiment en retour. « Je viens de faire sept kilomètres chargé de fleurs », criait Coughlin et je me sentais pris d'affection pour lui, maintenant. Malgré son air et sa grosse bedaine, il gagnait à être connu. C'était vraiment un homme exceptionnel. Nous allâmes rendre visite à un professeur de littérature de l'université de Californie que nous connaissions ; Coughlin se déchaussa sur la pelouse et entra en dansant dans la maison du Maître ébahi, voire effrayé — bien que la réputation poétique de Coughlin fût désormais bien établie. Puis, toujours pieds nus et armés de nos grandes fleurs et de bouteilles de vin, nous rentrâmes au bungalow. Il était près de dix heures. J'avais reçu un petit mandat ce jour-là — une bourse de trois cents dollars — et je dis à Japhy : « J'ai tout compris, maintenant ; je suis prêt. Pourquoi ne me conduis-tu pas demain à Oakland pour m'aider à acheter un sac et tout le bazar afin que je puisse partir dans le désert ?

— Bon, je prendrai la voiture de Morley et je viendrai te chercher à la première heure. Et maintenant buvons. » Je mis mon petit foulard rouge sur l'ampoule de la lampe et nous nous assîmes en rond pour boire et bavarder. Ce fut une nuit de grandes discussions. Japhy commença par nous raconter sa vie antérieure : comment il avait été marin sur un cargo en 1948 et se promenait dans le port de New York, un poignard à la ceinture, ce qui nous étonna, Alvah et moi ; puis il nous parla de cette fille qu'il avait aimée en Californie : « Elle m'a fait bander pendant cinq mille kilomètres, nom de Dieu ! »

Puis Coughlin dit :

« Parle-leur de Grande Prune, Japh. »

Immédiatement Japhy se mit à réciter : « Grande Prune, le Maître du Zen, avait été consulté sur le sens du bouddhisme ; il répondit : " Fleur de jonc, bourre de saule, tiges de bambou, fil de lin " ; en d'autres termes : " Accroche-toi à l'homme, l'extase est partout " ; voilà ce qu'il voulait évoquer : l'extase par la pensée ; mais le monde n'est rien que pensée ; qu'est-ce que la pensée ? La pensée n'est rien d'autre que le monde, nom de Dieu. Alors l'Ancêtre Cheval dit : " La pensée est Bouddha. " Il dit aussi : " Aucune pensée n'est Bouddha. " Puis faisant allusion à son disciple Grande Prune, il ajouta : " La prune est mûre. " »

« Bien, c'est intéressant, dit Alvah, mais *où sont les neiges d'antan* [1] ?

— Eh bien, je suis à peu près d'accord avec toi, car ces gens ont vu les fleurs comme dans un rêve, mais nom de Dieu, le monde est fait de gens *réels* comme Smith et Goldbook et chacun se conduit comme s'il vivait dans un rêve, merde, comme s'ils étaient eux-mêmes des rêves ou des

1. En français dans le texte.

mioches. La souffrance, ou l'amour, ou le danger ça vous rend à la réalité ; tu n'as pas senti ça, Ray, quand tu avais si peur sur ta corniche ?

— Tout était réel, c'est vrai.

— C'est pourquoi les pionniers de la Prairie ont toujours été des héros et sont encore mes héros préférés depuis longtemps et pour toujours. Ils étaient constamment avertis de la réalité des êtres et des choses qui peuvent aussi bien être irréels — au fond quelle différence ? Le *Sutra de Diamant* dit : « Ne forme aucun préjugé quant à la réalité ou l'irréalité de l'existence » ou quelque chose comme ça. Les menottes des flics ne seront plus amidonnées et les matraques s'abaisseront : vive la liberté !

— Le président des États-Unis commence à loucher et s'évanouit dans l'air, hurlai-je.

— Les anchois retournent à la terre, gueula Coughlin.

— Le pont du Golden Gate se couvre de rouille au soleil couchant et s'effondre, dit Alvah.

— Et les anchois retourneront à la terre, insista Coughlin.

— Donne-moi la bouteille que je boive encore un coup. Hou-oo-ou ! (Japhy se releva d'un bond.) J'ai lu Whitman, et savez-vous ce qu'il dit ? *Debout les esclaves, faites trembler les despotes étrangers.* Il croit que telle doit être l'attitude du Barde, du Barde Fou inspiré par le Zen, sur les vieilles pistes du désert. Il croit qu'il faut imaginer le monde comme le rendez-vous des errants qui s'avancent sac au dos, des clochards célestes qui refusent d'admettre qu'il faut consommer toute la production et par conséquent travailler pour avoir le privilège de consommer, et d'acheter toute cette ferraille dont ils n'ont que faire; réfrigérateurs, récepteurs de télévision, automobiles (tout au moins ces nouvelles voitures fantaisistes) et toutes sortes d'ordures inutiles, les huiles pour faire pousser les cheveux, les désodorisants et autres saletés qui, dans tous les cas, atterriront dans la poubelle huit jours plus tard, tout ce qui constitue le cercle infernal : travailler, produire, consommer, travailler, produire, consommer. J'entrevois la grande révolution des sacs à dos. Des milliers, des millions de jeunes Américains, bouclant leur sac et prenant la route, escaladant les montagnes pour prier, faisant rire les enfants, réjouissant les vieux, rendant heureuses les jeunes filles et plus heureuses encore les vieilles, tous transformés en Fous du Zen, lancés de par le monde pour écrire des poèmes inspirés, sans rime ni raison, pratiquant la bonté, donnant l'image de la liberté par leurs actes imprévus, à tous les hommes et même à tous les êtres vivants ; c'est cela que j'aime en toi, Goldbook, et en toi, Smith, venus tous deux de cette côte Est que je croyais morte.

— Nous pensions que la côte *Ouest* était morte.

— Vous avez fait souffler par ici un vent nouveau ; ne voyez-vous pas que le pur granit jurassique de la sierra Nevada et les hauts conifères épars, survivants des époques glaciaires, et les lacs que nous avons contemplés là-haut constituent la plus belle image de la terre? Imaginez comme l'Amérique deviendra vraiment grande et sage quand toute son énergie et son dynamisme à l'échelle d'un continent seront entièrement tendus vers le Dharma.

— Oh! dit Alvah, merde pour le Dharma.

— Ce qu'il nous faut c'est un zendo omniprésent où tout Boddhisattva puisse errer çà et là, sûr de trouver toujours un coin où dormir parmi des amis et faire cuire sa bouillie. »

Je récitai :

« *The boy was glad, and rested up for more, and Jack cooked mush, in honor of the door.*

— Qu'est-ce que c'est que ça?

— C'est un poème que j'ai écrit. En voici un autre :

« *The boys was sittin in a grove of trees, listenin to Buddy explain the keys. Boys, sez he, the Dharma is a door... Let's see... Boys I say the keys, cause there's lotsa keys, but only one door, one hive for the bees. So listen to me, and I'll try to tell all, as I heard it long ago, in the Pure Land Hall. For you good boys, with wine soaked teeth, that can't understand these words on a heath, I'll make it simpler, like a bottle of wine and a good woodfire under stars divine. Now listen to me, and when you have learned the Dharma of the Buddhas of old and yearned, to sit down with the truth, under a lonesome tree, in Yuma Arizony, or anywhere you be, don't thank me for tellin, what was told me, this is the wheel I'm a-turnin, this is the reason I be : Mind is the Maker, for no reason at all, for all this creation, created to fall.*

— Voilà qui est bien pessimiste et brumeux, mais la rime est pure, dit Alvah. On croirait entendre réciter du Melville.

— Nous fonderons un zendo où les ivrognes apprendront à boire du thé comme Ray et moi ; ils apprendront à méditer, comme tu devrais le faire, Alvah. Je serai le supérieur du monastère et je régnerai sur une grosse bouteille pleine de cri-cris.

— Des cri-cris ?

— Oui, M'sieur. Des tas de monastères où l'on pourra faire retraite et méditer ; nous occuperons des cahutes là-haut, dans la sierra ou dans les monts Cascades, ou même comme le suggère Ray, au Mexique, et constituer des groupes entiers de saints à l'état sauvage, réunis pour boire, discuter et prier. Imaginez les flots rédempteurs qui déferleraient sur le monde après des nuits comme celle-ci. Ensuite, nous pourrions admettre des filles dans la communauté, nous marier, fonder des foyers religieux dans de petites huttes, comme aux anciens temps des Puritains. Pourquoi les flics ou le parti républicain ou le parti démocrate doivent-ils toujours dire à chacun ce qu'il doit faire?

— Que sont les cri-cris?

— Une bouteille pleine de cri-cris — donne-moi encore à boire, Coughlin — de petits animaux de deux millimètres de long, avec de grandes antennes blanches. Je les capturerai moi-même... de petits êtres vivants qui chantent à merveille quand on les élève dans une bouteille. Je veux nager dans les rivières et boire du lait de chèvre, parler avec les moines, lire des livres chinois, errer dans la campagne, bavarder avec les paysans et leurs enfants. Nous devons lancer une campagne de recrutement des âmes dans nos zendos, car les âmes ont tendance à s'en évader comme des jouets mécaniques et, comme un bon petit soldat, il te faudra ramener la tienne à sa position réglementaire, les yeux fermés — et bien entendu tout cela n'a aucun sens. Connais-tu le dernier poème de Goldbook?

— Pas encore.

Mère des enfants,
Sœur et fille du vieil homme malade,
Vierge ta blouse est déchirée,
Tes jambes sont nues et tu as faim.
Je suis affamé, moi aussi,
Prends ces poèmes.

— J'aime ça.

— Je voudrais rouler sur une bicyclette, par une chaude journée d'été, porter des sandales de cuir du Pakistan, héler les acolytes des moines Zen dans leur légère robe estivale, de chanvre, et sous leur coiffe de chaume, je veux vivre dans les pavillons dorés des temples, boire de la bière, dire adieu, cingler vers Yokohama où le port bruisse de toute l'agitation de l'Asie et où se réunissent vassaux et vaisseaux, espérer, travailler, aller, venir, aller encore, partir pour le Japon, rentrer aux États-Unis, lire Hakuin, grincer des dents, me discipliner, tourner en rond et en tirer des leçons, apprendre que mon corps s'épuise, s'use, s'affaisse et comprendre Hakuyu.

— Qui est Hakuyu?

— Son nom signifie Obscurité Blanche, parce qu'il a vécu dans les collines des Eaux-Blanches-du-Nord, que je vais moi-même parcourir la prochaine fois. Ce doit être une région creusée de gorges abruptes, couvertes de pins et de vallées où poussent des bambous au pied des collines.

— J'irai avec toi, dis-je.

— Je veux étudier Hakuin ; il s'en fut un jour visiter un vieil ermite qui vivait dans une grotte, dormait avec les daims, se nourrissait de châtaignes, et le vieil homme lui dit de cesser de méditer ou de se préoccuper des koans, comme dit Ray ; et il lui conseilla d'apprendre plutôt à s'endormir et à se réveiller. « Pour t'endormir, lui dit-il, joins les jambes, respire profondément et concentre ton esprit sur ton nombril jusqu'à le sentir se transformer en une gigantesque source de force. Respire ensuite profondément en tirant ton souffle de tes talons et fais le vide en toi en répétant que le centre de toi-même est la pure patrie spirituelle d'Amida, le centre même de l'esprit. Et quand tu te réveilleras, commence par respirer de même en t'étirant un peu, et continue à penser ainsi le reste du temps. »

— Voilà ce que j'aime, dit Alvah, une sorte de panneau indicateur qui montre la bonne direction. Et ensuite?

— « Pour le reste, dit l'ermite, ne te fatigue pas à penser à quoi que ce soit. Mange à ta faim, mais pas plus, et dors bien. » Le vieil Hakuyu dit que l'anachorète avait trois cents ans bien sonnés à l'époque et qu'il vivrait encore cinq cents ans au moins. Nom de Dieu, cela me fait penser qu'il doit être encore là-bas, si toutefois il reste un être vivant dans la région.

— Le berger a peut-être chassé son chien, fit Coughlin.

— Je suis sûr que je pourrais retrouver cette grotte au Japon.

— Tu ne peux vivre en ce monde, mais tu n'as pas le choix, plaisanta Coughlin.

— Qu'est-ce que tu veux dire? demandai-je.

— Cela signifie que le trône où je suis assis est une peau de lion... mais que le lion s'élance encore, le voilà qui rugit.

— Je ne comprends pas.

— Rahula! Oh! Rahula! Visage de gloire! L'univers n'est qu'une vieille chique, avale-la!

— Oh! merde! hurlai-je.

— Je m'en vais dans le comté de Marin, le mois prochain, dit Japhy, je ferai cent fois le tour du Tamalpais pour aider à purifier l'atmosphère et habituer les esprits indigènes à la voix des Sutras. Qu'en penses-tu, Alvah ?

— Je pense que tu es un illuminé mais ça me plaît.

— Alvah, l'ennui c'est que tu ne pratiques pas assez le zazen de nuit, surtout lorsqu'il fait froid, et que les conditions sont les plus favorables. En outre, tu devrais être marié et avoir des bébés en pleine croissance, des manuscrits, des couvertures tissées à la maison et du lait de mère, dans une chambre tapissée de nattes, comme celle-ci. Procure-toi une hutte, pas trop loin de la ville, vis à bon compte, fais la tournée des bars à l'occasion, écris, promène-toi dans la forêt, apprends à fendre du bois et à parler aux vieilles gens, espèce d'idiot, apporte-leur à manger, applaudis au pied des autels, obtiens des faveurs surnaturelles, apprends à faire des bouquets, fais pousser des chrysanthèmes devant ta porte et épouse une pépée bien sensible et tendre, assez avisée pour cracher dans le martini et sur les cuisines modèles.

— Oh ! fit Alvah, plein d'espoir, et ensuite ?

— Pense aux hirondelles et aux oiseaux de nuit, au-dessus de ta grange ou dans les champs... Sais-tu, Ray, que j'ai traduit une autre strophe de Han Shan, hier ? Écoute : « La Montagne Froide est une maison ; sans murs, sans toit, sans chevrons ; ses six portes sans cesse ouvertes de plain-pied sur le ciel bleu, ses chambres vides dans l'espace, l'est est à l'ouest et l'ouest à l'est, au centre même il n'y a rien. Vous, emprunteurs, passez au large ; quand j'ai très froid, je fais mon feu ; quand j'ai très faim je cuis des herbes, je n'envie pas la grange pleine, ni la moisson de mon voisin, car la fortune est un cachot, crains de tomber dans l'oubliette. »

Puis Japhy saisit sa guitare et se mit à chanter. Je pris le relais un peu plus tard et improvisai en pinçant les cordes, rythmant le chant en frappant le bois, à la façon des vieux bardes, tap, tap, tap, et je poussai la complainte du Train Fantôme.

« C'est le train de marchandises qui traverse de nuit toute la Californie : sais-tu à quoi il me fait penser, Smith ? A des bambous brûlants qui s'élèvent à dix mètres au-dessus du sol et sifflent dans le vent brûlant, tandis que des moines font chanter leurs flûtes quelque part en récitant des sutras ; un tambour indien rythme une danse des Kwakiutl ; on entend les grelots et les bâtonnets rituels qui soutiennent la cadence ; c'est une musique aussi belle que le chant du grand coyote préhistorique. Elle vous rend fou et le passé remonte vers vous avec les temps où les hommes épousaient des ours, et parlaient aux bisons, bon Dieu. Donnez-moi à boire. Reprisez vite vos chaussettes, les gars, et graissez vos bottes, c'est bientôt le départ. »

Mais cela ne suffisait pas, selon Coughlin, qui

ajouta, très calmement, en repliant ses jambes sous lui :

« ... taillez vos crayons, vérifiez vos nœuds de cravate, cirez vos souliers, boutonnez vos braguettes, brossez vos dents, peignez vos cheveux, balayez le sol, ouvrez vos yeux, avalez vos tartes d'airelles.

— Ravalez vos airs tartes..., interrompit Alvah, très sérieusement.

— Sans oublier un seul instant que, malgré mes efforts, les rhododendrons ne sont qu'à moitié éclairés, que les fourmis et les abeilles sont communistes et les trolleybus pris d'assaut...

— Et que les petits Japonais, dans les trains de banlieue, parlangliche! criai-je.

— Et que les montagnes vivent dans la plus complète ignorance : par conséquent il nous reste du pain sur la planche, retirez vos chaussures et fourrez-les dans vos poches, après quoi vous me donnerez à boire, *mauvais sujet* [1].

— Ne piétinez pas celui qui est dans la merde..., hurlai-je, complètement soûl.

— Essayez donc de ne pas piétiner le sol, dit Coughlin. Cesse d'être un merdeux et on ne te marchera pas dessus. Tu vois ce que je veux dire? Mon lion est rassasié, je dors entre ses pattes.

— Oh! grogna Alvah, laissez tomber. »

J'étais moi-même étonné par l'agilité verbale de mon cerveau embrumé. Nous étions tous étour-

1. En français dans le texte.

dis et ivres. C'était une nuit folle. A la fin, Coughlin et moi avions entamé un match de lutte et défoncions allégrement les cloisons. Il s'en fallut de peu pour que le bungalow ne s'effondrât sur nous. Le lendemain, Alvah était fou de rage et j'avais presque cassé une jambe à ce pauvre Coughlin, au cours du match. J'avais moi-même une écharde de trois centimètres dans la chair et ne pus l'en extraire qu'un an plus tard. Au cours de la soirée, Morley était apparu sur le seuil, comme un fantôme, brandissant un pot de yoghourt d'un demi-litre et s'inquiétant de savoir si nous ne voulions pas y goûter. Japhy était parti à deux heures du matin, en promettant de venir me chercher le lendemain pour m'aider à m'équiper. Le tout avait été digne des Fous du Zen et les patrouilles de police étaient passées trop loin de nous pour nous entendre. Pourtant, il y avait une morale à tout cela. Elle vous apparaîtra lorsque vous ferez un tour, la nuit, dans une petite rue de banlieue. Dans chaque maison, des deux côtés de la chaussée, brille la lampe dorée du living-room où l'écran de télévision met une tache bleutée. Chaque famille regarde religieusement le même spectacle. Personne ne parle. Les cours sont silencieuses. Seuls quelques chiens aboient, étonnés d'entendre les pas d'un homme, étrangement dépourvu de roues. Alors vous comprendrez ce que je veux dire si vous constatez que tous les hommes commencent à penser la même chose au même moment et que les

Fous du Zen sont retournés à la poussière, avec un dernier rire sur leurs lèvres mortes. Je ne dirai qu'un seul mot à ces amateurs de télévision, à ces millions et ces dizaines de millions d'hommes qui ne voient plus que par un seul œil : ils ne font certes aucun mal à leur prochain en se servant de cet œil unique ; mais Japhy non plus ne faisait de mal à personne... je l'imagine, errant, sac au dos, dans les rues d'une quelconque banlieue, apercevant tous ces écrans bleutés, tout seul, seul avec des pensées qui ne lui sont pas venues au moment où il a tourné un bouton. Et je me récite la petite chanson que j'ai composée à la gloire de mon copain :

Who played this cruel joke, on bloke after bloke, packing like a rat, across the desert flat? asked Montana Slim, gesturing to him, the buddy of the men, in this lion's den. Was it God got mad like the Indian cad, who was only a giver, crooked like the river? Gave you a garden let it all harden, then comes the flood and the loss of your blood? Pray tell us, good buddy, and don't make it muddy, who played this trick, on Harry and Dick, and why is so mean this Eternal Scene, just what's the point, of this whole joint?

Et je me disais que peut-être ces clochards célestes m'apporteraient la lumière.

14

Mais j'avais moi-même derrière la tête certaines idées qui étaient plus sensées ou du moins avaient des rapports plus limités avec la Folie du Zen. Je voulais acheter tout un équipement de campeur, avec ce qu'il fallait pour dormir, m'abriter, manger, cuisiner : une chambre à coucher-cuisine complète que je pourrais emporter sur mon dos. Après quoi, je partirais n'importe où je pourrais trouver la plus complète solitude, faire le vide total dans mon esprit et parvenir à l'indifférence absolue vis-à-vis des idées. J'avais l'intention de prier aussi ; telle serait ma seule activité. Je prierais pour tous les êtres vivants. C'était, me semblait-il, la seule occupation honnête encore possible en ce bas monde. Je me réfugierais au bord d'une rivière, ou sur une montagne, ou dans un désert, une hutte au Mexique ou une cabane dans les monts Adirondacks, pour chercher la paix, pratiquer la bonté et ce que les Chinois appellent le « rien-faire ». Je ne voulais avoir rien à faire, d'ailleurs, avec les idées de Japhy sur la société (je pensais qu'il valait même mieux éviter d'y penser) ou celles d'Alvah, comme « Cueillez dès aujourd'hui les roses de la vie, demain vous serez mort ».

Quand Japhy vint me chercher, le lendemain matin, j'avais tout cela en tête. Il nous emmena à Oakland, Alvah et moi, dans la voiture de Morley. Nous entrâmes tout d'abord dans une coopérative et une boutique de l'Armée du Salut pour acheter des chemises de flanelle (à cinquante *cents* la pièce) et des sous-vêtements. Une minute plus tard, nous arborions tous les trois des tricots bariolés, dans le clair matin ensoleillé et, en traversant la rue, Japhy remarqua : « Cette planète est toute neuve, pourquoi nous en faire ? » Il avait raison. Nous nous amusâmes à fouiller dans des rayons pleins de vieilles chemises rapiécées et désinfectées qui avaient manifestement été portées, au préalable, par tous les clochards des bas-fonds du monde entier. J'achetai une paire de chaussettes de laine, des chaussettes écossaises qui montent jusqu'aux genoux, et qui me seraient fort utiles au cours de mes nuits de méditation, par temps de gel. J'achetai aussi une jolie veste en toile avec fermeture à crémaillère pour quatre-vingt-dix *cents*.

Puis nous allâmes aux grands magasins de la Marine, à Oakland ; au rayon du fond, il y avait toutes sortes de sacs de couchage, suspendus à des clous, et des équipements complets, y compris des matelas pneumatiques comme celui de Morley, des bidons, des torches électriques, des tentes, des fusils, des cantines, des bottes en caoutchouc et un incroyable bric-à-brac de pêcheur et de chasseur où Japhy et moi trouvâmes nombre de petits objets utiles à un bhikkhu. Il acheta une pince en aluminium pour mettre les récipients sur le feu ou les en retirer sans se brûler ; l'aluminium ne chauffe pas et l'on peut déplacer les pots, sur le feu, à distance, grâce au long manche de la pince. Il choisit aussi un excellent sac de couchage en duvet — d'occasion — pour moi, et ouvrit même la crémaillère pour voir si l'intérieur était en bon état. Puis ce fut le tour d'un sac à dos, tout neuf, dont je ne fus pas peu fier. « Je te donnerai l'enveloppe de mon vieux sac de couchage », dit-il. J'achetai ensuite une paire de lunettes de neige, en plastique, pour le plaisir, et des gants de mécanicien de chemin de fer, tout neufs. J'avais de bonnes bottes, chez moi, dans l'Est, où je me proposais de rentrer pour Noël, de sorte que je me retins d'acheter des bottes italiennes comme celles de Japhy.

Nous quittâmes ensuite Oakland pour descendre à Berkeley, chez un marchand d'accessoires de montagne. Lorsque le vendeur s'approcha de nous pour nous servir, Japhy lui dit avec son accent de bûcheron : « On ch'équipe pour l'Apocalypche. » Puis il me guida vers le fond de la boutique où il choisit un poncho en nylon avec un capuchon assez vaste pour être enfilé par-dessus le sac (ce qui me faisait ressembler à un moine bossu) et complètement imperméable. Il pouvait servir aussi de niche, le cas échéant, ou de tapis de sol, sous le sac de couchage. J'achetai aussi un bidon en matière plastique avec un bouchon à vis, qui pourrait me servir — selon mes plans — à transporter du miel en montagne, mais en fait j'y mis plus souvent du vin qu'autre chose, jusqu'au moment où je fus assez riche pour le remplir de whisky. J'achetai aussi un shaker en matière plastique qui me fut fort utile pour transformer une cuillerée de lait déshydraté en un grand verre de liquide mousseux, avec l'adjonction d'un peu d'eau puisée à quelque ruisseau. Je fis aussi l'emplette d'un tas d'aliments desséchés, en sachets, comme ceux dont usait Japhy. Sans mentir, j'étais vraiment prêt à faire face à l'Apocalypse. Si une bombe atomique avait atteint San Francisco, cette nuit-là, je n'aurais eu qu'à prendre la route avec mes provisions et ma chambre à coucher-cuisine dûment empaquetée, sans plus me soucier du monde. J'achetai pour finir ma batterie de cuisine : deux grands récipients gigognes, avec un couvercle à poignée qui servait aussi de poêle à frire, des gobelets en fer-blanc et un couvert pliant en aluminium. Japhy me fit aussi un présent de sa façon ; il me donna une cuiller, mais il sortit ses pinces et en tordit le manche sous un certain angle en expliquant : « C'est pour le cas où tu aurais un récipient sur un grand feu... » Je me sentais un homme nouveau.

15

Je mis ma nouvelle chemise de flanelle, mes chaussettes neuves, mes sous-vêtements et mes blue-jeans, remplis mon sac, le jetai sur mon épaule et allai, le soir même à San Francisco, pour m'habituer à errer la nuit, dans une ville, en cet équipage. Je descendis Mission Street en chantant gaiement, et me rendis dans les bas-quartiers, du côté de la Troisième Rue, pour y déguster mes doughnuts favoris avec une tasse de café. Les clochards fascinés me demandaient si j'étais un prospecteur d'uranium. Je ne voulais pas commencer à leur expliquer que je cherchais quelque chose de plus précieux pour l'humanité que du minerai. De sorte qu'ils se mirent à m'expliquer : « Mon gars, t'as qu'à aller dans le Colorado, à c'qu'on dit, et avec un beau petit gégére, tu s'ras miyonaire en moins de deux. » Tous les clochards veulent être millionnaires.

« Merci, les gars. P'têt bien qu'j'irai.

— Y'en a aussi, plein d'uranium, dans le Yukon.

— Ben, à Chihuahua, dit un vieux, j'parie qu'y en a plein à Chihuahua. »

Je vidai les lieux et errai dans San Francisco, sac au dos, plein d'allégresse. Je m'en fus rendre visite à Cody, chez Rosie. La vue de cette dernière m'étonna : elle avait soudain changé et sa maigreur était squelettique. Elle avait un regard terrorisé ; les yeux lui sortaient des orbites. « Qu'est-ce qui se passe ? »

Cody me conduisit dans la pièce voisine sans me laisser lui parler : « Elle est devenue comme ça en quarante-huit heures, souffla-t-il.

— Que lui est-il arrivé ?

— Elle dit qu'elle a établi une liste de tous ses amis et de leurs péchés, après quoi elle l'a jetée dans les toilettes de la maison où elle travaille, mais la liste était si longue qu'elle a bouché le tuyau de vidange. Il a fallu faire appel à un type du service municipal. Comme il portait un uniforme, elle dit que c'était un flic, qu'il a emporté le papier au poste de police et qu'on va tous nous arrêter. » Cody était un vieux copain, j'avais vécu dans son grenier à San Francisco plusieurs années auparavant, et il avait pleine confiance en moi. « Tu as vu les marques sur son bras ?

— Des sortes de coupures ?

— Elle a tenté de se trancher les veines du poignet avec un vieux couteau qui heureusement ne coupe pas. Je me fais du souci à son sujet. Est-ce que tu peux la surveiller pendant que je vais travailler, cette nuit ?

— Ben, mon vieux...

— Ben quoi! Ne sois donc pas toujours comme ça! Tu sais ce que dit la Bible : le moindre...

— Non, c'est parce que j'avais envie de m'amuser cette nuit.

— Il y a autre chose que l'amusement. Nous avons des responsabilités aussi. »

Je n'aurais donc pas l'occasion de montrer mon beau sac tout neuf au bar de *The Place*. Cody me conduisit en voiture à la cafeteria de Van Ness où j'achetai des sandwiches pour Rosie avec l'argent qu'il me donna et rentrai chez elle pour essayer de la faire manger. Mais elle restait assise dans sa cuisine, à me dévisager.

« Tu ne sais pas ce que ça veut dire, gémit-elle, ils savent *tout* sur toi maintenant.

— Qui?

— Toi.

— Moi?

— Toi, et Alvah, et Cody et ce Japhy Ryder, et vous tous et moi-même, tous ceux qui se trouvent dans le coin, tous ceux qui vont à *The Place*. Ils vont tous nous arrêter demain ou même avant. Elle regardait autour d'elle avec effroi.

— Pourquoi avoir tailladé ton bras, comme ça ; c'est horrible de se faire une chose pareille.

— Je ne veux pas vivre. Je suis en train de t'expliquer qu'on va avoir la police sur le dos maintenant.

— Non, on aura un sac de camping sur le dos. » Je plaisantais sans comprendre que la situation était assez grave. En réalité, Cody et moi étions deux inconscients. L'état de ses bras aurait dû nous faire comprendre que l'affaire était sérieuse. « Écoute-moi », dis-je. Mais elle ne voulait rien entendre.

— Tu ne *comprends* donc pas ce qui arrive ? criait-elle en me regardant bien en face, avec ses grands yeux écarquillés comme pour me transmettre sa conviction par une sorte de télépathie démente. Elle était sûre d'être dans le *vrai*. Debout dans la cuisine du minuscule appartement, avec ses mains squelettiques tendues, ses jambes raidies, ses cheveux roux crépelés, tremblant, frissonnant, cachant son visage entre ses paumes de temps à autre, elle me suppliait de me laisser convaincre.

— C'est de la foutaise, criai-je. Et aussitôt je me sentis aussi désarmé que lorsque j'explique le Dharma aux autres — à Alvah, à ma mère, à mes parents, à mes petites amies, à n'importe qui — ils n'écoutent pas ; ils veulent toujours que je les écoute : ils *savent* ; je ne sais rien ; je ne suis qu'un garçon un peu borné, un idiot sans aucun sens pratique qui n'a pas encore compris quel est le fondement profond de la vie, ni quelles sont les vraies valeurs ni comment va le monde.

— La police va faire une rafle et nous arrêter tous. Et non seulement ça, mais on va nous interroger pendant des semaines et des semaines et même pendant des années, jusqu'au moment où les flics auront découvert *tous* les crimes et les péchés qui ont été commis. C'est un réseau si compliqué qu'ils vont finir par arrêter tous les habitués de North Beach, puis tous ceux de Greenwich Village et même ceux de Paris. *Tout le monde* ira en prison, tu ne sais pas encore ce qui nous attend. Ce n'est que le commencement. Elle tressaillait au moindre bruit dans l'entrée, pensant que les agents venaient l'arrêter.

— Mais écoute-moi donc. » Peine perdue. Chaque fois que je répétais cette phrase, elle m'hypnotisait avec ses grands yeux qui me dévisageaient et j'en venais à croire, un instant, qu'elle avait raison, tant sa conviction était profondément ancrée en elle. « Mais tu te fais des idées, tu te montes la tête, c'est idiot ; tu ne vois donc pas que la vie n'est qu'un rêve. Pourquoi ne pas te détendre et te laisser envahir par Dieu ? Dieu c'est *toi*, espèce de sotte !

— Ils vont te détruire, Ray, je le vois bien. Ils vont aller chercher tous ces mystiques aussi et les boucler une fois pour toutes. C'est seulement le début. Tout ça c'est à cause de la Russie, mais personne ne le dit. J'ai même entendu parler des explosions solaires qui annonçaient je ne sais quoi. Tout doit arriver pendant notre sommeil. Oh ! Ray, le monde ne sera plus jamais le même !

— Quel monde ? Quelle différence y aura-t-il ? Tais-toi, tu me fais peur. Nom de Dieu, tu ne me feras pas peur : je n'écouterai pas un mot de plus. » Je la quittai, fou de rage, pour aller chercher du vin et quérir Cowboy et quelques autres musiciens, puis revins en courant pour continuer à la surveiller. « Bois du vin et tâche de retrouver ton bon sens.

— Non, je vais tourner le dos au péché. Tout ce vin que vous buvez vous brûle les entrailles et obscurcit votre jugement. Je vais te dire ce qui ne va pas, en toi : tu n'as aucune sensibilité, tu ne *comprends* pas ce qui arrive.

— Allons, viens.

— C'est ma dernière nuit en ce bas monde », conclut-elle.

Les musiciens et moi bûmes tout le vin et bavardâmes jusqu'à minuit. Rosie semblait avoir retrouvé son calme. Elle était étendue sur son lit. Elle riait parfois, grignotait un sandwich, buvait du thé que j'avais fait infuser pour elle. Mais quand Cody fut rentré, cette nuit-là, et que nous fûmes tous partis, elle monta sur le toit tandis que mon ami dormait, brisa la vitre d'un vasistas et s'ouvrit les veines du poignet. Un voisin l'aperçut, à l'aube, assise sur son perchoir, et perdant son sang. Il prévint la police. Mais quand Rosie vit apparaître les flics, elle pensa qu'on venait nous arrêter tous. Elle courut jusqu'à la gouttière. Un jeune agent irlandais fit un bond en avant, saisit la robe de chambre de la jeune femme, mais celle-ci se débarrassa du vêtement et tomba, nue, sur le trottoir, six étages plus bas. Les musiciens, qui vivaient dans la chambre du sous-sol, et qui avaient passé la nuit à jouer et à écouter des disques, entendirent un bruit sourd. Ils regardèrent par le soupirail et virent l'horrible spectacle. « Mon vieux, ça nous a complètement démolis. On n'a même pas pu faire les fous, la nuit suivante. » Ils fermèrent leurs rideaux épouvantés. Cody dormait toujours... Quand j'entendis raconter l'histoire, le lendemain, et que je vis la photo dans les journaux — une inconnue gisant sur le trottoir après sa chute — je pensai : « Si elle m'avait écouté, au moins... Ce que je disais était-il si stupide ? Mes idées sont-elles si bêtes, si puériles ? N'est-il pas temps de mettre en application des théories que je sais être vraies ? »

Les dés étaient jetés. La semaine suivante, je bouclai mon sac et décidai de prendre la route pour m'en aller loin de ces antres d'obscurantisme que sont les grandes villes modernes. Je pris congé de Japhy et des autres et montai clandestinement dans le train de marchandises qui descendait le long de la côte vers Los Angeles. Pauvre Rosie, elle était absolument *sûre* que le monde était réel et maintenant, où se trouvait la réalité ? « Au moins, maintenant, elle est au ciel, et elle *sait* », pensai-je.

16

Et ce fut aussi ce que je me dis à moi-même : « Me voilà en route pour le ciel. » Il m'apparut soudain clairement que je devais communiquer nombre d'enseignements à mon prochain, au cours de mon existence. J'avais vu Japhy, comme je l'ai dit, avant mon départ. Nous nous étions promenés tristement dans le parc du quartier chinois et avions déjeuné au Nam Yuen, puis nous étions sortis pour nous asseoir sur l'herbe. C'était un dimanche. Soudain étaient apparus des prêcheurs noirs, qui tentaient de communiquer la bonne parole à de petits groupes de Chinois indifférents, venus se promener en famille, et dont les marmots abîmaient l'herbe avec entrain. Il y avait aussi quelques clochards, à peine plus intéressés. Une grosse femme qui ressemblait à Ma Rainey, bien campée sur ses énormes jambes, meuglait un sermon dont les périodes alternaient avec de magnifiques *spirituals*. Cette femme qui prêchait si éloquemment ne pouvait exercer son office dans un temple, car elle avait besoin d'expectorer de temps à autre, ce qu'elle faisait en prenant soin de cracher avec force et à distance pour que ses glaires ne souillent pas la pelouse. « Et je vous dis que le Seigneu' p'end'a soin de vous si vous vous off'ez à Lui. » Après quoi, elle expédia un crachat à trois mètres. « Tu vois, dis-je à Japhy, elle ne pourrait pas faire ça dans une église. Mais as-tu jamais entendu prêcher avec plus de talent ?

— Non, dit Japhy, mais je n'aime pas tout ce blabla sur Jésus-Christ.

— Qu'est-ce que tu lui veux à Jésus-Christ ? N'a-t-il pas parlé du ciel ? Est-ce que le nirvâna de Bouddha est autre chose que le ciel ?

— Selon ton interprétation à toi, Smith.

— Japhy, il y a des choses que je voulais dire à Rosie et je me suis senti empêtré dans le schisme que nous croyons voir entre le bouddhisme et le christianisme, l'Orient et l'Occident. Où est la différence ? Ne sommes-nous pas tous au ciel, dès à présent ?

— Qui l'a prétendu ?

— Sommes-nous dans le nirvâna, oui ou non ?

— Des mots, des mots, qu'est-ce qu'un mot ? Chaque mot désigne le nirvâna. En outre, tu as entendu ce que cette vieille donzelle te disait : tu dois t'*offrir*. Es-tu une offrande à Bouddha, mon vieux ? » Japhy était si content qu'il souriait, les yeux pétillants. Je plaisantai : « Offrandes à Bouddha ! Cadeaux en tous genres !... Et Rosie était le bouquet de fleurs que nous avons laissé flétrir.

— Tu n'as jamais aussi bien parlé, Ray. »

La grosse prédicatrice nous aperçut et vint vers nous — ou plus spécialement vers moi. Elle m'appela même *darling* :

« Je peux li'e dans vos yeux que vous comp'enez chaque mot que je dis, *da'ling*. Je veux vous fai'e savoi' comment aller au ciel et êt'e heu'eux. Je veux que vous comp'eniez chaque mot que je dis.

— J'entends et je comprends. »

De l'autre côté de la rue, il y avait un temple bouddhiste en construction, que les Jeunes Patrons chinois du quartier avaient entrepris de bâtir eux-mêmes. Un soir d'ivresse, je m'étais joint à eux et j'avais charrié des brouettes de sable dans le chantier. Les bâtisseurs étaient tous des garçons idéalistes et entreprenants à la manière de Sinclair Lewis, qui vivaient dans de jolies maisons et revêtaient des salopettes pour travailler à leur église. Des garçons comme on pourrait en trouver dans n'importe quelle petite ville du Far West, avec des visages brillants et décidés comme celui de Richard Nixon. Au milieu d'une petite cité aussi sophistiquée que le quartier chinois de San Francisco, ils se conduisaient en pionniers de la Prairie, mais leur temple était dédié à Bouddha. Je trouvais assez étrange l'indifférence de Japhy pour les bouddhistes du quartier chinois. Il est vrai qu'ils pratiquaient la religion traditionnelle et ignoraient le bouddhisme

Zen, intellectuel et esthétique, cher à mon ami, mais je tentais de lui faire comprendre que tout revenait au même. Au restaurant, nous avions mangé fort agréablement avec des baguettes. Le moment des adieux était venu et je ne savais quand je reverrais Japhy.

Derrière la grosse femme se tenait un prédicateur qui se balançait d'un pied sur l'autre, les yeux fermés, en disant : « Elle a raison. » Elle prit congé de nous : « Dieu vous bénisse, mes enfants, pou' m'avoi' écoutée. Vous savez que tout est pou' le mieux, pou' ceux qui aiment Dieu (saint Paul, VIII, 18). Vous devez vous off'i' à Dieu. Je suis sû'e que vous le fe'ez.

— Oui, Mame, on n'y manquera pas. » Je pris congé de Japhy.

Je passai quelques jours dans la famille de Cody, sur les collines de l'arrière-pays. Il était très affecté par le suicide de Rosie et répétait sans cesse qu'il devait prier pour elle nuit et jour, car les âmes des suicidés flottent autour de la terre, entre le purgatoire et l'enfer. « Il faut qu'elle entre au purgatoire, mon vieux. » Je l'aidai donc à prier, la nuit, sur la pelouse où je dormais dans mon nouveau sac de couchage. Dans la journée, je notais les petits poèmes que ses enfants me récitaient. Je consignais gravement dans le calepin que je portais toujours sur moi : « Un deux trois... de bois..., sept huit neuf... de bœuf..., dix onze douze... de bouse... », tandis que Cody me gourmandait : « Bois moins de vin. »

Le lundi après-midi, j'étais dans les entrepôts de la gare de San José pour prendre le rapide de quatre heures trente. Mais c'était son jour de congé, si je puis dire, et il me fallut attendre le Fantôme qui passait à sept heures trente. Dès que la nuit tomba, je fis chauffer une boîte de macaronis sur un petit feu de brindilles, à l'indienne, pour tuer le temps, dans les fourrés qui bordent la voie. Puis je dînai. Le Fantôme arrivait. Un aiguilleur de mes amis me conseilla de ne pas monter en fraude, car un garde de la compagnie se tenait prêt à inspecter les wagons, à l'embranchement, pour dénicher les resquilleurs ; il avait l'habitude de balayer tout le train, au passage, avec le faisceau de sa torche électrique et téléphonait ensuite à Watsonville pour signaler les infracteurs. « Maintenant que c'est l'hiver, des gars ont pris l'habitude d'arracher les plombs des wagons scellés, ou de casser les vitres pour entrer dans les voitures fermées, et ils abîment le matériel, sans compter qu'ils laissent traîner des bouteilles partout. »

Je me glissai donc vers l'extrémité des entrepôts, traînant mon gros sac, et montai dans le Fantôme après l'embranchement et l'inspection du bouledogue de la compagnie. J'ouvris mon sac de couchage me déchaussai, enveloppai mes souliers dans ma veste et me glissai dans le duvet. Je dormis, d'un sommeil heureux, jusqu'à Watsonville où je dus me cacher dans les broussailles en attendant le coup de sifflet du départ, puis je repris ma place et mes rêves toute la nuit, tandis que le train filait le long de cette côte indescriptiblement belle et : Oh! Bouddha, ton clair de lune! Oh! Christ, tes étoiles sur la mer, la mer, Surf, Tangair, Gaviota, le train brûlait les stations à cent vingt à l'heure et moi, au chaud comme brioche au four, je me laissais filer dans mon sac de couchage en route pour le Sud et pour ma maison où je passerais les fêtes de Noël. En fait, je ne m'éveillai qu'à sept heures du matin au moment où le train ralentissait pour pénétrer dans les entrepôts de Los Angeles. La première chose que je vis quand je me rechaussais et empaquetais mes affaires, pour être prêt à sauter, ce fut un cheminot qui me saluait de la main en criant : « Bienvenue à L. A.! »

Mais j'allais quitter la ville bientôt. Le brouillard était épais et me faisait pleurer. Le soleil était chaud et l'air empuanti. Un véritable enfer. En outre, les enfants de Cody m'avaient passé le fameux bacille du rhume de Californie, de sorte que je me sentais fort mal en point. Je me débarbouillai en recueillant dans le creux de la main l'eau qui dégouttait d'un wagon frigorifique, puis je me lavai les dents, me peignai et fis mon entrée dans la ville où je devais attendre le rapide de marchandises de sept heures trente, en direction de Yuma-Arizona.

Je passai une journée terrible. Je pris plusieurs cafés dans des bistrots des bas-quartiers puis des cafés complets à dix-sept *cents* dans les bars de la grande rue Sud.

A la tombée de la nuit, j'errais encore en attendant mon train. Un clochard assis sous un porche me guettait avec une attention particulière... J'allai lui parler. Il me raconta qu'il avait fait partie du corps d'élite des fusiliers marins, qu'il venait de Paterson, dans le New Jersey, et au bout d'un moment, il tira de sa poche un petit bout de papier. Il me dit que c'était sa lecture favorite lorsqu'il voyageait dans des trains de marchandises. Je jetai un regard sur le texte et reconnus un extrait du *Digha Nikaya*, des paroles de Bouddha. Je souris et ne dis mot. C'était un clochard grand et bavard. Il ne buvait pas. Il se considérait comme une sorte de bohème idéaliste et dit : « Tout ce que je veux, c'est faire ce qui me plaît. Je préfère brûler le dur, dans des trains de marchandises d'un bout à l'autre du pays, faire ma cuisine dans des boîtes de conserves, sur des feux de bois, plutôt que d'être riche, avoir une maison et travailler. Je suis heureux. J'avais de l'arthrite, dans le temps. J'ai même passé des années à l'hôpital. Mais j'ai trouvé le moyen de m'en débarrasser et, depuis que je cours les routes, je n'ai plus jamais été malade.

— Comment avez-vous soigné votre arthrite? J'ai eu moi-même une thrombo-phlébite.

— Ah oui? Bon, mon remède vous servira, à vous aussi. Tenez-vous la tête en bas trois minutes par jour ou même cinq minutes. Chaque matin, au réveil, que ce soit au bord d'une rivière ou dans un train qui roule à toute allure, j'étends une petite natte par terre, je fais le poirier fourchu et je compte jusqu'à cinq cents. Ça doit faire trois minutes à peu près, n'est-ce pas? » Il s'inquiétait beaucoup de savoir si cela faisait vraiment trois minutes. J'en étais étonné. Je me demandai s'il avait eu des ennuis en arithmétique, à l'école.

— Il me semble bien que ça fait trois minutes, lui dis-je pour le rassurer.

— Appliquez mon remède et votre phlébite s'en ira comme mon arthrite. J'ai quarante ans, maintenant. Ah! j'oubliais autre chose : avant de vous coucher, le soir, buvez du lait chaud avec du miel. J'ai toujours un petit pot de miel sur moi (il le sortit de son sac). Je mets le lait dans une boîte de conserve avec le miel et je fais chauffer le tout sur le feu avant de boire. Voilà les deux remèdes les plus efficaces.

— Okay. » Je fis vœu de suivre son conseil, car j'avais reconnu Bouddha en lui. A la suite de ce traitement, ma phlébite disparut en trois mois. Je n'en souffris plus jamais, par la suite, ce qui ne laissa pas de m'étonner. En fait, j'ai souvent tenté d'expliquer mon cas à des médecins, depuis lors, mais, apparemment, ils m'ont cru un peu fou. Clochard céleste, clochard céleste. Je n'oublierai jamais cet ancien fusilier marin, ce clochard juif intelligent, de Paterson (New Jersey), quel qu'il soit, avec son petit bout de papier qu'il lisait clandestinement, la nuit, sur des wagons de marchandises, dans le nulle part où jaillit constamment de la matière brute une

Amérique industrielle qui demeure une terre de magie.

A sept heures trente, mon rapide entra en gare. Tandis que les cheminots s'affairaient autour de lui, je me cachai dans les buissons en attendant le moment favorable pour sauter dans un wagon, sans être vu. J'avais eu le tort de me dissimuler derrière un pylone téléphonique, aussi, lorsque le train démarra, plus tôt que je ne pensais, je perdis quelques secondes — d'autant plus que je traînais un sac de vingt kilos — et dus courir le long de la voie jusqu'au moment où j'aperçus une échelle fort opportunément fixée au flanc d'un wagon. Je l'agrippai et me hissai sur le toit du fourgon pour procéder à une inspection aérienne et localiser la plate-forme roulante qui me conviendrait. J'étais environné d'une sacrée fumée et d'escarbilles qui semblaient pleuvoir du ciel. Mais le train prit de la vitesse et sortit des entrepôts. J'y vis alors plus clair. C'était un ignoble convoi formé de dix-huit sacrés wagons scellés. A trente à l'heure, il me fallait prendre une décision rapide et il y allait de la vie : sauter ou m'accrocher. Cette dernière solution était exclue si je devais demeurer sur le toit d'un fourgon roulant à cent vingt à l'heure. Il fallait donc commencer par descendre de mon perchoir, en m'aidant de l'échelle, comme à la montée. Mais tout d'abord, j'étais obligé de dégager mon sac qui s'était accroché à la coursive du wagon, de sorte que le train roulait déjà beaucoup trop vite lorsque je me trouvai enfin prêt à sauter. Tenant d'une main ferme mon sac par la bretelle, je pris calmement la résolution folle de tenter le coup et me jetai en avant. Je ne roulai que sur quelques mètres et me retrouvai sain et sauf sur le bas-côté de la voie.

Mais j'étais maintenant à cinq kilomètres de la jungle industrielle qui entoure Los Angeles, malade, reniflant dans la nuit et le brouillard. Il me fallut dormir dans le fossé, au pied d'une clôture en fil de fer, devant les rails, sans cesse réveillé par les allées et venues des aiguilleurs de la South Pacific et de la Santa Fe qui passaient en grognant sur la voie. Je ne pus enfin respirer qu'à minuit lorsque le brouillard commença à se dissiper, mais il revint bientôt accompagné de fumée et d'horribles nuages blancs et lourds qui envahirent le ciel à l'aube. Mon sac où j'avais prié et médité toute la nuit était trop chaud pour me permettre de dormir et le temps était trop mauvais pour que je puisse passer hors de mon duvet cette nuit qui fut affreuse de point en point, excepté le moment où un petit oiseau vint m'apporter sa bénédiction, à l'aurore.

La seule chose à faire était de quitter Los Angeles. Suivant à la lettre les instructions de mon ami, je fis le poirier fourchu en m'aidant de la clôture pour conserver mon équilibre. Mon rhume s'en trouva quelque peu soulagé. Puis je gagnai une station d'autocars, à travers les voies et les rues écartées, pris un car pour Riverside, à quarante kilomètres de là, ce qui ne me coûta pas cher. Les agents jetaient des regards soupçonneux à mon gros sac. Tout cela ne ressemblait guère à la pureté facile de la nuit passée, en compagnie de Japhy Ryder, dans notre camp montagnard, à écouter le chant des étoiles paisibles.

17

Le brouillard enfumé de Los Angeles me poursuivit jusqu'à quarante kilomètres de la ville, mais le soleil luisait sur Riverside. Je m'épanouis à la vue d'un petit ruisseau presque à sec : du sable blanc et un filet d'eau minuscule sous un pont, à l'entrée de Riverside. Je projetais donc d'y camper et de mettre à l'épreuve mes nouvelles idées sur la vie. Il faisait chaud, à l'arrêt de l'autocar. Mais un Noir, qui me dit être à moitié Indien, s'approcha de moi à la vue de mon sac ; et comme je lui faisais part de mes intentions, il me mit en garde : « Non, M'sieur, vous ne pouvez pas faire ça. Les flics d'ici sont les plus durs de tout l'État de Californie. S'ils vous voient, ils vous mettront le grappin dessus. Bon Dieu, j'aimerais bien dormir dehors, moi aussi, mais c'est pas permis. — Évidemment, nous ne sommes pas aux Indes », lui dis-je tout désolé, et m'en allai tenter quand même ma chance. Je n'avais qu'à me conduire comme je l'avais fait avec le flic de San José. Tous les policiers du monde cherchent à attraper les gens qui enfreignent la loi. La seule attitude possible, c'est de ne pas en tenir compte à condition de ne pas se laisser prendre. Je ris sous cape en pensant à ce qui arriverait si j'étais Fuke, le sage Chinois du IXe siècle, qui parcourut toute la Chine en faisant tinter sa clochette. Je n'avais pas le choix ; si je ne pouvais dormir à la belle étoile, brûler le dur et vivre à ma guise, il me faudrait rester sagement assis devant un poste de télévision, dans un asile de fous, en compagnie de centaines d'autres malades, sous une « surveillance » adéquate. J'entrai dans un supermarché et achetai du jus d'orange concentré, de la crème de fromage aux noix et un grand pain complet. Cela me nourrirait fort bien jusqu'au lendemain. Lorsque je traversai la ville à pied, avec mon sac, je vis nombre de voitures de la police. Des flics gras et apparemment bien rémunérés me regardaient d'un air soupçonneux, du haut de leurs autos flambant neuves et équipées de coûteux appareils de radio. Ils semblaient tout particulièrement soucieux de troubler le sommeil des bhikkhus endormis dans quelque bocage voisin.

Une fois sur la route, je scrutai l'horizon pour vérifier si aucune patrouille n'était en vue, puis je plongeai dans les bois. Je dus me frayer un chemin à travers d'épais buissons desséchés sans perdre de temps à chercher une piste, et me dirigeai droit vers la plage dorée de la rivière que j'apercevais devant moi. Au-dessus de ma tête passait le pont routier. Personne ne pouvait me voir, à moins de s'arrêter et de se pencher sur le garde-fou pour inspecter le lit de la rivière. Comme un criminel, je me lançai à travers les fourrés en faisant craquer les branches, brillantes sous le soleil, en ressortis suant et soufflant, traversai le filet d'eau en me mouillant les chevilles et trouvai enfin une charmante futaie de bambous. J'hésitai à allumer du feu avant la nuit de peur que la fumée de mon petit foyer ne révèle ma présence. J'en serais quitte pour voiler la lueur des braises après le crépuscule. J'étendis mon poncho et mon sac de couchage sur un matelas de feuilles sèches et de tiges de bambous crissantes. Des peupliers mettaient dans l'air une poussière dorée qui me piquait les yeux. L'endroit eût été délicieux sans le rugissement des camions, là-haut, sur le viaduc. Mon rhume de cerveau avait empiré et mes sinus étaient douloureux. Je me tins la tête en bas pendant cinq minutes. Je riais à part moi, en pensant à ce que les gens diraient s'ils me voyaient. Mais la situation n'avait rien de drôle. Je me sentais plutôt triste, en réalité, vraiment triste, comme la nuit précédente dans cet horrible pays de brouillard et de fumée cerné de clôtures en fils de fer, qui forme la banlieue industrielle de Los Angeles. J'y allai même de ma petite larme. Après tout, un homme sans foyer a bien le droit de pleurer : le monde entier semble dressé contre lui.

Le soir venait. Je pris un récipient et allai chercher de l'eau. Mais il me fallut traverser tant de buissons que j'avais renversé presque tout le contenu du pot avant de regagner mon camp. Grâce à mon nouveau shaker en matière plastique, je mélangeai le restant à du jus d'orange concentré pour obtenir une orangeade glacée que je dégustai avec de savoureuses tartines de pain de froment enduites de crème de fromage aux noix. « Ce soir, pensai-je, je dormirai profondément et longtemps et sous les étoiles, je prierai le Seigneur de me laisser accéder à l'état de Bouddha une fois que je l'aurai mérité par mes œuvres. *Amen.* » Et comme c'était bientôt Noël, j'ajoutai : « Que le Seigneur vous bénisse tous. Je vous souhaite un joyeux Noël. Que la tendresse descende sur vos toits. Que les anges habitent la nuit où brille la Véritable Étoile. *Amen.* » Et plus tard, étendu à plat dos sur mon sac, une cigarette aux lèvres, je pensai encore : « Tout est possible. Je suis Bouddha. Je suis Ray Smith, affligé d'imperfections, et en même temps je suis l'espace vide, je suis toutes choses. Je dispose du temps pour, d'une vie à l'autre, accomplir ce qui doit être accompli, pour accomplir ce qui est accompli, dans l'éternité infiniment parfaite. Pourquoi se lamenter et gémir ? Tout est parfait comme l'essence de l'esprit et comme l'esprit des épluchures de bananes », ajoutai-je en riant au souvenir de mes poétiques amis, les Fous du Zen, les clochards célestes inspirés par le Dharma, là-bas à San Francisco. Ils me manquaient déjà. Puis je récitai une petite prière spéciale pour Rosie.

« Si elle avait vécu et m'avait accompagné jusqu'ici, peut-être aurais-je pu lui dire quelque chose qui aurait modifié sa façon de voir. Ou peut-être aurais-je fait l'amour avec elle, sans rien dire. »

Je méditai longtemps, les jambes croisées. Mais le grondement des camions me gênait. Puis les étoiles parurent et la fumée de mon petit feu à l'indienne monta vers le firmament. Je me glissai dans mon sac à onze heures et dormis bien, encore que les tiges de bambous, dans mon matelas de feuilles, m'obligeassent à me retourner toute la nuit. « Mieux vaut dormir libre dans un lit inconfortable, que dans le lit confortable d'une prison, de quelque ordre qu'elle soit. » Je me fabriquais toutes sortes de maximes, pour mon usage personnel. J'avais commencé à vivre une vie nouvelle, j'avais un équipement neuf, je me sentais un Don Quichotte de tendresse. Le matin, j'étais plein d'exubérance, mais commençai la journée par une méditation et inventai une petite prière : « Je vous salue, Êtres vivants, je vous bénis dans l'éternité du passé, dans l'éternité du présent et dans l'éternité de l'avenir. *Amen.* »

Cette prière me mit dans d'excellentes dispositions et je me sentis prêt à toutes les générosités et à toutes les bêtises généreuses, tandis que j'empaquetais mes affaires et me dirigeais vers un petit rocher d'où l'eau jaillissait, près de la route. Je me débarbouillai à cette délicieuse petite source, me lavai les dents et bus. Je me sentis alors tout prêt à parcourir les quatre mille kilomètres qui me séparaient des montagnes Rocheuses, en Caroline du Nord, où ma mère m'attendait, en lavant la vaisselle, dans son attendrissante petite cuisine.

18

La scie à la mode, cette année-là, était une chanson de Roy Hamilton, *Everybody's Got a Home But Me*. Je la fredonnai tout en marchant. Après avoir traversé Riverside, je pris la route et stoppai une voiture presque aussitôt. Le jeune couple qui s'y trouvait me conduisit à sept kilomètres de là, à l'aéroport local. Puis un père tranquille me prit à bord de son auto et me déposa près de Beaumont (Californie), à sept kilomètres de la ville, au bord d'une autoroute où personne ne voulut s'arrêter pour moi, de sorte que je dus partir à pied dans la matinée lumineuse. A Beaumont, je mangeai des hot-dogs, un hamburger et un sac de frites auquel j'ajoutai un milk-shake-fraises, au milieu d'une bande de bruyants collégiens. Je traversai ensuite la ville et un Mexicain nommé Jaimy me recueillit. Il me dit être le fils du gouverneur de l'État de Baja-California (ce que je ne crus d'ailleurs pas). C'était un éthylique qui me demanda de lui acheter du vin mais jeta la bouteille par la portière tout en conduisant. Il avait un air alangui, triste, désespéré, avec des yeux de chien battu; je le trouvai très gentil et un peu cinglé. Il se rendait, d'une seule traite, à Mexicali, un peu à l'écart de ma route, mais cela me rapprochait néanmoins beaucoup du but, de sorte que je restai dans sa voiture et nous partîmes vers l'Arizona.

A Calexico, la Grand-Rue était pleine de gens occupés à faire leurs emplettes pour Noël. De jeunes beautés mexicaines, incroyablement parfaites, avec leurs airs étonnés, passaient — toutes plus belles les unes que les autres, et d'autant plus que chacune effaçait le souvenir de la précédente. Je me tenais là, lorgnant chaque passante en savourant un cornet de glace tandis que j'attendais le retour de Jaimy qui avait affaire en ville. Celui-ci m'avait promis de me faire visiter lui-même Mexicali et de me présenter à ses amis. Je projetais donc de dîner économiquement au Mexique et de reprendre la route cette nuit même. Mais, bien entendu, Jaimy ne revint pas. Je traversai la frontière tout seul et tournai immédiatement à droite, après la douane, pour éviter les camelots acharnés à poursuivre les touristes. J'allai ensuite soulager ma vessie dans la boue d'un chantier. Mais une espèce de surveillant mexicain, complètement dingue et revêtu d'un uniforme officiel, estima que j'avais commis une infraction et me héla. Je répondis que je ne comprenais pas (*No sé*). « *No sabes* police? » dit-il.

Je trouvai qu'il fallait du toupet pour appeler les flics sous prétexte que j'avais pissé dans sa boue. Mais je compris ensuite que j'avais souillé le petit coin où il allumait son feu, la nuit : il y avait en effet un petit tas de charbon de bois à cet endroit et je me sentis tout contrit. Je remontai la rue embourbée, honteux de ce que j'avais fait et vraiment désolé, tandis qu'il gardait tristement les yeux fixés sur mon sac à dos, pendant que je m'éloignais.

J'atteignis bientôt une hauteur d'où je pus contempler le lit boueux du fleuve, presque à sec, semé de flaques et de bourbiers nauséabonds, et les horribles sentiers qui traversaient la campagne, encombrés de femmes mexicaines et de bourricots cheminant dans le soir qui tombait. Un vieux mendiant mi-Chinois, mi-Mexicain attira mon attention et je m'arrêtai pour échanger quelques mots avec lui. Quand je lui dis que j'irais *dormiendo*, dormir, dans la plaine (je pensais d'ailleurs aller jusqu'au pied des collines, au-delà du plateau), il mima la terreur et je découvris alors qu'il était muet. Il m'expliqua par gestes que j'allais être attaqué, dévalisé et peut-être assassiné si je mettais mon projet à exécution. Et je compris soudain qu'il avait raison. Mon sac constituait sans doute un butin trop alléchant, de ce côté-ci de la frontière. D'ailleurs, dans quelque pays que ce soit, un homme sans toit est toujours une victime désignée ; peu importe de savoir à quelle sauce on veut le manger. Où trouverais-je un coin de campagne tranquille où méditer et vivre désormais ? Après que le vieil homme eut tenté de me raconter sa vie par signes, je le quittai avec de grands saluts de la main et moult sourires, puis je traversai le plateau, franchis le petit pont de bois sur les eaux jaunes du fleuve, vers le quartier pauvre de Mexicali aux maisons de boue. J'y fus charmé, comme toujours, par les manifestations de la gaieté qui règne partout au Mexique et je me délectai d'un bol de *garbanzos* (soupe de pois chiches) où nageaient des morceaux de *cabeza* (fromage de tête) et de *cebolla* (oignon) cru. J'avais échangé à la douane 25 *cents* contre trois billets de 1 *peso* et un tas de lourdes pièces de monnaie. Tout en mangeant sur le zinc, dans un petit bar, j'examinai les passants qui allaient et venaient dans la petite rue de terre battue, les pauvres chiens errants, les *cantinas*, les prostituées, les hommes se livrant à toutes sortes de bêtises, ou faisant semblant de se battre, le tout baignant dans des flots de musique. Sur le trottoir opposé, il y avait un inoubliable « institut de beauté » (*Salón de Belleza*) : un miroir nu sur un mur nu, devant des chaises nues ; une jeune splendeur de dix-sept ans, auréolée de bigoudis, rêvait, devant le miroir. A côté d'elle se dressait un vieux buste en plâtre, à perruque ; derrière, un vieil homme se curait les dents tandis que, sur une chaise, devant un autre miroir, un petit garçon dévorait une banane. Sur le trottoir, un groupe d'enfants se pressaient contre la devanture, comme au spectacle, et j'adressai une invocation au Tout-Mexicali de ce samedi après-midi et remerciai le Seigneur de m'avoir rendu le goût de vivre en me montrant les formes sans cesse récurrentes de cette Matrice où se manifeste Son exubérante fertilité. Je n'avais pas pleuré en vain. Tout finissait bien. Donc tout était bien.

Je flânai un peu à la ronde, achetai un *doughnut* tout chaud, en forme de bâtonnet, et deux oranges que me vendit une fillette, puis je traversai le pont en sens inverse dans la poussière du soir, et me dirigeai allégrement vers la douane où mon sac fut fouillé de fond en comble par trois gabelous américains mal intentionnés.

« Qu'avez-vous acheté au Mexique?

— Rien. »

Ils ne me crurent pas et se livrèrent à une perquisition en règle dans mes affaires ; ils ne trouvèrent que le reste des frites achetées à Beaumont, mes raisins de Corinthe, les pois secs et les carottes, des boîtes de porc aux haricots que j'avais mises de côté pour la route, et deux miches de pain de froment. Ils me laissèrent partir sans dissimuler leur déception. Je m'en amusai, intérieurement ; ils comptaient sans doute trouver un plein sac d'opium de Sinaloa, des graines de Mazatlan ou de l'héroïne de Panama. Peut-être croyaient-ils même que je venais du canal, à pied. Ces gens manquaient d'imagination.

Je me rendis à l'arrêt des autocars Greyhound et pris un billet pour El Centro, tout près de là, sur la route nationale. J'espérai attraper le Fantôme pour l'Arizona et me trouver à Yuma avant l'aube, dormir sur les rives du Colorado dans un coin que j'avais repéré plusieurs années plus tôt. Mais mon plan avorta. A El Centro, je me dirigeai vers la gare de marchandises pour tâter le terrain et je liai conversation avec un contrôleur qui dirigeait par signaux les manœuvres d'une machine haut le pied.

« Où est le rapide ?

— Il ne passe pas par ici. »

Je m'étonnai de ma propre bêtise.

« Le seul train de marchandises que vous pouvez prendre est celui de Yuma. Il passe par le Mexique. Mais je ne vous conseille pas de monter en fraude car les douaniers vous dénicheront sûrement et vous vous retrouverez dans un cachot mexicain, mon gars.

— J'en ai assez du Mexique, merci bien. » Je m'en allai donc me poster au grand carrefour de routes, en pleine ville, où les voitures qui vont vers l'Est prennent la direction de Yuma, et je commençai à jouer du pouce. La chance ne me sourit guère pendant une heure. Tout à coup, un gros camion se rangea sur le bas-côté et le conducteur sortit pour fouiller dans sa valise. « Vous allez vers l'Est ? demandai-je.

— Aussitôt après m'être arrêté un moment à Mexicali. Vous connaissez le Mexique ?

— J'y ai vécu pendant des années. » Il m'examina des pieds à la tête. C'était un bon gros, jovial, avec un accent du Middle West. Je lui plus.

— Tu me fais visiter Mexicali cette nuit et je t'emmène demain jusqu'à Tucson. Ça va ?

— Formidable. » Je montai avec lui dans le camion et franchis une fois de plus la frontière mexicaine après avoir parcouru en sens inverse la route que je venais de prendre en autocar. Un voyage gratuit jusqu'à Tucson valait bien ce petit sacrifice. Nous laissâmes le camion à Calexico, tout à fait paisible à cette heure tardive et pénétrâmes dans Mexicali. Il était onze heures du soir. J'écartai mon compagnon des lieux frelatés destinés aux touristes et le conduisis à l'une de ces bonnes vieilles boîtes authentiquement mexicaines où les filles dansent avec les clients pour un peso et où l'on peut s'amuser beaucoup en buvant de la tequila brute. Ce fut une nuit sensationnelle ; il dansa, s'amusa, se fit photographier avec une señorita et but quelque vingt verres de tequila. Au cours de la nuit, nous nous liâmes avec un Noir, un peu détraqué, mais très drôle qui nous conduisit à une maison de passe. A l'entrée, un flic mexicain lui ôta son couteau à cran d'arrêt.

« C'est le troisième couteau que ces salauds me fauchent ce mois-ci », dit-il.

Le lendemain matin, Beaudry (le conducteur) et moi reprîmes le camion ; nous avions les yeux troubles et la gueule de bois. Sans perdre de temps, nous roulâmes à toute allure vers Yuma sans passer par El Centro, sur une bonne route nationale peu fréquentée — la route 98 — jusqu'à cent cinquante kilomètres après avoir croisé la route 80 à Gray Wells. Bientôt nous entrions à Tucson après avoir mangé un léger casse-croûte près de Yuma. Beaudry déclara qu'il avait envie d'un bon steak. « Le seul ennui c'est que les relais routiers n'ont jamais de steak assez gros pour moi.

— Bon, arrête-toi devant l'un des supermarchés de Tucson et j'achèterai un steak de cinq centimètres d'épaisseur que je ferai cuire sur un feu dans le désert. Tu n'en auras jamais mangé un pareil... » Il ne me crut pas, mais je fis comme j'avais dit. A la sortie de Tucson, il s'arrêta dans le flamboiement rouge pâle du crépuscule, en plein désert. Je fis du feu avec des rameaux de bouteloue, sur lesquels je jetai un peu plus tard des bûches et des branches plus grosses. La nuit tombait et quand le feu fut assez vif je tentai de suspendre le steak au-dessus des flammes, après l'avoir embroché avec un bâton. Mais la broche se consuma et je me contentai de cuire le gros morceau de viande dans sa propre graisse à l'intérieur de la belle poêle, toute neuve, qui servait de couvercle à mes gamelles. Puis je lui tendis mon couteau de poche en l'invitant à goûter le plat. Il s'exécuta en faisant entendre des grognements significatifs : « Hm, om, ouh, je n'en ai *vraiment* jamais mangé de meilleur. »

J'avais aussi acheté du lait et nous fîmes ainsi un riche dîner de protéines, assis dans le sable, tandis que les voitures défilaient comme des éclairs sur la route devant notre petit feu rougeoyant. « Où as-tu *appris* tous ces drôles de trucs ? demanda-t-il en riant. Et quand je dis qu'ils sont drôles, je me trompe. Ils sont rudement calés au contraire. Moi qui me tue à conduire ce camion de l'Ohio à Los Angeles et retour, je gagne sûrement plus de fric que tu n'en auras jamais si tu restes bohème, mais c'est toi qui as la belle vie et c'est pas seulement ça : le comble c'est que tu y arrives sans travailler et sans que ça te coûte cher. Qui est le plus calé des deux ? » Il avait une jolie maison dans l'Ohio, avec une femme et une fille, un arbre de Noël, un garage, deux voitures, une pelouse, une tondeuse, mais il n'en jouissait pas parce qu'il n'était pas libre. C'était la triste vérité. Je ne pense pas, d'ailleurs, que je valais mieux que lui, car c'était, je l'ai dit, un type épatant ; je l'aimais bien et il m'aimait bien aussi, il me dit : « Suppose que je te garde avec moi jusqu'à l'Ohio, hein ?

— Formidable. Je ne serai plus très loin de chez moi. Je vais justement un peu plus bas, en Caroline du Nord.

— J'hésitais un peu à cause de ces sacrés assureurs. S'ils me pincent avec un stoppeur à bord, je perds mon job.

— Nom de Dieu... en voilà une affaire.

— Pour sûr. Mais je vais te dire une chose. Maintenant que tu m'as fait manger ce steak — je l'ai payé, mais c'est toi qui l'as fait cuire, et maintenant c'est toi qui fais la vaisselle avec du sable — j' leur dirai de se coller le job au cul s'ils veulent parce que tu es mon ami et que j'ai bien le droit de faire monter un ami dans mon camion. »

Je dis : « Okay, je prierai pour que nous ne rencontrions pas un inspecteur de l'Assurance.

— Il n'y a pas beaucoup de risques, parce que c'est samedi et que nous serons à Springfield, en Ohio, mardi à l'aube. Ils ne travaillent pas pendant le week-end, en général. On va rouler plein gaz, pour arriver plus vite. »

Il roula en effet à pleins gaz. Du désert de l'Arizona, il remonta à toute allure vers le Nouveau-Mexique, et prit un raccourci à Las Cruces, jusqu'à Alamogordo, où avait éclaté la première bombe atomique. C'est là que j'eus une étrange vision : dans les nuages qui couvraient la montagne, je vis clairement écrit *Rien n'existe* (curieux endroit pour une aussi curieuse admonestation). Beaudry fonça ensuite à travers les collines du merveilleux territoire indien d'Atascadero où les vertes vallées et les pins du Nouveau-Mexique rappellent curieusement les prairies ondoyantes de la Nouvelle-Angleterre. Puis ce fut l'Oklahoma, après un petit somme, à l'aube, aux abords de Bowie-Arizona (lui dans sa cabine, moi dans mon sac de couchage sur l'argile rouge et froide), tandis qu'un coyote lointain hurlait aux étoiles. En moins que rien, nous étions déjà dans l'Arkansas que nous traversâmes en un seul après-midi. Le lundi soir, après avoir dépassé Saint-

Louis du Missouri, nous laissions derrière nous l'Illinois et l'Indiana pour pénétrer dans les neiges de l'Ohio où les jolies lumières de Noël, aux fenêtres des fermes, remplirent mon cœur d'allégresse. « Hou, pensai-je, nous avons à peine quitté les bras chauds des señoritas de Mexicali et nous voilà déjà dans les neiges de Noël, en plein Ohio. » Il y avait un récepteur de radio dans le camion et Beaudry le faisait marcher à plein régime, lui aussi, de sorte que nous n'avions presque pas bavardé pendant tout le voyage. Une fois seulement, mon chauffeur m'avait crié une anecdote d'une voix si puissante qu'il m'avait presque crevé le tympan de l'oreille gauche. Sous le coup de la douleur, j'avais fait un bond de cinquante centimètres, dans mon fauteuil. N'importe, mon hôte était un type épatant. En cours de route, nous nous étions restaurés à plusieurs reprises dans des auberges de routiers qu'il connaissait. Dans l'un de ses relais favoris, on nous avait servi un rôti de porc avec des ignames dignes de la cuisine de ma mère. Mon compagnon avait toujours faim, et moi aussi, à vrai dire, de sorte que nous mangions comme des ogres. L'hiver était froid à cette époque de l'année, juste avant Noël, et la nourriture était toujours la bienvenue.

A Independence, dans le Missouri, nous passâmes notre première et dernière nuit dans des lits — je trouvai exagéré le prix de la chambre (cinq dollars par personne), mais Beaudry avait sommeil et je ne voulais pas dormir dans la cabine par un froid de glace. Quand je me réveillai, le lundi matin, je regardai par la fenêtre et vis d'innombrables jeunes gens affairés, à col blanc, pénétrant dans l'immeuble d'une compagnie d'assurances avec le ferme espoir de devenir un jour un Harry Truman. Le mardi matin, le camion me déposa à Springfield, dans l'Ohio, en pleine vague de froid. Nous nous séparâmes avec juste un tout petit peu de tristesse.

Je m'en fus dans un restaurant routier pour boire du thé et faire mes comptes. Puis je louai une chambre à l'hôtel où je m'endormis épuisé et m'octroyai un bon repos. Enfin, je pris un billet d'autocar pour Rocky Mount, car il était impossible de faire de l'auto-stop dans la montagne de Blue Ridge, en plein hiver, entre l'Ohio et la Caroline du Nord. Mais je ne pouvais supporter la lenteur de l'autocar et décidai de tenter ma chance sur la route. Je commençai par faire arrêter le véhicule avant même qu'il fût sorti de la ville et revint au guichet pour me faire rembourser mon billet. Je ne parvins pas à récupérer mon argent, de sorte que je dus attendre huit heures le départ du car suivant — tout aussi lent que le premier — pour Charleston en Virginie occidentale. Tel fut le résultat de mon stupide accès d'impatience. J'occupai la journée à marcher sur la route, dans l'intention de monter dans le car à l'arrêt suivant, simplement pour le plaisir. Mais je me gelai les mains et les pieds sur ces mauvaises routes de campagne, obscures et glacées. Je pus stopper heureusement une voiture qui me conduisit jusqu'à la ville voisine où j'attendis l'autocar dans le petit bureau du télégraphe qui servait de relais. Mon véhicule arriva enfin, mais il était bondé et peina le long de la montagne à faible allure, toute la nuit. A l'aube, il était encore en train d'escalader non sans mal les monts Blue Ridge. Le paysage était somptueux, tout en forêts enneigées, et après une journée entière d'arrêts et de départs, de nouveaux arrêts et de nouveaux départs, ce fut la descente du mont Airy. Nous atteignîmes enfin Raleigh. Il me semblait que le voyage avait duré un temps infini. Je changeai de car, pris un omnibus et demandai au chauffeur de s'arrêter au coin de la route de campagne qui s'enfonce à travers les pins et me permettrait de parvenir à la maison de ma mère, distante de cinq kilomètres, à Big Easonburg Woods, un embranchement routier en pleine campagne, non loin de Rocky Mount.

Je descendis à huit heures du soir et parcourus les cinq kilomètres dans le silence glacé de cette route, lunaire plus que carolinienne, tout en observant un avion à réaction au-dessus de ma tête. Son sillage traversait la face de la lune et coupait par le milieu son disque de neige. J'étais follement heureux de me sentir de retour dans l'Est, sous la neige de Noël, et d'observer les petites lumières aux fenêtres des rares fermes environnantes, les bois tranquilles, les landes arides et lugubres et les rails du chemin de fer qui s'enfonçaient dans les bois bleus et gris de mes rêves.

A neuf heures, je pénétrai lourdement, sac au dos, dans la cour de la maison et, par la fenêtre, je vis ma mère, devant son petit évier blanc, en train de laver la vaisselle, une expression un peu inquiète sur le visage — elle s'attendait à me voir arriver plus tôt — craignant que je n'aie été retenu par quelque empêchement, et pensant probablement : « Pauvre Raymond, pourquoi faut-il donc qu'il coure toujours les routes et me tourmente ainsi? Pourquoi n'est-il pas comme les autres? » Et je pensai à Japhy, tandis que je me tenais dans la cour glaciale et regardais ma mère par la fenêtre : « Pourquoi Japhy s'emporte-t-il tellement contre les éviers d'émail blanc et tout ce " machinisme ménager " comme il l'appelle? Les gens peuvent avoir un cœur pur sans vivre pour autant comme des clochards célestes. L'essence du bouddhisme c'est la bonté à l'égard du prochain. » Derrière la maison, il y avait une grande forêt de pins, où je pourrais aller méditer tout l'hiver et le printemps suivant, sous les arbres, pour trouver par moi-même la vérité sur toute chose. J'étais très heureux. Je fis le tour de la maison et vis le petit arbre de Noël par une autre fenêtre. A cent mètres de là, les deux grands magasins du pays étaient brillamment éclairés dans le vide lugubre des bois. J'allai jusqu'à la niche et trouvai le vieux Bob transi et reniflant dans le froid. Il pleurnicha de joie en me voyant. Je le détachai et il se mit à sauter et crier à la ronde. Puis il entra avec moi dans la maison où j'embrassai ma mère. La cuisine était chaude. Ma sœur et mon beau-frère vinrent aussi m'accueillir dans le salon, ainsi que mon petit neveu Lou. J'étais de retour chez moi.

19

Toute la famille voulait me convaincre de coucher sur le divan du salon, près du poêle à mazout qui répandait une agréable chaleur, mais j'insistai pour m'installer comme auparavant dans la véranda à l'arrière de la maison. Les six fenêtres de la pièce permettaient de découvrir un paysage de champs de coton en friche et, plus loin, les forêts de pins. Je laissai les croisées ouvertes et étendis mon brave vieux sac de couchage sur le divan pour goûter un bon sommeil glacé d'hiver. En attendant de m'enfoncer jusqu'au sommet du crâne dans la chaleur moelleuse du duvet et du nylon, je mis ma veste, ma casquette à oreillettes et mes gants de cheminot, aussitôt que je fus seul. Je m'enveloppai ensuite dans mon poncho de nylon et sortis vagabonder sous la lune à travers les champs de coton. On eût pu aisément me prendre pour un moine enveloppé dans son suaire. Le sol givré réverbérait la lumière de la lune. Le vieux cimetière, au bas de la route, brillait sous une cape de verglas. Les toits des fermes environnantes se dissimulaient sous des pans de neige. Je suivais les sillons des champs de coton, suivi par Bob, notre grand chien courant, et par Sandy, le petit cabot qui appartenait à nos voisins, les Joyners, et je fus bientôt rejoint par plusieurs clebs perdus (tous les canins m'aiment bien). Je parvins ainsi à la corne du bois. C'est là que je m'étais tracé, au printemps dernier, un sentier menant au pied de mon petit pin favori, où j'aimais méditer. Le sentier existait encore. C'est là que se trouvait aussi ma porte d'honneur personnelle, celle qui me livrait accès à la forêt : deux jeunes pins symétriques formant une sorte de chambranle inachevé. Je m'inclinais toujours sur ce seuil, les mains jointes, et remerciais Avalokitesvara de m'avoir offert les bois. Je me pliai, cette fois encore, au rite et pénétrai sous les arbres, guidé par la lumière de la lune jusqu'à mon pin ; je retrouvai la vieille couche de paille que j'avais disposée au pied de l'arbre. Je m'assis pour méditer après avoir enveloppé mes jambes dans ma cape.

Les chiens méditaient aussi, tout debout. Il régnait un calme absolu. Toute la campagne n'était que gel et silence. On n'entendait même pas le léger bruit d'un lapin ou d'un raton laveur. Rien que le merveilleux silence glacé. Un chien aboya, à sept ou huit kilomètres, du côté de Sandy Cross. Un très, très léger ronronnement de camion s'élevait à quelque vingt kilomètres, du côté de la route 301, dans la nuit. Une fois ou deux retentit dans le lointain le bouhouhou des trains Diesel qui remontaient vers New York ou descendaient vers la Floride, emportant voyageurs ou marchandises. Une nuit bénie. Je tombai aussitôt dans une transe atone, vide de toute réflexion, qui me révéla une fois encore que je pouvais *cesser de penser*. Je soupirai d'aise en me rappelant que je n'avais plus besoin de penser. Je sentis tout mon corps sombrer dans une extase à laquelle je pouvais enfin croire. J'étais détendu et réconcilié avec le monde éphémère des rêves et des rêveurs. J'avais fait la paix avec le rêve lui-même. Des pensées de toutes sortes me venaient maintenant telles que : « Un seul homme qui pratique la charité dans le désert vaut mieux que tous les temples bâtis par les hommes. » Je tendis le bras pour caresser le vieux Bob qui me regarda d'un air satisfait. « Tous les êtres qui vivent et qui meurent sont comme ce chien et moi, ils vont et viennent mais ils n'ont ni durée ni substance propre. O Dieu, nous ne pouvons donc pas exister. Comme cela est étrange, et important et réconfortant! Quelle horreur, si le monde avait été réel. Car si le monde était réel, il serait immortel. » Mon poncho de nylon me protégeait contre le froid comme une tente ajustée sur mesure et je restai longtemps — une heure peut-être — assis, les jambes croisées, dans la nuit d'hiver, au sein de ma forêt. Puis je rentrai à la maison où je me chauffai devant le feu du living-room, tandis que les autres dormaient. Enfin je regagnai ma véranda, me glissai dans mon sac et m'endormis.

Le lendemain était la veille de Noël. Je passai la soirée avec une bouteille de vin, devant le poste de télévision, appréciant le spectacle et la messe de minuit à la cathédrale Saint-Patrick de New York ; des évêques officiaient, le rite était pompeux ; des congrégations et des prêtres se mouvaient dans leurs vêtements à dentelles blanches devant des autels d'apparat qui me parurent deux fois plus petits que mon lit de paille sous le pin. A minuit tous les enfants de la famille, haletants, ma sœur et mon beau-frère disposèrent leurs cadeaux sous l'arbre, plus éblouissant que toute la *Gloria in excelsis Deo* de l'Église romaine et de ses évêques. « Car, après tout, pensai-je, saint Augustin n'était qu'un manche, et saint François mon frère un peu demeuré. » Mon chat Davey me combla en sautant sur mes genoux, cher Davey. Je pris la Bible et lus quelques passages de saint Paul, dans la chaleur du poêle et les lumières de l'arbre. « Laisse-le devenir fou pour qu'il devienne sage » et je pensai à mon ami Japhy et souhaitai qu'il pût jouir de ce soir de Noël avec moi. « Vous êtes déjà nantis, dit saint Paul, vous êtes déjà riches. Les saints jugeront le monde. » Puis un éclair de poésie, plus merveilleux que toute la poésie de la Renaissance nouvelle de San Francisco : « Les mets sont pour la faim et la faim pour les mets. Mais Dieu ne les accordera jamais en même temps à personne. »

« Eh bien, pensai-je, c'est payer drôlement cher pour pas grand-chose. »

Je passai toute la semaine seul à la maison. Ma mère devait assister à un enterrement à New York et les autres travaillaient. J'employais chaque après-midi, dans le bois désert, avec mes chiens, à lire, étudier, méditer sous le chaud soleil hivernal du Sud. Puis je rentrais au crépuscule et préparais le souper pour tout le monde. J'installai aussi un panier pour m'exercer au basket-ball tous les soirs. La nuit, quand tout dormait, j'allais dans les bois, enveloppé de mon poncho, sous la lumière des étoiles ou même sous la pluie. Les arbres me faisaient bon accueil. Je m'amusai à écrire de petits poèmes à la manière d'Emily Dickinson tels que :

Light a fire,
Fight a liar
What's the difference,
in existence ?

A watermelon seed,
produces a need,
large and juicy,
such autocracy.

Je priais aussi : « Accordez-moi le néant de la béatitude. »

J'improvisais sans cesse de nouvelles prières

et de nouveaux poèmes ; meilleurs que les précédents. Celui-ci, par exemple, sur la neige :

Not oft,
the holy snow
So soft,
the holy bow.

J'écrivis aussi les « quatre inéluctabilités » : *1. Livres de poids. 2. Terne nature. 3. Morne existence. 4. Vide Nirvâna, fait comme un rat.* Ou bien, par de tristes après-midi, lorsque ma chair paresseuse mais honnête ne cédait à aucune sollicitation — fût-ce celle du bouddhisme, de la poésie, du vin, de la solitude ou du basket-ball — j'écrivais : *L'est trop tard. J'ai l' cafard.* Certain soir, j'observais les canards dans le pré où paissaient des porcs, de l'autre côté de la route. C'était dimanche. J'entendais glapir les prédicateurs par le truchement de la radio carolinienne. J'écrivis : « Sujet de méditation pour les élèves du catéchisme dominical : imaginez une bénédiction pour tous les vers de terre qui naissent et meurent au cours de l'Éternité. Cette bénédiction englobera aussi les canards qui dévorent les vers eux-mêmes. » Dans un rêve, j'entendis ces mots : « La douleur est un cul de courtisane. » Mais Shakespeare aurait dit : « Ah! par ma foi, voilà un mot qui jette sur moi un froid de glace... » Soudain, un soir, après dîner, alors que je me promenais dans la cour où soufflait le vent glacé, je me sentis déprimé, je me jetai par terre et me mis à pleurer « je vais mourir » parce qu'il n'y avait pas d'autre issue sur cette terre inhospitalière, dure et vouée à la solitude. Mais, instantanément, la félicité me revint avec la connaissance et mes larmes me furent douces. Je me sentis réchauffé. Je compris que j'avais découvert une vérité que Rosie avait trouvée déjà, ainsi que tous les morts, mon père mort, mon frère mort, mes oncles, mes tantes, mes cousins morts : la vérité qui se matérialise dans les os des morts, au-delà de l'arbre de Bouddha et de la croix de Jésus. Il suffit de *croire* que le monde est une fleur éthérée pour vivre. Je savais cela et je savais aussi que j'étais le pire clochard que la terre eût porté. Une lumière de diamant m'éblouissait.

Mon chat miaulait devant la glacière, soucieux de connaître la nature du plaisir. Je lui donnai sa pâtée.

20

Au bout de quelque temps, mes méditations et mes études vinrent à porter leurs fruits. Cela commença dès la deuxième quinzaine de janvier. Par une nuit glaciale, dans la forêt, j'entendis presque une voix qui disait : « Tout est bien pour toujours, toujours, toujours. » Je poussais un hourra retentissant et les chiens se dressèrent en manifestant leur joie. J'avais envie de hurler aux étoiles. Je joignis les mains et priai : « O Esprit serein et sage, toi qui sonnes le réveil, tout est bien pour toujours, toujours, toujours ; merci, merci, merci. *Amen.* » Que m'importait d'être un produit de goules, de sperme, d'os et de poussière? Je me sentais libre, donc j'étais libre.

Je ressentis soudain le besoin d'écrire à Warren Coughlin dont j'appréciais maintenant la force, lorsque j'évoquais sa modestie et ses silences au milieu des vains hurlements de Japhy, d'Alvah et de moi-même : « Oui, Coughlin, il existe un aujourd'hui qui chante et c'est nous qui l'avons engendré ; nous avons transporté l'Amérique comme sur un tapis volant dans ce Déjà et ce Nulle-Part qui chantent. »

En février, la température s'éleva. Les nuits étaient plus douces, en forêt, et mon sommeil plus agréable sur la véranda. Les étoiles semblaient mouillées dans le ciel. Elles brillaient davantage. Sous le ciel nocturne, je somnolais, un soir, au pied de mon arbre, assis en tailleur, et mon esprit assoupi se demandait : « Moab, qui est Moab ? » Quand je m'éveillai, je tenais à la main une touffe de poils cotonneux que j'avais arrachée à l'un des chiens. Ayant retrouvé ma lucidité, je remuai de nouvelles pensées : « Tout est identique sous des aspects différents. Ma somnolence, cette touffe de poils, Moab, tout est illusion. Nous appartenons tous au même vide. Qu'il soit glorifié! » Puis je prononçai mentalement ces mots, afin de m'en convaincre : « Je suis le vide, je ne suis pas autre chose que le vide et le vide n'est en rien différent de moi ; le vide, c'est moi. » Il y avait une flaque à proximité. Une étoile y brillait. Je crachai dans l'eau et le reflet se voila. Je dis : « L'étoile est-elle réelle ? »

Pendant mes méditations nocturnes, je n'étais certes pas sans savoir qu'un bon feu m'attendait à la maison, grâce à l'aimable attention de mon beau-frère, pourtant las de me voir mener une vie errante et oisive. Je lui avais lu, un jour, certain texte où il était dit que l'homme grandit au contact de la souffrance, et il m'avait répondu : « Si c'était vrai, je serais aussi grand que cette maison. »

Quand j'allais acheter du pain et du lait au bazar-épicerie du village, les vieux assis sur des bambous et des tonnelets de mélasse me demandaient : « Qu'est-ce que tu fais dans les bois ?

— J'étudie.

— T'es pas un peu vieux pour être étudiant ?

— Eh bien, je m'assieds au pied d'un arbre et je dors. »

Mais je les voyais aller et venir toute la journée dans les champs pour chercher à s'occuper et pour que leurs femmes les croient occupés, de sorte qu'ils ne me trompaient guère. Je savais bien qu'ils aspiraient en secret à dormir tranquillement dans la forêt ou à s'asseoir au pied d'un arbre sans rien faire mais — contrairement à moi — ils avaient honte de céder à leurs désirs. Ils ne vinrent jamais me déranger. Comment aurais-je pu leur communiquer ma seule science et leur dire que la substance de mes os et de leurs os, et des os de tous les morts, sur cette terre où tombait la pluie nocturne, participait d'une seule et même substance éternelle, tranquille et bénie ? Peu importait qu'ils l'apprissent. Une nuit, j'étais assis dans la forêt, sous un vrai déluge dont ma cape me protégeait, et j'improvisai une petite chanson pour accompagner le clapotement de la pluie sur mon capuchon : « La pluie est l'extase, l'extase est la pluie, oui, l'extase dans la pluie, ô nuage! » Peu m'importaient donc les vieux radoteurs assis devant le bazar, au carrefour, et je ne me souciai guère de l'opinion qu'ils professaient sur les excentricités de mon être éphémère. Nous allons tous nous dissoudre dans la tombe, de toute façon. Je m'enivrai même un peu avec l'un d'eux, en certaine occasion, et lui révélai comment je m'asseyai dans le bois pour méditer. Il me comprit parfaitement et dis qu'il essaierait bien s'il avait le temps. Nous parcourions en voiture les routes des environs et il ajouta qu'il n'avait pas le courage de m'imiter. Il y avait un peu de tristesse envieuse dans sa voix. Chacun sait toujours tout ce qu'il doit savoir.

21

Le printemps arriva après des pluies violentes qui lavèrent tout le pays. Les champs flétris furent détrempés. Des flaques brunes se formèrent partout. De forts vents chauds chassèrent ensuite les nuages blancs. Le soleil reparut et l'humidité s'évanouit. Les journées étaient dorées et chaudes, le clair de lune somptueux. Les grenouilles s'enhardissaient à coasser vers onze heures du soir, à Bouddha Creek (c'est ainsi que j'appelais mon nouveau quartier général : un lit de paille, sous un arbre noueux, à deux troncs, dans une clairière où coulait un ruisseau, sur un tapis d'herbe sèche). C'est là que mon petit neveu Lou vint me trouver, un jour. Je pris un objet, sur le sol, et l'élevai lentement. Le petit Lou me regardait, assis devant moi. Il demanda : « Qu'est-ce que c'est, ça ? » « Ça ? » Je poursuivis le geste esquissé. « Çaaaa, c'est... *ça.* » Mais il me fallut expliquer que *ça*, c'était une *pomme de pin*, pour que l'enfant pût exercer son jugement et comprendre le sens des mots que je prononçais. Car, comme disent les Sutras : « Le vide, c'est la discrimination. » Lou dit alors : « Ma tête s'est mise à sauter et ma cervelle s'est recroquevillée et mes yeux sont devenus comme des concombres et mes cheveux comme une langue de vache qui me léchait le menton. » Et il ajouta : « Pourquoi est-ce que je n'écrirais pas un poème. » Il voulait conférer une certaine solennité à cet instant.

« Bon, mais alors improvise-le tout de suite.

— Okay.

Les sapins s'agitent
Les oiseaux cui-tent
Le vent claque
Les aigles couaquent.

Ça c'est dangereux.

— Hein ?

— Qu'ils couaquent.

— Et puis après ?

— Couac, couac, rien. »

Je tirai sur ma pipe, en silence. La paix et le calme régnaient dans mon cœur.

J'appelai ma nouvelle tanière « le refuge des arbres siamois » à cause des deux troncs accolés l'un à l'autre, et contre lesquels je m'appuyais. Tous deux appartenaient à un sapin blanc qui brillait dans la nuit, m'indiquant ainsi, de loin, le lieu de ma destination. Il est vrai que le vieux

Bob me guidait, lui aussi, dans le sentier obscur où je perdis, une nuit, le chapelet-fétiche que m'avait donné Japhy. Je le retrouvai d'ailleurs le lendemain, car « le Dharma ne peut se perdre ; rien ne peut se perdre sur le chemin familier ».

Je sortais maintenant parfois, au petit matin, avec mes chiens tout joyeux. Mon plaisir était tel que j'en oubliais mon bouddhisme. Des oiseaux voletaient autour de moi, amaigris par les rigueurs de l'hiver. Les chiens bâillaient comme s'ils voulaient avaler le Dharma tout entier. L'herbe était moutonneuse, les poules gloussaient. Au cours de ces nuits de printemps, la pratique du Dhyana sous la lune nuageuse me fit voir la vérité : « Voilà *ce* que je cherchais ; le monde, tel qu'il est, c'est le ciel ; je cherche le ciel hors du monde, mais c'est ce pauvre petit monde dérisoire qui *est* le ciel. Ah ! si je pouvais comprendre, si je pouvais m'oublier moi-même et appliquer mes méditations à la libération, à l'éveil et à la sanctification de toutes les créatures vivantes, partout, je comprendrais que tout ce qui existe *est* extase. »

Je passais de longs après-midi assis sur mon lit de paille, jusqu'au moment où, fatigué de ne « penser à rien », j'allais me coucher. Dans mon sommeil, je n'avais que des rêves éclair, comme certaine fois où je me vis, dans une sorte de grenier fantomatique et gris, charriant des valises de viande grise que ma mère me tendait, tandis que je protestais avec véhémence : « Je ne redescendrai jamais plus » (sur terre, apparemment). Je me sentais transformé en un être impalpable, appelé à connaître l'extase du Vrai Corps infini.

Les jours succédaient aux jours. Je vivais en salopette, ne me peignais plus, me rasais à peine, ne fréquentant que des chiens et des chats. J'étais revenu aux temps heureux de mon enfance. Je n'en sollicitai pas moins un poste de vigie dans le service fédéral des Eaux et Forêts, et je fus affecté à Desolation Peak, dans les monts Cascades de l'État de Washington, où je serais chargé de signaler les incendies, l'été suivant. Je projetai donc d'aller m'installer, dès le mois de mars, dans la petite cabane de Japhy, proche du lieu de mes futures activités.

Souvent, le dimanche après-midi, les membres de ma famille me demandaient d'aller faire un tour en voiture avec toute la maisonnée, mais je préférais rester chez moi, tout seul, ce qui les indignait beaucoup. Ils disaient en parlant de moi : « De toute façon, on ne peut rien en tirer. » Et je les entendais commenter, dans la cuisine, la stupidité de mon « bouddhisme ». Puis ils montaient en voiture et partaient. Je restais dans la cuisine et fredonnais : « The tables are empty, everybody's gone over » en imitant Frank Sinatra (*You're Learning the Blues*). Je me sentais aussi confit qu'un fruit au sucre, et certainement plus heureux. Certain dimanche après-midi, donc, j'allai dans les bois avec mes chiens, m'assis et tendis mes paumes ouvertes. J'avais du soleil plein les mains. « Le nirvâna est une patte qui griffe », pensai-je en ouvrant les yeux et en voyant Bob griffer l'herbe du bout de la patte, dans son sommeil. Puis je rentrai à la maison, en empruntant comme toujours le tracé de mon sentier familier, bien dessiné par mes allées et venues. Je pensais attendre la nuit, auprès du feu, avant de ressortir pour guetter les innombrables Bouddhas qui se cachent dans la lumière de la lune.

Mais ma sérénité fut étrangement troublée par une discussion avec mon beau-frère. Il commença par me reprocher de détacher Bob et de l'emmener avec moi dans la forêt. « Ce chien m'a coûté trop cher pour que je le laisse errer en liberté. »

Je répondis : « Est-ce que tu aimerais être attaché et gémir toute la journée au bout d'une laisse ? »

Il rétorqua : « Je m'en moque, *moi*. » Et ma sœur ajouta : « Et *moi* aussi. »

J'en fus si indigné que je m'en allai dans la forêt. C'était donc un dimanche après-midi. Je décidai de rester là, sans dîner jusqu'à minuit, de rentrer ensuite à la maison pour emballer mes affaires et filer. Mais, quelques heures plus tard, ma mère sortit sur le perron pour m'appeler : le dîner était servi. Je ne répondis pas. Elle m'envoya alors le petit Lou pour me prier de rentrer.

Il y avait des grenouilles dans mon petit

ruisseau et elles coassaient souvent à contretemps, interrompant mes méditations, comme par un fait exprès. Certain jour, l'une d'elles avait poussé trois coassements à midi juste, puis était restée silencieuse toute la journée, comme pour me rappeler l'existence des Trois Véhicules. Cette fois, la grenouille émit un coassement. Je pensai qu'elle voulait me rappeler l'existence du Premier Véhicule, c'est-à-dire la Compassion. Je rentrai donc, décidé à passer l'éponge et à oublier même mes sentiments pour le chien. Ce soir-là, mes rêves furent tristes et misérables. Au cours de la nuit, jouant avec le chapelet-fétiche, je récitai de bien curieuses prières : « Mon orgueil est blessé, mais l'orgueil c'est le vide ; je ne dois connaître que le Dharma, mais le Dharma c'est le vide. Je suis fier de mon amour pour les animaux, mais cela aussi c'est le vide ; ma conception des chaînes est vide ; même la compassion d'Ananda est vide. » Si quelque vieux maître Zen avait été là, il aurait peut-être été frapper le chien attaché, pour nous réveiller tous. De toute façon, mon tourment était de me libérer de ma conception des gens, des chiens et de moi-même. J'étais profondément meurtri par mon effort pour *nier* ce qui est. J'avais joué mon rôle dans un joli petit drame rural : « Raymond ne veut pas que le chien soit enchaîné. » Mais soudain, au pied de l'arbre, j'eus, en pleine nuit, une idée étonnante : « Tout est vide, mais vivant : les choses sont vides dans le temps, dans l'espace et dans l'esprit. » Je développai cette idée et le lendemain pensai que le moment était venu de tout expliquer à ma famille. Chacun en rit. « Mais écoutez donc! Voyez plutôt : c'est simple, laissez-moi vous expliquer tout cela aussi brièvement et aussi simplement que possible. Les choses sont vides, n'est-ce pas?

« Qu'est-ce que ça veut dire, *vide?* Je prends une orange. Est-ce qu'elle n'est pas dans ma main?

« Elle est vide. Toutes les choses sont vides. Elles n'existent que pour disparaître. Tout ce qui est fait doit être défait. Chaque chose doit être défaite, simplement *parce qu'*elle a été faite. »

Ils ne voulurent même pas admettre cela.

« Toi et ton bouddhisme! Pourquoi ne pas conserver la religion dans laquelle tu as été élevé? disaient ma mère et ma sœur.

— Tout est passé, tout est déjà passé, tout est déjà venu et en allé, criai-je, en marchant de long en large comme un fauve en cage. Ah! les choses sont vides parce qu'elles nous apparaissent; vous les voyez, n'est-ce pas? Mais elles sont faites d'atomes qui ne peuvent être ni mesurés, ni pesés, ni saisis. Même les savants les plus ignares savent cela maintenant. On ne *peut* retrouver un seul de ces fameux atomes. Les choses ne sont que des combinaisons vides de quelque chose qui semble plein et solide. Rien n'est ni grand ni petit, ni proche ni lointain, ni vrai ni faux. Il n'y a que des apparences pures et simples, des fantômes.

— Des fantôôôômes, hurla le petit Lou, impressionné par mon insistance au sujet des fantômes.

— Bon, dit mon beau-frère, si les choses étaient vides, comment pourrais-je sentir cette orange, y goûter et l'avaler? Explique-moi ça.

— C'est ton esprit qui fabrique l'orange par l'intermédiaire de la vue, du toucher, du goût et de la pensée. Sans cette pensée — comme on l'appelle — l'orange ne serait ni vue, ni sentie, ni goûtée et nul ne connaîtrait son existence. L'orange n'existe que dans ta pensée. Tu vois? En elle-même c'est un non-être, un objet mental, que seule la pensée peut percevoir. En d'autres termes, elle est vide et vivante.

— Eh bien, même si c'est comme ça, je m'en moque. » Cette nuit-là, je m'en retournai plein d'enthousiasme dans le bois pour méditer. « Que signifie ma présence dans l'univers infini? Que signifie le fait que je crois être assis en train de méditer sous les étoiles, sur cette terrasse du monde, alors que je suis à la fois vide et vivant au milieu du vide et de la vie de toute chose? Cela signifie que je suis vide et vivant, que je me sais vide et vivant et qu'il n'y a aucune différence entre moi et les choses. Cela signifie que je suis devenu Bouddha. » Je sentis vraiment cela, j'y crus et me réjouis à l'avance de l'annoncer à Japhy, dès mon retour en Californie. « Au moins il m'écoutera, *lui* », pensai-je avec mépris. Je ressentais une profonde pitié pour les arbres parce qu'ils étaient comme moi ; je caressai les chiens qui ne discutaient jamais avec moi. Tous les chiens aiment Dieu. Ils sont plus sages que leurs maîtres. Je le dis aux chiens ; ils m'écoutèrent en dressant les oreilles et me léchèrent le visage. Ils se moquaient bien du reste, tant que j'étais avec eux. Cette année-là, je fus saint Raymond aux chiens, si toutefois je ne pouvais être rien d'autre.

Parfois, dans les bois, je m'asseyais et contemplais les choses en elles-mêmes, essayant de deviner le secret de leur existence. Je regardais les longues tiges jaunes et sacrées, face à ma couche d'herbe — le Siège de Pureté de Tathagata — pointant dans toutes les directions et bruissant de toutes leurs feuilles sous l'impulsion du vent. Bla, bla, bla, elles conversaient entre elles ou avec un plant isolé qui se dressait orgueilleusement un peu plus loin. Toute la congrégation s'adressait à quelques individus, malades ou à demi morts, sonnait soudain comme des cloches dans le vent, s'agitant même frénétiquement sous les souffles d'air, jaunissant l'espace et le sol. Et je pensais : « C'est cela même. » Je criai aux tiges « Ron, ron, ron » et elles pointaient dans le vent des antennes intelligentes pour s'exprimer, en fouettant l'air, quelques-unes d'ailleurs n'étant enracinées que dans l'idée perturbatrice d'une terre bien arrosée et ne s'épanouissant que dans l'imagination qui les avait karmacisées de la graine aux rameaux... C'était de la magie. Je m'endormis et rêvai les mots : « Par cette leçon s'achève la Terre » et je rêvai à ma mère, hochant solennellement la tête les yeux clos, et marmonnant : « Hmmmm. » Peu m'importaient les ennuis et les maux de ce monde. Le squelette n'est qu'un arrangement du hasard. Tout l'univers n'est qu'un moule creux formé par les étoiles. « Je suis Vain Rat, le bhikkhu », criai-je en rêve.

Que m'importaient les couacs poussés par le petit moi errant ici-bas ? Mon affaire, c'était la table-rase, la clef-des-champs, la page-tournée, le point-n'arrive, le tout-enfui, le rien-partout, nir, trait d'union, vana, clac. « La poussière de mes pensées roulée en boule, voilà la terre », pensai-je, dans la nuit solitaire des temps. Et je souris car je voyais enfin la blanche lumière de chaque chose briller partout.

Le vent chaud fit converser les pins plus intensément, certaine nuit, quand je commençai à connaître l'expérience du « Samapatti », ce qui signifie en sanscrit « visites transcendantes ». J'avais l'esprit un peu brumeux mais je me sentais très éveillé physiquement, assis bien droit, au pied de mon arbre, quand soudain je vis des fleurs se dresser comme d'immenses murailles roses — d'un rose saumon — dans le *Chut!* des bois silencieux (parvenir au nirvâna est une opération qui ressemble à la détection du silence) et j'eus une antique vision de Dipankara Bouddha, le Bouddha qui ne dit jamais mot. Dipankara était un énorme Bouddha pyramidal d'un blanc de neige avec des sourcils noirs et broussailleux comme ceux de John L. Lewis, le leader syndicaliste des mineurs, et son regard était terrifiant. Il m'apparut dans un paysage antique, entouré de neiges comme des offrandes (« offrez-vous à Dieu », avait dit la vieille prédicatrice noire). La vision dressa mes cheveux sur ma tête. Je me rappelle encore le cri étrange et magique qu'elle me fit pousser en moi-même, quoi qu'il signifiât : *Cclyalcolor.* Je n'avais plus conscience d'être moi-même, pendant cette vision ; j'étais pur *être*, simple action dépouillée, et éthérée, libérée de toute erreur... libérée de tout effort, libérée de toute faute. « Tout est bien, pensai-je. La forme est le vide et le vide est la forme. Et nous voici, sous une forme ou sous une autre, également vide. Les morts ont atteint ce riche silence paisible de la Terre pure et Éveillée à la Vie. »

J'avais envie de crier sur les toits et les bois de la Caroline du Nord cette simple et glorieuse vérité. Puis, je pensai : « Mon sac est prêt, le printemps est venu, je vais partir vers le Sud-Ouest, vers les terres sèches et longues et solitaires du Texas et du Chihuahua, les rues allègres du Mexique nocturne, quand la musique coule sous les portes et que l'on célèbre les filles, le vin et les herbes folles en arborant des chapeaux extravagants. *Viva!* Qu'importe? Comme les fourmis dont la seule occupation est de creuser la terre tout le jour, je n'ai rien à faire que ce qui me plaît, pratiquer la bonté, et demeurer en garde contre les jugements de l'imagination en priant pour la lumière. » Assis dans mon arbre-Bouddha, donc, dans ce mur de fleurs « colyalcolor » rose, rouge et ivoire parmi les vols magiques d'oiseaux transcendants qui reconnaissaient mon esprit en plein éveil et le saluaient de cris doux et ensorcelants (comme ceux de l'alouette), baignant dans le parfum impalpable et mystérieusement ressuscité, comme l'encens d'une offrande à Bouddha, je contemplai ma vie comme une page vierge et brillante où je pourrais écrire ce qu'il me plairait.

Le lendemain survint un phénomène étrange, qui illustra le pouvoir dont m'avait doté cette vision. Ma mère avait toussé pendant plusieurs jours, elle était fort enrhumée, et sa gorge devenait si douloureuse que les quintes de toux commençaient à être pénibles et me semblaient dangereuses. Je décidai d'entrer en transes et de la guérir hypnotiquement en répétant : « Tout est vide et vivant. » Instantanément, derrière mes paupières fermées, je vis une bouteille de cognac contenant du baume « Heet ». En surimpression, comme dans un film, j'aperçus aussi ces petites fleurs blanches et rondes, aux minuscules pétales qu'on appelle, chez nous, des « fleurs de célibataires ». Je me levai alors. Il était minuit, et ma mère toussait dans son lit. Je sortis pour déterrer aussitôt les « fleurs de célibataires » que ma sœur avait plantées, huit jours plus tôt, autour de la maison et les mis à l'écart. Je pris ensuite dans la pharmacie une bouteille de « Heet » et conseillai à ma mère de s'en frotter le cou. Le lendemain, elle ne toussait plus. Plus tard, lorsque je contai l'histoire à une infirmière de mes amies, dans l'Ouest, elle dit : « Votre mère devait être allergique à ces fleurs. » Pendant cette vision et quand je pris ces initiatives, je savais clairement que les hommes sont malades parce qu'ils utilisent les moyens physiques à leur portée pour se punir spontanément, eux-mêmes, et accéder à la divinité, qu'on l'appelle Bouddha, ou Allah ou quel que soit le nom qu'on lui donne. C'est là une réaction automatique. Ce fut mon premier et dernier « miracle », car je craignais de trop me passionner pour ces expériences et d'en tirer de l'orgueil. J'étais inquiet aussi des responsabilités que j'assumais.

Tous les membres de la famille entendirent parler de ma vision et de ce que j'avais fait, mais je ne crois pas qu'ils voulussent épiloguer trop longtemps. En fait, je ne le voulais pas non plus. Et tout était bien ainsi. J'étais très riche désormais. Je me sentais milliardaire en grâces transcendantes de Samapatti, pour mon bon et humble karma ; peut-être parce que j'avais eu pitié du chien et pardonné aux hommes. Je savais maintenant que j'étais béni et que le dernier péché, le plus grave, est d'avoir raison. Je ne parlai donc plus de cette affaire et décidai de prendre la route pour rejoindre Japhy. « Don't let the blues make you bad », chante Frank Sinatra. La veille de mon départ, je passai pour la dernière fois, la nuit dans les bois, avant d'entreprendre le voyage en auto-stop. J'entendis les mots « corps astral » résonner dans mon esprit. J'en conclus que les choses ne sont pas faites pour disparaître, mais pour s'éveiller à la pureté du Vrai Corps, du corps astral. Je vis qu'il n'y avait plus rien à faire car rien n'arrivait jamais, rien n'arriverait jamais, toute chose n'étant que pure lumière, vide. Je partis donc, réconforté, sac au dos, après avoir embrassé ma mère. Elle avait payé cinq dollars pour faire poser d'épaisses semelles imperméables et cloutées à mes bottes. Je pouvais partir tranquille vers les montagnes où m'attendait ma tour de guet. Notre vieil ami Buddhy Tom, qui travaillait au bazar-épicerie, un vrai personnage de roman, me prit à bord de sa voiture jusqu'à la route 64 où il me quitta avec de grands gestes d'adieu, et je me dirigeai vers la Californie, à plus de quatre mille kilomètres de là. Je serais de retour à la maison pour Noël.

22

Pendant ce temps, Japhy m'attendait dans sa jolie petite cahute de Corte Madera, en Californie. Il s'était installé dans l'ermitage de Sean Monahan où il y avait une cabane en bois près d'un andain de cyprès, sur une petite colline escarpée, couverte d'herbe, d'eucalyptus et de pins, derrière la grande maison de Sean. La cahute avait été construite quelques années plus tôt par un vieil homme qui voulait mourir sous son toit. C'était une demeure solide et j'étais invité à y demeurer tant que je voudrais, sans payer de loyer. Pendant un certain temps, la bicoque avait été laissée à l'abandon, mais le beau-frère de Sean, Whitney Jones, fort habile menuisier, avait tapissé de toile les murs de rondins, installé un poêle à bois et une lampe à pétrole dans l'espoir d'y vivre de temps à autre... ce que ses occupations lui interdisaient toujours. Japhy s'y était installé pour y continuer ses études et mener une vie solitaire et fructueuse : nul ne pouvait lui rendre visite sans prendre d'abord la peine d'escalader la colline. Sur le plancher, il y avait des nattes d'herbes tissées et Japhy m'avait écrit : « Je reste assis, je fume ma pipe, je bois du thé, j'entends le vent qui bat les eucalyptus sveltes dont les branches sifflent comme des fouets tandis que grondent les cyprès. » Il pensait rester sur place jusqu'au 15 mai, date à laquelle il s'embarquerait pour le Japon, où il avait été invité par une fondation américaine à séjourner dans un monastère et suivre l'enseignement d'un Maître. « Entre-temps, écrivait Japhy, viens partager la sombre hutte de l'homme des bois où tu trouveras du vin, des filles (pendant le week-end), de bons ragoûts et la chaleur du feu de bois. Monahan nous donnera quelque argent de poche si nous abattons deux ou trois arbres qui le gênent dans la cour d'honneur et si nous les débitons en bûches. Je t'apprendrai le métier de bûcheron. »

Cet hiver-là, Japhy avait parcouru en auto-stop sa région natale, le Nord-Ouest, traversé Portland sous la neige, poussé jusqu'aux glaciers bleus et gagné finalement la ferme d'un ami, à Nooksack Valley, dans la partie septentrionale de l'État de Washington. Il avait passé une semaine dans la cabane en ruine d'un coureur des bois et fait quelques ascensions à la ronde. Des noms comme ceux de Nooksack ou de la Réserve forestière du mont Baker éveillaient des visions de cristal, de neige et de glace dans mon imagination. Avais-je assez rêvé du Grand Nord au cours de mon enfance! Mais, pour l'instant, je me trouvai sur le bord d'une route carolinienne, sous un chaud soleil d'avril, au seuil même de mon voyage et attendant l'automobiliste bénévole qui me prendrait avec lui. Ce fut un jeune lycéen. Il me déposa à Nashville, une toute petite ville où je me rôtis pendant une demi-heure au soleil jusqu'à l'arrivée d'un officier de marine aussi aimable que taciturne qui me conduisit d'une seule traite à Greenville, en Caroline du Sud. Après ce long hiver et ce printemps précoce que j'avais passés à dormir et à me reposer dans la paix inimaginable de ma véranda et de ma forêt, il m'était plus pénible que jamais de reprendre la route et je me croyais en enfer. Pourtant, je quittai Greenville à pied, sans raison aucune, parcourus cinq kilomètres sous un soleil brûlant et me perdis dans les ruelles des faubourgs à la recherche de la grand-route. En passant devant une sorte de forge, je vis des hommes de couleur, suants et couverts de charbon ; en sentant le souffle de la fournaise, je gémis : « Me voilà de nouveau en enfer. »

Mais il commençait à pleuvoir sur la route et quelques automobilistes complaisants me prirent à leur bord tout au long de cette nuit humide, jusqu'en Géorgie où je me retrouvai, un moment, assis sur mon sac, abrité par le porche d'une quincaillerie et où je bus un quart de vin. La pluie tombait toujours dans la nuit et je ne parvenais pas à stopper les voitures qui passaient. Je pris donc un autocar Greyhound pour Gainesville où j'espérais dormir un peu, le long de la voie ferrée ; mais les rails se trouvaient à un kilomètre et demi du centre de la cité et quand j'y parvins, une équipe d'aiguilleurs me fit battre en retraite. Je me repliai vers un terrain vague voisin, mais une voiture de la police vint patrouiller dans les parages et fouiller la nuit avec son phare (peut-être les cheminots avaient-ils signalé ma présence, mais c'était improbable), de sorte que j'abandonnai la partie. Au demeurant, les moustiques m'incommodaient déjà. Je rentrai en ville où j'attendis le bon vouloir des automobilistes ; j'avais pris la précaution de me poster devant la devanture bien éclairée d'un petit bar, de sorte que les flics ne s'inquiétèrent pas d'un homme qui se cachait si peu.

L'aube venait et je n'avais toujours pas réussi à stopper une voiture. Je dormis donc dans une chambre d'hôtel, pour quatre dollars, pris une douche et du repos, mais je me sentais déprimé à l'idée de n'avoir pas de foyer. J'avais éprouvé le même sentiment au cours de mon voyage précédent vers l'Est, avant Noël. Je ne tirai de réconfort que de mes semelles neuves et de mon sac bien garni. Le matin, je déjeunai dans un restaurant géorgien miteux où les ventilateurs tournaient déjà au plafond. Il y avait *mucho* mouches, et je repartis sur la grand-route torride où un camionneur me prit en pitié. Il me conduisit jusqu'à Flowery Branch, en Géorgie, et je trouvai des voitures pour m'emmener par petites étapes à Atlanta et au-delà ; dans une petite ville nommée Stonewall, un gros Sudiste fleurant le whisky et coiffé d'un chapeau à larges bords fut enchanté de trouver un interlocuteur à qui raconter des anecdotes. Il se tournait constamment vers moi pour voir si je riais, de sorte que la voiture faisait des embardées sur le bas-côté de la route en soulevant de grands nuages de poussière. Bien avant d'arriver à destination, je le priai de me laisser descendre, sous prétexte de déjeuner.

« Hip, mon gars, je vais déjeuner avec toi et te conduire jusqu'au bout. Il était ivre et conduisait à tombeau ouvert.

— Je voulais seulement aller aux lavabos », murmurai-je d'une voix blanche. L'expérience m'avait suffi. Je décidai que j'en avais assez de faire de l'auto-stop. Il me restait assez d'argent pour prendre l'autocar jusqu'à El Paso, et je finirais mon voyage en resquilleur, dans des trains de marchandises : j'y serai mille fois plus en sécurité. En outre, l'idée d'arriver bientôt à El Paso pour y retrouver le désert du Texas et dormir à la belle étoile sans craindre les flics acheva de me décider. J'avais hâte de quitter le Sud et plus particulièrement cette galère géorgienne.

Le car arriva à quatre heures et je me trouvais déjà à Birmingham, dans l'Alabama, avant minuit. J'attendis sur un banc le passage d'un autre car. Dans l'intervalle, je tentai de dormir, les bras noués autour de mon sac, mais je fus réveillé par les fantômes qui hantent les stations d'autocars aux États-Unis. Une femme, notamment, passa près de moi comme un filet de fumée et je pensai qu'*elle* n'existait certainement pas : sur son visage je crus lire une conviction fantomatique : elle croyait sûrement à ce qu'elle faisait... Il devait y avoir une expression semblable sur mon visage d'ailleurs. Après Birmingham, ce fut bientôt la Louisiane, puis commencèrent à défiler les champs de pétrole du Texas oriental jusqu'à Dallas. La journée suivante se passa dans un car bondé de soldats et après avoir traversé tout le désert texan, je débarquai à minuit, si épuisé, que je n'aspirais plus qu'à dormir. Comme il me fallait être désormais économe de mes deniers, je n'allai pas à l'hôtel, mais juchai le sac sur mon dos et partis droit vers la gare de marchandises où je pensai pouvoir coucher derrière la voie ferrée. Cette nuit-là, je pus réaliser enfin le rêve que j'avais caressé en achetant mon sac de couchage.

Je n'avais jamais aussi bien dormi de ma vie. A peine arrivé aux entrepôts, je me faufilai entre les fourgons et débouchai dans le désert, à l'ouest. Malgré ma fatigue je poursuivis ma route à la vue des étendues qui se déployaient sous mes yeux, dans la nuit. Il y avait des rochers, des buissons secs, par monceaux, brillant faiblement sous les étoiles. « Pourquoi rester collé aux viaducs et aux rails, pensai-je, alors qu'avec un tout petit effort supplémentaire je serai loin des flics et des clochards ! » Je marchai encore un peu le long de la voie, et, à quelques kilomètres de la gare, je me trouvai en pleine montagne désertique. Mes grosses bottes faisaient merveille sur les rochers et dans les buissons. Il était environ une heure du matin et j'avais envie de me débarrasser de toute la fatigue accumulée depuis que j'avais quitté la Caroline. Finalement j'aperçus, sur ma droite, une hauteur qui me plut, juste après une longue vallée où des lumières indiquaient, sans doute possible, la présence d'un pénitencier. « Tiens-toi à l'écart de ce mauvais lieu, mon fils », pensai-je. Je traversai donc un petit arroyo desséché et poursuivis mon ascension ; sous la lune, le sable et les rochers paraissaient tout blancs.

Soudain, la seule pensée de ma solitude me remplit de joie. Personne pour me menacer, ni pour me réveiller. Quelle révélation étonnante! J'avais sur mon dos tout ce qu'il me fallait. Ma gourde de polybdène était pleine d'eau fraîche, puisée à la pompe de la gare routière. En me retournant après avoir remonté le lit sec de l'arroyo, je pus voir tout le désert du Mexique et du Chihuahua avec ses sables scintillant sous une lune défaillante, large et brillante, juste au-dessus des montagnes. Les rails de la Southern Pacific couraient parallèlement au Rio Grande, au-delà d'El Paso ; du côté américain, où je me trouvais, je pouvais voir le fleuve frontière séparant les deux pays. Dans le lit de l'arroyo, le sable était doux comme de la soie. J'étendis mon sac de couchage, me déchaussai, bus une gorgée d'eau et allumai ma pipe. Puis je croisai les jambes et me sentis heureux. Pas un bruit. L'hiver régnait encore sur le désert. Au loin montait le bruit de la gare de marchandises où l'on assemblait des wagons avec un grand *boum* qui réveillait El Paso, mais me laissait indifférent. J'avais pour seule compagne la lune du Chihuahua qui s'enfonçait de plus en plus sous mes yeux, et perdait progressivement sa pâleur pour devenir d'un jaune crémeux. Quand je décidai enfin de dormir, elle éclairait encore mon visage comme une lampe et je dus me retourner pour sombrer dans le sommeil. Cédant à mon habitude de donner des surnoms à mes lieux favoris, j'appelai l'endroit le « ravin apache ». J'y dormis à merveille.

Le matin, je découvris la trace d'un serpent à sonnettes dans le sable, mais le reptile était peut-être passé par là l'été précédent. Il y avait peu de traces de pas autour de moi — probablement celles de quelques chasseurs, à en juger par la forme des semelles de bottes. Le ciel était impeccablement bleu, le soleil chaud ; je trouvai nombre de branches sèches pour allumer mon feu et préparer le petit déjeuner. Mon grand sac contenait plusieurs boîtes de porc aux haricots, mais j'avais bu toute l'eau de ma gourde et je me sentais assoiffé, après mon somptueux repas. Je suivis donc le lit de l'arroyo jusqu'à sa source, en plein roc. J'y trouvai un lit de sable plus épais encore et décidai de camper sur place la nuit suivante après avoir passé la journée à flâner agréablement dans Juarez, pour visiter l'église, voir les rues et goûter à de vrais plats mexicains. J'examinai un moment la possibilité de cacher mon sac dans les rochers, mais un chasseur ou un vagabond quelconque pourrait passer et me dévaliser — encore que ce fût improbable — et je décidai d'emporter ma maison sur mon dos. Je redescendis vers la gare en suivant l'arroyo et, après une marche de cinq kilomètres, me retrouvai à El Paso où je laissai mon fardeau dans un coffre de la consigne, moyennant 25 *cents*. Puis je traversai la ville, franchis la frontière pour 2 *pennies* et m'enfonçai en territoire mexicain.

Ce fut une folle journée. Elle avait pourtant commencé bien sagement par une visite à l'église de Maria Guadalupe et un détour par le marché indien, y compris un arrêt sur les bancs d'un parc public parmi de joyeux bambins au type mexicain. Mais, plus tard, je me retrouvai après quelques libations dans des bars en train de hurler à l'adresse de peones mexicains moustachus : « *Todas las granas de arena del desierto de Chihuahua son vacuidad.* » Et finalement, je rencontrai une bande d'Indiens apaches malintentionnés qui m'entraînèrent jusqu'à leur cahute en ruine où l'on s'éclairait à la bougie ; ils convièrent quelques amis et ce fut une soirée étrange dans la fumée et l'ombre où les chandelles ne permettaient pas de distinguer les visages. J'en eus bientôt assez et regrettai mon ravin de sable blanc où j'avais décidé de passer la nuit. Mais lorsque je fis mine de partir, les Indiens me retinrent. L'un d'eux vola même une partie de mes emplettes de la journée — ce dont je n'eus cure — puis l'un des jeunes me fit savoir qu'il m'aimait et voulait me suivre en Californie. Il faisait nuit maintenant et dans tous les night-clubs de Juarez la fête battait son plein. Nous allâmes vider un bock dans une boîte où il n'y avait que des soldats noirs, avec des señoritas sur leurs genoux, un bar de fous, secoué par le rock and roll, une sorte de paradis en son genre. Le petit Mexicain voulut m'entraîner vers une impasse où je pourrais « psitt » des Américains et leur proposer des filles, puis les entraîner dans une chambre où « psitt » *pas de filles*, dit la petite tapette de façon significative. Je ne pus m'en débarrasser qu'à la frontière. Nous échangeâmes de grands gestes d'adieu. C'était une cité de vices, mais le grand désert m'offrait maintenant sa pureté.

Je suivis d'abord la frontière, puis traversai El Paso, retirai mon sac de la consigne, poussai un profond soupir et parcourus d'une seule traite les cinq kilomètres qui me séparaient du camp, au creux de l'arroyo. Je me guidai aisément grâce à la lumière de la lune. Mes bottes faisaient le même flap flap que celles de Japhy pendant que je poursuivais mon ascension. Je compris que mon ami m'avait appris à me débarrasser des impuretés de la ville et à retrouver mon âme, purifiée, en prenant la route, sac au dos. Mon lit de la veille était intact ; je déployai mon sac de couchage et remerciai le Seigneur pour tous Ses bienfaits. L'après-midi passé à fumer de la marijuana avec des Mexicains louches dans la petite chambre nauséabonde, à la lueur des bougies, ne me semblait plus qu'un rêve, un mauvais rêve, comme l'un de ces cauchemars que j'avais faits sur mon lit de paille à Buddha Creek, en Caroline du Nord. Je méditai et priai. Il n'y a pas de sommeil au monde qui se puisse comparer à celui du désert, par une nuit d'hiver, dans un bon sac de couchage en chaud duvet. Le silence était si profond que je pouvais entendre le rugissement de mon sang dans mes oreilles. Mais bien plus fort — immensément — est le rugissement mystérieux du silence lui-même, que j'avais toujours supposé être le silence de diamant de la sagesse : un grand *chuuuttt* qui vous rappelle un souvenir apparemment oublié depuis votre naissance, dans le tohu-bohu des jours. Je souhaitai pouvoir expliquer tout cela à ceux que j'aimais, à ma mère, à Japhy, mais il n'y avait pas de mots pour décrire ce Rien et cette Pureté. « Existe-t-il un enseignement que l'on doive communiquer à tous les êtres vivants ? » Telle était la question qui avait été probablement posée au sourcilleux et neigeux Dipankara. Mais il n'y avait répondu que par un rugissant silence de diamant.

23

Le lendemain, il me fallait reprendre la route ou renoncer à atteindre jamais la cabane de mes rêves, là-bas en Californie. Il me restait huit dollars en poche. Je descendis sur la grand-route dans l'espoir de stopper rapidement une voiture. Un voyageur de commerce s'arrêta en effet pour moi. « Le soleil brille trois cent soixante jours par an ici à El Paso, et ma femme vient juste d'acheter un séchoir automatique », gémit-il. Il me conduisit jusqu'à Las Cruces, dans le Nouveau-Mexique. Je traversai à pied cette petite ville, le long de la route ; à la sortie de l'agglomération, je vis un vieil arbre magnifique et décidai de mettre sac à terre pour me reposer. « Puisque je fais un rêve qui appartient déjà au passé, je suis arrivé en Californie et j'ai déjà décidé de me reposer au pied de cet arbre à midi. » Je fis même une fort agréable petite sieste. Puis je me levai et me dirigeai vers le pont du chemin de fer quand un homme me héla : « Aimeriez-vous gagner deux dollars de l'heure en m'aidant à déménager un piano ?» J'avais besoin d'argent et acceptai. Nous déposâmes mon sac dans l'entrepôt de déménagement et partîmes à bord d'un petit camion vers la demeure de son client, dans les faubourgs de Las Cruces. Il y avait un tas de petits bourgeois occupés à bavarder sur le pas de leurs portes. Le déménageur et moi-même quittâmes le camion armés d'un cric et de glissières pour sortir le piano et le reste du mobilier. Le tout fut transporté dans une autre maison, dûment installé en lieu et place, et, pour deux heures de travail, je touchai quatre dollars. Je déjeunai royalement dans un relais de routiers de sorte que j'étais paré pour l'après-midi et la nuit. Une voiture que je hélai s'arrêta. Le conducteur était un grand diable de Texan, coiffé du chapeau à larges bords. Dans la voiture se trouvait aussi un jeune couple de Mexicains d'aspect misérable, avec un bébé, sur la banquette arrière. Le Texan m'offrit de me conduire à Los Angeles pour dix dollars. Je répondis :

« Je peux vous donner quatre dollars, c'est tout ce que je peux faire.

— Bon, venez quand même, sacré nom! » Il ne cessa pas de parler tout au long du désert de l'Arizona et de la Californie jusqu'au matin, mais à neuf heures j'étais dans les faubourgs de Los Angeles à un jet de pierre de ma gare de marchandises favorite. Mon seul sujet de mécontentement était dû au fait que la pauvre petite Mexicaine avait renversé de la bouillie destinée au bébé sur mon sac, au fond de la voiture. Je dus le nettoyer avec mauvaise humeur. Mais les jeunes gens s'étaient montrés fort aimables. Je leur avais même fait un petit cours de bouddhisme au cours de la traversée de l'Arizona, en insistant sur le karma et la réincarnation. Ils avaient paru ravis d'apprendre tout ce que je leur enseignais.

« Vous voulez dire qu'on aurait la possibilité de revenir et d'essayer encore une fois ? demanda le pauvre petit Mexicain qui avait des pansements partout, à la suite d'une rixe qu'il avait provoquée la veille à Juarez.

— C'est ce qu'on dit.

— Bon Dieu, quand je naîtrai la prochaine fois, j'espère que je serai quelqu'un d'autre. »

Quant au grand Texan, nul plus que lui — à son avis — n'avait besoin de repartir à zéro. Toute la nuit, il nous avait tenu des propos héroïques et expliqué comment il avait démoli celui-ci ou celui-là, pour ci et ça, et en faisant le compte de ses victimes, on eût pu constater qu'il avait recruté toute une armée de fantômes vengeurs errant au-dessus du Texas. Mais j'avais vite compris qu'il possédait une grande gueule, plus qu'autre chose. J'avais cessé de l'écouter dès le milieu de la nuit. Il était maintenant neuf heures du matin et je me trouvais à Los Angeles. Je me dirigeai vers la gare de marchandises, déjeunai économiquement d'un *doughnut* et d'un café sur le zinc en bavardant avec le propriétaire du bistrot où j'étais entré. C'était un Italien qui voulait savoir ce que je faisais avec mon gros sac à dos. Je le lui dis et allai ensuite m'étendre dans l'herbe, du côté des entrepôts, pour regarder les cheminots atteler les wagons.

Confiant en ma qualité d'ancien serre-freins, je commis l'erreur d'errer autour du dépôt, traînant mon sac, pour bavarder avec les aiguilleurs et m'informer du prochain départ d'un omnibus. Je vis soudain surgir un grand flic, jeune et costaud, un revolver au côté, dans son étui, tout à fait comme lorsque paraît à la télévision le Shérif de Cochise, ou Wyatt Earp. Il me dévisagea avec insistance à travers ses lunettes noires et m'ordonna de vider les lieux. Les poings sur les hanches, il me suivit des yeux pour s'assurer que je franchissais bien les grilles. Fou de rage, je retournai vers la route, sautai la clôture de la voie et m'étendis un moment dans l'herbe. Puis je m'assis en mâchonnant des brindilles et attendis. Mon moral était assez bas. J'entendis alors le sifflet d'une locomotive. Je franchis une jungle de wagons et atteignis le convoi qui démarrait. J'étais assez au courant des horaires pour avoir deviné sa destination. Je sautai dans un fourgon. Avant de quitter le dépôt, alors que j'étais déjà étendu sur le dos, un brin d'herbe entre les dents, je passai juste sous le nez du flic. Il avait toujours les bras en anses, mais cette fois à l'envers, si je puis dire : il se grattait la tête et m'adressa un regard de haine inexpiable.

L'omnibus s'arrêta à Santa Barbara où je gagnai la plage, comme la fois précédente. Je nageai, préparai mon déjeuner sur un beau feu de camp, dans le sable. Puis je me rendis à la gare, bien avant l'heure, dans l'intention de prendre le Fantôme. Celui-ci est essentiellement formé de plates-formes roulantes qui transportent des remorques de camions encordées. Les grosses roues des remorques sont calées par des blocs de bois. Comme je pose toujours ma tête contre l'une de ces cales, je pourrais faire mes adieux au monde en cas d'accident ; j'ai toujours pensé que mon destin est peut-être de mourir dans le Fantôme, et que, dans ce cas, je n'y peux rien. Mais je crois que Dieu me réserve encore du travail ici-bas. Le Fantôme arriva ponctuellement à Santa Barbara. Je me hissai sur une plate-forme, déployai mon sac de couchage sous un camion, enveloppai mes chaussures dans ma veste en guise d'oreiller et me détendis avec un soupir. Zzzz, nous voilà partis. Je sais maintenant pourquoi les clochards appellent ce train « le Fantôme », car, ayant dépassé toutes les limites de l'épuisement, je m'endormis aussitôt et n'ouvris les yeux que sous les lumières de San Luis Obispo. J'étais en plein devant le bureau de la gare et ma situation pouvait devenir assez dangereuse, car le train ne se trouvait pas sur sa voie habituelle. Heureusement, il n'y avait pas une âme à la ronde et la nuit était noire. D'ailleurs à peine avais-je ouvert les yeux après un sommeil sans rêve, que la machine, tcheuf-tcheuf, se remettait en marche. Nous repartîmes, exactement comme des fantômes. Je ne m'éveillai qu'aux abords de San Francisco, le lendemain matin. Il me restait encore un dollar et Japhy m'attendait là-haut, dans sa bicoque. Tout le voyage s'était déroulé rapidement, comme dans un rêve et j'étais de retour.

24

Si les clochards célestes ont jamais des frères lais en Amérique, avec foyers, femmes et enfants, je suppose que Sean Monahan leur servira de modèle.

Sean était un jeune menuisier. Il vivait dans une vieille maison de bois, à distance des bungalows étroitement serrés les uns contre les autres qui forment l'agglomération de Corte Madera. Sa demeure était située assez loin, à l'écart, sur une route rurale. En fait de voiture, il n'avait qu'une vieille guimbarde. Il avait construit de ses propres mains une véranda à l'arrière de la maison pour en faire une nursery — avant même d'avoir des enfants — et choisi une femme qui partageait en tout point ses idées sur la possibilité de mener une vie joyeuse en Amérique, sans beaucoup d'argent. Sean aimait s'accorder des journées de repos pour aller se réfugier dans la cabane érigée au faîte de la colline, sur un domaine qu'il louait à tout venant. Il y passait son temps à méditer, à étudier les Sutras entre deux siestes, en buvant du thé qu'il faisait infuser lui-même. Sa jeune femme, Christine, était une jolie blonde aux longs cheveux de miel descendant jusqu'aux épaules. Elle errait dans la maison et dans la cour, pieds nus, toujours occupée à faire la lessive, à cuire elle-même son pain bis ou à confectionner des confiseries. Elle avait le don de nourrir son monde sans dépenser un sou. (L'année précédente, Japhy avait donné au jeune ménage, en guise de cadeau d'anniversaire, un gros sac de cinq kilos de farine qui parut fort bien accueilli.) En fait, Sean ressemblait à un patriarche antique. Il n'avait que vingt-deux ans et portait une barbe de saint Joseph qui mettait en valeur le sourire de ses dents blanches et perlées, et le pétillement de son regard bleu, très jeune.

Le ménage avait déjà deux petites filles qui se promenaient, elles aussi, pieds nus dans la maison et la cour, habituées dès le plus jeune âge à prendre soin d'elles-mêmes. Dans la maison de Sean, il y avait des nattes de paille sur le sol et les visiteurs étaient — là aussi — priés de se déchausser en entrant. On y trouvait des quantités de livres ; un électrophone « haute-fidélité », qui constituait le seul luxe du maître de maison, permettait à celui-ci d'organiser des concerts magnifiques de musique flamenca, de chants indiens et de jazz. Il possédait même des disques chinois et japonais. La table de la salle à manger était de style japonais, c'est-à-dire basse et laquée de noir. Pour y prendre leurs repas, les invités de Sean (déjà contraints de porter des socques) devaient, bon gré mal gré, s'asseoir sur les nattes. Christine savait confectionner des soupes délicieuses et de savoureux gâteaux secs.

Quand j'arrivai, le jour même, vers midi, par le car Greyhound, je montai aussitôt chez Sean, par la route goudronnée — à quinze cents mètres de la station. Christine me fit immédiatement asseoir devant une soupe brûlante accompagnée de pain chaud et de beurre. C'était vraiment une femme charmante. « Sean et Japhy sont partis travailler ensemble à Sausalito. Ils rentreront vers cinq heures, dit-elle.

— Je vais monter à la cabane et les attendre là-haut, cet après-midi.

— Vous pouvez rester ici, si vous voulez, et écouter des disques.

— Bon, je vais tâcher de ne pas vous encombrer.

— Vous ne m'encombrez pas du tout. Il faut que je m'occupe de la lessive, du raccommodage, et que je cuise du pain pour ce soir. » Avec une telle femme, Sean qui ne gagnait pas gros dans la menuiserie avait quand même réussi à placer plusieurs milliers de dollars à la banque, et pouvait pratiquer une hospitalité patriarcale. Il insistait toujours pour garder ses amis à dîner et s'il y avait une douzaine de personnes chez lui, il préparait lui-même la table sur de longs tréteaux, dans la cour, où il servait des repas simples et délicieux toujours accompagnés d'un grand pichet de vin rouge. Il fallait cependant que chacun versât son écot. Sean y tenait beaucoup, par principe : on faisait la quête pour acheter du vin et lorsque des amis venaient passer le week-end (ce qui arrivait souvent), ils étaient censés apporter des provisions ou participer aux frais. Puis, lorsque tout le monde avait bien mangé et bien bu, la nuit sous les étoiles de la cour, Sean prenait souvent sa guitare et chantait des airs du folklore américain. Quand je me sentais fatigué au cours de ces soirées, je montais vers la cabane et dormais, là-haut, sur la colline.

Ce jour-là, après le déjeuner, je bavardai un peu avec Christine et partis. La pente était rude et se dressait juste derrière la maison, près de la véranda. Dans la propriété adjacente à celle de Sean, il y avait des grandes ponderosas et autres conifères dans une prairie de rêve, un pâturage où deux superbes chevaux bais tendaient leur cou élancé vers l'herbe grasse semée de fleurs sauvages, dans le soleil chaud. « Mon gars, tu seras encore mieux ici que dans les bois de la Caroline », pensai-je en commençant à grimper. Sur les pentes herbeuses de la colline, Sean et Japhy avaient déjà abattu trois grands eucalyptus qu'ils avaient débités en gros rondins à la scie mécanique. Il ne restait plus que les souches et je pouvais voir où mes amis avaient commencé à attaquer chaque tronc avec des coins et des masses puis avec des haches à double tranchant. Le petit sentier ascendant était si raide qu'on devait escalader la colline à quatre pattes, à la manière des singes. Il suivait une longue rangée de cyprès plantés par le vieil ermite qui avait construit la cabane pour y mourir, quelques années auparavant. La hauteur protégeait le domaine de Sean contre les vents froids et brumeux de l'océan. Elle comprenait trois paliers : d'abord la cour de Sean, puis un clos formant une charmante petite prairie alpestre (j'y vis même des daims, un soir — cinq au total — car toute la région était considérée comme une réserve naturelle de gibier), enfin le dernier tronçon, au sommet de la colline herbeuse, cachait une cuvette inattendue à droite, où la cabane était dissimulée sous les arbres et les buissons fleuris. Derrière le logis — une construction solide avec trois pièces dont une seule était alors occupée par Japhy — il y avait un gros tas de bois de chauffage, un chevalet pour scier les bûches, des hachettes et des feuillées sans toit — juste un trou dans le sol et une planche. Je me croyais revenu au premier matin du monde. Le soleil coulait à travers les ramures denses de la cour. Des oiseaux et des papillons sautillaient alentour. La bonne odeur chaude et douce des herbes et des fleurs de montagne traversait la clôture en fil de fer barbelé qui barrait la route des cimes, d'où l'on pouvait contempler tout le comté de Marin. J'entrai dans la maison.

Sur la porte se trouvait un tableau couvert de lettres chinoises dont je ne connus jamais le sens exact et qui signifiait probablement quelque chose comme *Vade retro Mara* (Mara le Tentateur). A l'intérieur, je pus admirer la simplicité magnifique de la façon de vivre adoptée par Japhy : tout était net, intelligent, étrangement riche, bien que rien n'eût été dépensé pour la décoration de la maison. Dans de vieilles jarres d'argile, jaillissaient — en une explosion de couleurs — des bouquets de fleurs cueillies autour de la cabane. Les livres étaient bien rangés dans des caissettes à oranges. Le sol avait été couvert de nattes peu coûteuses. Comme je l'ai déjà dit, les murs se trouvaient tapissés de grosse toile, qui remplaçait avantageusement le papier et sentait bon. Sur la natte de Japhy, était posé un fin matelas ; un châle de Paisley lui servait de courtepointe. A la tête du lit, le sac de couchage était soigneusement roulé pour la journée. Derrière une tenture de toile, dans un cabinet attenant, le sac à dos et les affaires de Japhy se dissimulaient aux regards. Au mur, de belles peintures chinoises, sur soie, assez anciennes, étaient pendues à même la toile, voisinant avec des cartes du comté de Marin et du Nord-Ouest de l'État de Washington. Il y avait aussi des poèmes épinglés, à la vue de chacun. Le plus récent, au-dessus des autres, était ainsi conçu :

« Tout a commencé, il y a un instant, lorsque le colibri s'est arrêté sur le seuil, à deux mètres de la porte ouverte.

« Il est parti mais j'avais cessé de lire, et je voyais le poteau de bois rouge, enfoncé dans la terre meuble, et enlacé par le buisson de fleurs jaunes, plus haut que moi, dont j'écarte les branches pour entrer dans la maison, comme un rideau de dentelle dessiné par les ombres et le soleil.

« Des passereaux à huppe blanche chantent éperdument dans les arbres. De la vallée monte le chant du coq. Sean Monahan est derrière moi. Il lit le *Sutra de Diamant*, au soleil. J'ai lu hier *les Migrations des oiseaux*. Le pluvier doré et l'hirondelle du pôle construisent une abstraction devant ma porte. Bientôt les juncoes et les rouges-gorges partiront. Les sédentaires feront leurs nids et ramasseront chaque brindille.

« Sous la chaude lumière d'avril, j'irai, sans livre, à travers la colline et les mouettes suivront le printemps, vers le nord. Elles nicheront en Alaska dans six semaines. »

Signé : JAPHETH M. RYDER,
Cypress Cabin, 18 mars 1956.

Je ne voulus rien déranger dans la maison jusqu'au moment où Japhy rentrerait, après sa journée de travail. J'allai donc m'étendre dans les hautes herbes et passai l'après-midi à rêvasser. Puis je pensai qu'il serait bon de préparer un agréable dîner pour mon ami. Je redescendis la côte jusqu'à la route et, à l'épicerie, j'achetai des haricots, du porc salé et diverses denrées. De retour à la maison, je fis un grand feu et préparai une riche potée de haricots à la mélasse et aux oignons. J'étais étonné de voir comment Japhy avait installé son garde-manger : sur une planche, près du poêle à bois, il y avait deux oignons, une orange, un sac de germes de blé, des boîtes de poudre de curry, du riz et de mystérieuses algues chinoises desséchées, avec une boîte de sauce de soja (pour accompagner ses étranges plats chinois). Le sel et le poivre étaient soigneusement enveloppés dans de petits sacs en plastique fermés par des élastiques. Il n'y avait rien au monde que Japhy eût accepté de gâcher ou de perdre. Maintenant, j'allais introduire dans sa cuisine ce substantiel ragoût de porc et de haricots qui lui déplairait peut-être. Il y avait aussi une grosse miche de ce pain bis exquis que fabriquait Christine ; le couteau à pain — une vraie dague — était simplement planté dans la planche.

La nuit tomba et j'attendis dans le jardin, tandis que le ragoût mijotait sur le feu. Je fendis un peu de bois que j'ajoutai au tas, déjà prêt, derrière le poêle. Le brouillard du Pacifique arrivait, porté par le vent qui commençait à courber les arbres mugissant sous le souffle. Du haut de la colline, on ne voyait que des arbres et encore des arbres. Une mer de frondaisons hurlantes. Un vrai paradis. Le froid me chassa dans la maison où je chargeai le poêle. Le feu se mit à chanter. Je fermai les fenêtres — de simples volets mobiles en matière plastique — que Whitney Jones, le frère de Christine, avait fort ingénieusement agencés : ces panneaux opaques laissaient entrer la lumière tout en protégeant la pièce contre le vent froid. Il fit bientôt chaud dans la confortable cabane. De temps à autre, j'entendais un « Hou-ou » qui perçait le mur sylvestre de brouillard et de vent, annonçant le retour de Japhy.

J'allai à sa rencontre. Il franchissait le dernier tronçon de la côte, à travers les hautes herbes, fatigué par sa journée de labeur, écrasant lourdement le sol sous ses bottes ; son manteau était jeté sur ses épaules. « Eh bien, Smith, te voilà.

— Je t'ai préparé un bon ragoût de haricots. »

Il parut sincèrement reconnaissant : « Formidable! Mon vieux, c'est rudement chic de ne pas avoir à faire la cuisine en rentrant après le travail. Je meurs de faim. » Il piocha immédiatement dans la casserole avec un morceau de pain et but du café chaud que j'avais préparé dans une écuelle sur le poêle, à la française, en jetant seulement le café moulu dans l'eau et en remuant à la cuiller. Après un excellent dîner, les pipes furent allumées et la conversation alla bon train devant le feu rugissant. « Ray, tu vas passer un été sensationnel à Desolation Peak. Je vais tout t'expliquer.

— Je vais surtout passer un printemps sensationnel, ici, dans cette cabane.

— Rudement vrai. Première chose à faire : inviter pour le week-end deux nouvelles filles dont j'ai fait la connaissance : Psyché et Polly Whitmore. Attends. Je ne peux pas les inviter ensemble. Elles sont amoureuses de moi toutes les deux et il y aurait des scènes de jalousie. De toute façon, tous les week-ends, nous organiserons de belles petites fêtes qui commenceront, en bas, chez Sean et se termineront ici. Demain je ne travaille pas, nous fendrons un peu de bois pour Sean. C'est tout le loyer qu'il nous demande. Mais si tu veux travailler avec nous à Sausalito, tu peux gagner dix dollars par jour, la semaine prochaine.

— D'accord, ça permettra d'acheter des tas de provisions, du porc, des haricots et du vin. »

Japhy me montra un beau dessin au pinceau représentant une montagne. « Voilà la montagne qui te servira de décor, Hozomeen. J'ai fait ce dessin du haut de Crater Peak, il y a deux ans, pendant l'été. C'est en 1952 que j'ai parcouru pour la première fois cette partie du Skagit. J'avais fait de l'auto-stop de Frisco à Seattle, la tête rasée et la barbe au vent.

— Pourquoi te raser la tête?

— Pour faire comme les bhikkhus dont parlent les Sutras.

— Et que pensaient les gens en te voyant?

— Ils supposaient que j'étais fou, mais tous

les conducteurs de voiture s'arrêtaient dès que je leur faisais signe pour que je les initie au Dharma, et je les quittais parfaitement édifiés.

— C'est ce que j'aurais dû faire moi-même au retour. Il faut que je te parle de mon arroyo, dans les montagnes du désert.

— Attends, je termine mon histoire. J'étais parvenu à Crater Peak, mais la neige était si épaisse là-haut, cette année-là, que j'ai travaillé au déblaiement des routes pendant un mois à Granite Creek Gorge, tout d'abord. Tu verras tous ces endroits toi-même. Puis avec un attelage de mulets, nous avons parcouru les dix derniers kilomètres sur un chemin de rocaille en lacet — très tibétain d'aspect — au-dessus des derniers arbres, en pleine neige, pour parvenir jusqu'aux escarpements les plus élevés, après quoi il a fallu escalader des rochers dans la tempête de neige. Quand je suis enfin entré dans mon refuge, le vent soufflait si fort pendant que je préparais mon premier repas que deux murs du chalet se couvraient de glace. Mon vieux, quand tu y seras, tu verras. Cette année-là, mon ami Jack Joseph a passé l'été à Desolation, dans le refuge qui t'attend.

— Quel nom, Desolation! Aïe, aïe, aïe...

— Jack était le premier guetteur désigné pour s'installer là-haut. J'ai capté son premier message-radio destiné à saluer tous les guetteurs et moi-même. Par la suite, j'ai parlé à d'autres vigies sur des pics différents. Tu vois, on nous donne un poste émetteur-récepteur et tous les guetteurs ont coutume de bavarder entre eux, ils échangent des nouvelles, parlent des ours qu'ils ont aperçus ou demandent comment faire des beignets sur le poêle à bois, etc. C'est tout un petit monde organisé à haute altitude et les conversations par radio s'étendent sur des centaines de kilomètres à travers le désert. Tu vas te trouver en pleine sauvagerie, mon vieux. De mon chalet, je pouvais voir les lumières de Desolation, après la tombée de la nuit. Jack Joseph passait ses soirées à étudier la géologie. Pendant la journée, nous échangions des signaux optiques, par miroir, pour régler correctement nos détecteurs d'incendie.

— Bougre, comment est-ce que je vais apprendre à faire tout ça ? Je ne suis qu'un clochard-poète.

— Tu apprendras vite à te repérer par rapport au pôle magnétique, à l'étoile Polaire et aux deux Ourses. Tous les soirs, je bavardais avec Jack Joseph. Un jour, il a été envahi par un essaim de coccinelles qui ont couvert le toit de la tour de guet et l'eau de la citerne. Un autre jour, il a été faire un tour dans la montagne et s'est trouvé nez à nez avec un ours endormi.

— Oh! je croyais que nous étions déjà *ici* dans un pays de sauvages...

— Ici ce n'est rien... Un soir d'orage, la foudre tombait de plus en plus près de lui, et il a été obligé de couper le courant. On ne l'a plus entendu, puis on l'a aussi perdu de vue, tandis que les nuages noirs cernaient son abri et que les éclairs dansaient sur la cime. Mais, pendant l'été, Desolation sèche sous le soleil ; il y avait des fleurs et des moutons Blakey autour de Jack et il a pu se promener aux alentours. Pendant ce temps, moi, j'étais à Crater Peak, emmitouflé dans ma pèlerine écossaise, des bottes aux pieds, cherchant les nids de perdrix de neige, par pure curiosité, grimpant et jouant les farfadets dans la nature, piqué par les abeilles... Desolation est à deux mille mètres à peu près, du côté du Canada, dans la chaîne des Picket, vers les hautes terres du Chelan. Les pics portent des noms tels que Challenger, Terror, Fury, Despair, et ta crête s'appelle Starvation Ridge — mont Famine. Tout le haut pays situé au sud de Boston Peak et de Buckner Peak s'étend sur des milliers de kilomètres où l'on ne trouve que des montagnes, des daims, des ours, des lapins, des faucons, des truites et des tamias. Tu seras ravi d'y être, Ray.

— Ça se présente au poil. Je parie que je ne serai pas piqué par les abeilles. »

Il sortit ensuite des bouquins et lut pendant un certain temps. Je fis de même. Nous avions chacun baissé la mèche de notre lampe à pétrole respective ; c'était une calme soirée au foyer, tandis que le vent brumeux hurlait dans les arbres. De l'autre côté de la vallée, nous parvenait le braiement d'une mule dolente — l'un des appels les plus désolants que j'eusse jamais entendus. « Quand une mule gémit ainsi, dit Japhy, j'ai envie de prier pour tous les êtres vivants. » Puis il médita un long moment, dans la position du lotus, sur sa natte. Il déclara enfin : « Il est temps d'aller se coucher. » Mais je voulais alors lui raconter toutes les découvertes que j'avais faites au cours de mes méditations hivernales, dans les bois. Je fus surpris de l'entendre répondre tristement : « Des mots, rien que des mots. Je ne veux pas t'entendre raconter avec des mots tout ce que tu as construit sur des mots, rien que des mots, mon vieux. Ce qui compte c'est les actes. » Japhy avait changé depuis l'année précédente, lui aussi. Il avait rasé sa barbiche et ce sacrifice avait modifié son expression. Son visage avait perdu cet aspect drôle et joyeux que je lui avais connu. Il était maintenant dur et sévère. Il avait taillé ses cheveux en brosse, ce qui lui conférait un air germanique, têtu et surtout triste. Il y avait sur sa physionomie et certainement dans son âme les traces d'une déception. Il ne voulut rien entendre quand je tentai, avec persévérance, de lui expliquer que tout était bien pour toujours, toujours, toujours. Soudain, il avoua : « Je vais bientôt me marier ; je crois que je commence à être las d'errer ainsi.

— Mais je pensais que tu avais découvert l'idéal Zen fait de pauvreté et de liberté.

— Ouiche, je crois que j'en ai assez de tout cela. Après mon séjour dans un monastère japonais, j'en aurai par-dessus la tête, de toute façon. Peut-être que je deviendrai riche, que je gagnerai de l'argent et que je m'installerai dans une grande maison... » Mais, une minute plus tard, il ajoutait : « Pourtant, qui souhaiterait devenir l'esclave de tout cela ? J' sais pas, Smith. Je me sens déprimé et tout ce que tu dis me déprime encore davantage. Ma sœur est revenue.

— Qui ça ?

— Ma sœur Rhoda. J'ai été élevé avec elle dans les bois de l'Oregon. Elle va épouser un riche crétin de Chicago. Un véritable abruti. Mon père a eu des ennuis avec sa sœur, lui aussi, ma tante Noss, une sale bête, depuis toujours.

— Tu n'aurais pas dû raser ta barbiche. Tu avais l'air d'un petit sage bienheureux.

— Je ne suis plus un petit sage bienheureux et je suis las. » Il était épuisé par une longue journée de travail. Nous décidâmes de dormir et d'oublier tout. En fait, nous étions un peu tristes et hostiles. Dans la journée, j'avais découvert un buisson de roses sauvages et j'avais projeté d'y dormir dans mon sac de couchage. J'y avais répandu un lit épais d'herbe fraîche. Je remplis ma gourde au robinet de l'évier, pris ma torche électrique et sortis. C'était une nuit merveilleuse pour dormir paisiblement sous les arbres pleins de murmures. Je commençai par méditer un moment. Après avoir passé l'hiver dans les bois nocturnes, je ne pouvais plus me livrer à la méditation entre quatre murs, comme Japhy l'avait fait un peu plus tôt. J'avais besoin d'entendre les mille petits bruits des oiseaux et des animaux sauvages, sentir monter le souffle froid de la terre avant de me trouver à l'unisson avec tous les êtres vivants, vivant moi-même, vide et déjà sauvé. Je priai pour Japhy. Il semblait avoir changé — en mal. A l'aube, une petite pluie fit entendre son clapotis sur mon sac de couchage et je mis sur moi le poncho qui me servait de matelas. Après quelques jurons, je me rendormis. A sept heures, le soleil était levé et les papillons butinaient les roses. Un colibri fit un piqué comme un avion à réaction, juste au-dessus de moi, siffla joyeusement et repartit comme une flèche. Mais je m'étais trompé sur l'évolution de Japhy. Il était debout, devant la porte, une poêle à frire à la main, dont il se servait comme d'un gong en criant : « *Bouddham saranam gocchami...* » Ce fut l'un des plus beaux matins de notre vie. « *Bouddham saranam gocchami... Bouddham saranam gocchami...* Debout, vieux, les crêpes sont chaudes! Viens déjeuner! Bang, bang, bang! » Le soleil ressemblait à une grosse orange dans le ciel et dardait déjà ses rayons à travers les sapins. Tout était merveilleux de nouveau. En fait, Japhy avait réfléchi au cours de la nuit et il avait conclu que j'avais raison de demeurer dans la bonne vieille voie du Dharma.

25

Japhy avait préparé de savoureuses crêpes de sarrasin que nous arrosâmes de bon sirop d'érable et d'un peu de beurre. Je demandai à mon ami ce que signifiait *gocchami*. « C'est le cri que l'on module dans les monastères bouddhistes, au Japon, avant chacun des trois repas. *Bouddham saranam gocchami* signifie : je me réfugie en Bouddha. *Sangham*, je me réfugie en l'Église. *Dharman*, je me réfugie dans le Dharma, la Vérité. Demain matin je préparerai un autre bon petit déjeuner : as-tu jamais mangé une vraie ratatouille *samgullion ?* C'est un mélange de pommes de terre et d'œufs brouillés.

— C'est un plat de forestiers ?

— Il n'existe pas de *forestiers*. C'est un mot des gens de l'Est. Ici on les appelle des bûcherons. Mange tes crêpes et puis nous irons fendre du bois et je te montrerai comment te servir d'une hache à deux tranchants. » Il saisit la hache et m'apprit à l'affûter. « Ne te sers jamais de cette hache sur des bois posés à terre. Tu toucherais le sol et l'outil s'émousserait. Il faut toujours placer la bûche sur un billot. »

Je m'en fus au cabinet et, au retour, je voulus surprendre Japhy, conformément à la tradition facétieuse du Zen, en lui jetant par la fenêtre ouverte le rouleau de papier hygiénique. Il apparut devant la croisée avec un rugissement de guerrier samouraï, tout botté, une dague à la main et fit un bond de cinq mètres qui le projeta au milieu des bûches dans la cour. C'était de la folie. Nous dévalâmes ensuite la colline, tout joyeux. Les rondins déjà débités présentent tous quelque fente où le bûcheron doit enfoncer un coin, puis frapper ce coin avec un maillet de deux kilos après l'avoir brandi au-dessus de sa tête. Il lui faut prendre garde de se tenir à une distance raisonnable de la cible pour ne pas se fracasser la cheville. Si le coup est bien ajusté, le rondin est proprement fendu en deux. Une fois obtenus ainsi des morceaux de taille convenable, chacun est posé sur le billot et attaqué à la hache. On emploie pour ce faire une belle hache à deux tranchants, longue et affûtée comme un rasoir. Les bûches sont ainsi coupées à la dimension voulue. Japhy m'apprit à me servir du maillet et de la hache, qu'il ne faut jamais manier trop brutalement ; mais lorsqu'il se piqua au jeu, je remarquai qu'il frappait aussi fort qu'il pouvait, en poussant son fameux cri de guerre ou en jurant comme un charretier. Bientôt j'avais moi-même acquis le tour de main approprié et travaillais comme si je n'avais fait que cela toute ma vie.

Christine sortit dans la cour pour nous observer et nous cria : « J'ai un bon déjeuner pour vous.

— Okay. » Japhy et Christine étaient comme frère et sœur.

Nous fendîmes, ce jour-là, des tas de rondins. J'aimais bien sentir le maillet s'abattre avec un bruit clair sur le coin, et le bois se fendre du premier coup — ou, en tout cas, au second coup. L'odeur de la sciure, les pins, la brise de la mer soufflant sur la montagne paisible, le chant des alouettes, les papillons dans l'herbe composaient une parfaite harmonie. Puis nous allâmes déjeuner. Christine nous servit des saucisses, du riz, de la soupe, du vin rouge et ses délicieux gâteaux secs. Pieds nus, nous allâmes ensuite feuilleter quelques volumes dans la vaste bibliothèque de Sean. Nous étions tous deux assis confortablement en tailleur sur les nattes et Japhy demanda :

« Connais-tu l'histoire du disciple qui interrogeait son maître Zen sur la nature du Bouddha?

— Non.

— « Le Bouddha n'est qu'une crotte sèche », répondit le Maître. Le disciple en eut une soudaine illumination.

— De la merde, dis-je.

— Sais-tu ce qu'est une soudaine illumination? Un disciple vint un jour exposer son koan à son maître. Le Maître lui donna un coup de bâton et le poussa par la fenêtre dans une flaque de boue, trois mètres plus bas. Le disciple se releva en riant. Plus tard, il devint lui-même un maître. Son illumination n'avait pas été déclenchée par des discours mais par une bonne et saine bourrade qui l'avait défenestré. »

« Tous doivent se vautrer dans la boue pour découvrir la cristalline valeur de la compassion », pensai-je à part moi. (Je n'allais certes plus crier mes « mots » à tue-tête devant Japhy.)

« Ouh! hurla-t-il en me jetant une fleur à la tête. Sais-tu comment Kasyapa est devenu le premier patriarche? Le Bouddha allait expliquer un Sutra : douze cent cinquante bhikkhus attendaient, dans leurs vêtements de fête, les pieds croisés ; et le Bouddha se borna à brandir une fleur. Tout le monde était troublé. Le Bouddha ne disait rien, seul Kasyapa sourit. C'est ainsi que le Bouddha choisit Kasyapa. C'est ce qu'on appelle le sermon de la fleur, mon gars. »

J'allai à la cuisine, pris une banane et revins en disant : « Bien, je vais te dire ce qu'est le nirvâna.

— Et alors? »

Je mangeai la banane, jetai la peau et ne dis rien. Puis, au bout d'un moment :

« C'est le sermon de la banane.

— Ouh, cria Japhy, t'ai-je dit comment le Vieux Coyote et son ami le Renard Argenté ont créé le monde en piétinant dans le vide jusqu'au moment où un peu de terre a surgi sous leurs pieds? Regarde cette image, par exemple. Elle illustre la fameuse histoire des Taureaux. C'était un ancien polyptyque chinois, sur carton, montrant d'abord un jeune garçon en route pour le désert avec un petit baluchon, comme l'Américain Nat Wills qui battait la Prairie vers 1905. On y voyait ensuite comment le voyageur rencontra un bœuf, tenta de le domestiquer, de le chevaucher, y parvint enfin et l'abandonna pour s'asseoir dans le clair de lune et méditer. Sur un autre dessin, il était en train de redescendre de la montagne de l'Illumination. Le panneau suivant était absolument vide, à côté d'une image évoquant un arbre en fleur. La dernière case représentait le jeune homme transformé en un vieux sorcier obèse et hilare, chargé d'un sac énorme et s'apprêtant à participer à une beuverie avec des bouchers illuminés tandis qu'un autre jeune garçon partait pour le désert avec un petit baluchon.

— La roue tourne toujours, les disciples et le Maître passent par les mêmes étapes. Ils doivent d'abord dompter le bœuf, c'est-à-dire l'essence de leur esprit, puis l'abandonner et parvenir au grand Vide, représenté par le panneau vierge. Puis après avoir conquis le Rien, ils obtiennent le Tout, c'est-à-dire l'arbre en fleur, de sorte qu'ils peuvent ensuite rentrer à la ville pour s'enivrer avec des bouchers, comme Li Po. » C'était une image pleine de sagesse et elle me rappela ma propre expérience, lorsque je tentai de dompter mon esprit dans les bois avant de comprendre que tout est vide et vivant et que je n'avais donc rien à faire après quoi je pouvais m'enivrer avec le boucher Japhy. Nous écoutâmes des disques, en flânant dans la maison et fumant beaucoup. Puis nous allâmes fendre encore du bois.

Le samedi suivant, lorsque la fraîcheur tomba, avec le soir, nous remontâmes à la cabane pour nous laver et nous habiller en vue de notre grande soirée. Tout le jour, Japhy avait fait la navette entre la maison et la colline — au moins dix fois — pour téléphoner, discuter avec Christine, lui demander du pain et des draps propres pour les filles qui passeraient la nuit chez nous (lorsqu'il avait une invitée, il posait traditionnellement des draps propres sur le mince matelas qui couvrait sa natte). Quant à moi, j'étais resté assis sur l'herbe sans rien faire, occupé à composer des haï-kaï et à observer le vol d'un vieux vautour, décrivant des cercles au-dessus de la colline. « Il doit y avoir un mort dans les parages », pensai-je.

« Pourquoi restes-tu assis sur ton cul toute la journée ? demanda Japhy.

— Je m'entraîne au rien-faire.

— Quelle différence entre le rien-faire et l'action ? Dépasse ce stade. Mon bouddhisme est actif », dit Japhy en se ruant sur la pente une fois de plus. Je l'entendis scier du bois et siffler au loin. Il ne pouvait se passer de faire des copeaux du matin au soir. Ses méditations étaient réglées comme du papier à musique. Il commençait la journée en méditant, au réveil. Puis il se replongeait dans la méditation pendant trois minutes environ au milieu de l'après-midi. Enfin, il recommençait avant de se coucher. Un point c'est tout. Moi, je me promenais et musardais à la ronde. Nous étions deux moines étrangement différents mais de la même règle. Je saisis pourtant une pelle et aplanis la terre autour du buisson de roses où j'avais disposé mon lit d'herbe. Il était un peu trop incliné pour mon goût. Je l'arrangeai comme je l'entendais de sorte que je dormis merveilleusement bien, ce soir-là, après la grande soirée.

Ce fut une orgie sauvage. Une fille nommée Polly Whitmore était venue voir Japhy. C'était une belle brune, avec une coiffure à l'espagnole et des yeux sombres — une vraie beauté ensorcelante et elle aimait les escalades en montagne Elle venait de divorcer et vivait seule à Millbrae. Le frère de Christine, Whitney Jones, avait invité sa fiancée Patsy, et, bien entendu, Sean rentra de son travail et fit toilette pour assister à la fête. Un autre gars était venu passer le week-end avec nous, un grand blond appelé Bud Diefendorf qui occupait un emploi de concierge à l'Association bouddhiste pour payer son loyer et assister gratuitement aux cours. C'était une sorte de robuste Bouddha très doux, avec une pipe au bec et beaucoup d'idées étranges. J'aimai tout de suite Bud, qui se révéla fort intelligent. J'appréciai surtout le fait qu'il eût abandonné ses études de médecine à l'université de Chicago pour s'intéresser à la philosophie avant de devenir un terrible ennemi de la philosophie, c'est-à-dire un bouddhiste.

Il me dit avoir rêvé, une nuit, qu'il jouait du luth sous un arbre et chantait ; il n'avait pas de nom ; il était le « bhikkhu inconnu ».

Je trouvais bien agréable de rencontrer à nouveau des bouddhistes après avoir peiné durement sur la route, mais Bud était un étrange mystique, plein de superstitions et de prémonitions : « Je crois aux démons », me confia-t-il.

Je tapotai les cheveux de sa petite fille : « Bon, tous les enfants savent que chacun d'eux finit par arriver au ciel. » Il approuva, avec un regard affectueux accompagné d'un hochement de sa tête barbue à la chevelure rasée. C'était un garçon d'une grande bonté. Il poussait constamment des « Aïe ! » plaintifs en pensant à son petit bateau ancré dans la baie et qui coulait lentement sous les assauts des vagues, de sorte qu'il nous fallut partir à la rame, dans le brouillard gris et froid, pour écoper. C'était une épave plus qu'un navire : quatre mètres et, pour ainsi dire, pas de cabine, rien qu'une coque de noix ballottée par les flots autour d'une ancre rouillée. Whitney Jones, le frère de Christine, était un doux jeune homme de vingt ans qui ne parlait guère, se contentait de sourire sans cesse et recevait force bourrades dans les côtes sans protester. La soirée devint finalement frénétique et les trois couples, après s'être dévêtus, dansèrent une sorte de polka bizarre mais innocente, en se tenant par la main, tout autour du salon, tandis que les enfants dormaient dans leurs berceaux. Cela ne nous troubla guère, Bud et moi, et nous poursuivîmes notre conversation sur le bouddhisme en fumant la pipe dans un coin. En fait, cela valait mieux pour nous qui n'avions aucune fille en propre, alors que les danseuses présentes étaient trois nymphes fort joliment roulées. Mais Sean et Japhy entraînèrent Patsy dans la chambre à coucher et prétendirent la sauter, pour ennuyer Whitney qui rougit violemment — tout nu qu'il était — et il y eut des luttes et des rires dans toute la maison. Bud et moi étions assis en tailleur, en face de ces danseuses dans le plus simple appareil, fort amusés par l'étrangeté de cette scène intime.

« Je me croirais volontiers revenu à une vie antérieure. Peut-être avons-nous vécu dans quelque monastère tibétain, où des filles dansaient pour toi et moi, avant le yabyum...

— Oui, et nous étions déjà de vieux moines, détachés des préoccupations sexuelles, mais Sean, Japhy et Whitney, pleins de jeunesse, de vie et d'imperfections, avaient encore beaucoup à apprendre. » Malgré tout de temps à autre, Bud et moi contemplions ces créatures de chair et nous léchions mentalement les babines. Pourtant, pendant la plus grande partie de ces divertissements déshabillés, je gardai les yeux fermés, attentif à la musique. Je parvenais à écarter vraiment toute pensée de luxure à force de volonté et en grinçant des dents. Le plus simple était de fermer les yeux. Mais malgré cette séance de naturisme et le reste, c'était une gentille petite soirée familiale. Au bout d'un certain temps, chacun se mit à bâiller et à réclamer son lit. Whitney partit avec Patsy, Japhy entraîna Polly au sommet de la colline pour la glisser entre les draps tout propres et je m'introduisis dans mon sac de couchage pour dormir au pied du rosier. Bud avait apporté son propre duvet et coucha sur une natte, chez Sean.

Le matin, Bud vint me rejoindre, alluma sa pipe et s'assit à côté de moi, dans l'herbe, pour bavarder tandis que je me frottai les yeux en achevant de me réveiller. Pendant la journée du dimanche, toutes sortes de gens vinrent rendre visite aux Monahan et la moitié d'entre eux escalada la colline pour voir la jolie cabane des deux célèbres bhikkhus cinglés, Japhy et Ray. Parmi eux se trouvaient Princesse, Alvah et Warren Coughlin. Sean disposa la table sur des tréteaux dans la cour et servit abondance de vin, de hamburgers et de pickles. Puis il alluma un bon feu de camp, apporta ses deux guitares et, à mon avis, c'était bien là une merveilleuse façon de concevoir la vie, dans une Californie ensoleillée, sous le signe lumineux du Dharma, avec un peu d'alpinisme à la clef. Tous nos visiteurs étaient munis de sacs à dos et de sacs de couchage ; certains d'entre eux avaient même l'intention de partir sur les merveilleuses routes du comté de Marin le lendemain. Notre bande était divisée, de façon permanente, en trois clans : ceux qui mettaient des disques dans le living-room ou feuilletaient les livres de la bibliothèque, ceux qui se restauraient dans la cour ou écoutaient jouer de la guitare et ceux qui, assis en tailleur dans la cabane, au sommet de la colline, buvaient du thé et parlaient de poésie ou de Dharma entre deux promenades dans les prés pour observer les enfants avec leurs cerfs-volants ou les vieilles dames à cheval. Chaque week-end c'était le même pique-nique paisible, la même scène classique : des anges et des séraphines se livrant joyeusement aux jeux de l'esprit dans le Vide, ce même Vide qu'évoquait le polyptyque des Taureaux, à côté d'un arbre en fleur.

Bud et moi étions assis sur la colline, perdus dans la contemplation des cerfs-volants. J'observai que l'un d'entre eux ne pourrait voler très haut, faute d'une queue suffisamment longue. Bud dit :

« C'est là une vérité profonde, qui me rappelle le problème le plus ardu que je doive résoudre au cours de mes méditations. La raison pour laquelle je ne peux m'élever très haut dans le nirvâna tient à la longueur insuffisante de ma queue. » Il tira une bouffée de sa pipe et réfléchit gravement à la question. C'était le garçon le plus sérieux du monde. Il examina le problème toute la soirée et, le lendemain matin, il me dit : « Cette nuit, je me suis vu sous la forme d'un poisson nageant de-ci de-là — dans le vide de la mer — sans savoir ce qui m'attend ici ou là. Seule ma nageoire me gouverne, comme la queue gouverne le cerf-volant.

Je suis le Poisson-Bouddha. Ma nageoire est ma sagesse.

— Tes méditations sur les cerfs-volants t'emportent très haut », remarquai-je.

Au cours de chacune de ces fêtes, je m'arrangeai toujours pour me réserver quelques instants de sommeil sous les eucalyptus, dont l'ombre était plus propice au repos que celle du rosier, sous le chaud soleil. Un après-midi, j'observai les plus hautes branches de ces arbres gigantesques et je comparai les feuilles et les rameaux à des danseurs lyriques et allègres, heureux d'appartenir aux cimes pour contempler — au-dessous d'eux — le spectacle grondant de l'arbre dans sa totalité. Leur danse, chacun de leurs balancements, révélait une mystérieuse nécessité collective : le besoin d'exprimer le sens de l'arbre par ce ballet aérien, flottant dans le vide. Je remarquai que les feuilles semblaient presque humaines, dans leurs bonds, leurs révérences, le chœur de leurs oscillations lyriques. Certes, il ne s'agissait que d'une vue folle de mon esprit, mais j'y trouvai une grande beauté. Une autre fois, sous ces mêmes arbres, je rêvai d'un trône de pourpre, rehaussé d'or, où se tenait une sorte de pape ou de patriarche de l'éternité ; Rosie était là, elle aussi, et Cody apparut, dans la cabane, dissertant avec fougue devant quelques autres gars — dans la partie gauche du tableau — comme une sorte d'archange. J'ouvris les yeux et compris que le tout m'avait été suggéré par un rayon de soleil sur mes paupières closes. Le colibri dont j'ai déjà parlé piquait chaque jour, comme un avion à réaction, droit sur moi avec un sifflement, en guise de civilités — généralement le matin — et je lui criai en retour quelque politesse. C'était un merveilleux petit oiseau bleu, pas plus gros qu'une libellule. Finalement, il prit l'habitude de pénétrer par la fenêtre ouverte, dans la cabane, en bourdonnant furieusement des deux ailes avant de disparaître, zzzzz, comme un éclair, non sans m'avoir adressé un regard de ses petits yeux de perles. Un vrai petit colibri californien...

Mais parfois je craignais qu'il ne pût s'arrêter à temps et m'enfonçât son long bec dans le crâne, comme une épingle à chapeau. Il y avait aussi, dans les parages, un vieux rat, errant dans la cave, sous la cabane. Il nous contraignait à fermer la porte pendant la nuit. J'avais aussi pour amies les locataires d'une fourmilière voisine qui cherchaient à s'introduire par tous les moyens dans la cabane, en quête de miel (« Fourmis, fourmis, le miel est i-ci », chantait un jour un petit garçon dans notre cabane). Je traçai donc un chemin de miel entre la fourmilière et l'arrière-jardin, ce qui mit les insectes en joie pendant toute une semaine. Je me mettai même à genoux pour leur parler. Autour du logis, il y avait toujours de merveilleuses fleurs de toutes les couleurs — rouge, pourpre, rose, blanche — et nous faisions des bouquets. Mais le plus beau fut celui que Japhy confectionna avec une aigrette d'aiguilles et quelques pommes de pin. Le tout revêtait cette simplicité qui caractérisait toute la vie de mon ami. Il entra un jour dans la cabane, avec sa scie, titubant de fatigue et, me voyant assis sans rien faire, me demanda : « Pourquoi restes-tu inactif toute la journée ? »

Je répondis : « Je suis le Bouddha connu sous le nom de Tire-au-flanc. »

Le visage de Japhy se plissa en un rire de petit garçon dont il avait le secret — une mimique de petit Chinois, qui creusait ses pattes d'oie de part et d'autre des yeux et fendait sa longue bouche en un large sourire. Parfois il était ravi de mes reparties.

Tout le monde aimait Japhy. Les filles, comme Polly, Princesse et même des femmes mariées comme Christine étaient folles de lui et jalousaient secrètement sa favorite, Psyché. Celle-ci était venue pour le deuxième week-end. C'était une fille ravissante, en blue-jeans et chandail noir à col roulé, avec un petit col blanc par-dessus. Elle avait un corps tendre et un visage à l'avenant. Japhy m'avait confié qu'il en était quelque peu amoureux et que, pour en faire sa maîtresse, il lui avait fallu commencer par l'enivrer ; mais une fois qu'elle avait bu, elle perdait la tête. Le jour de sa visite, Japhy prépara une bonne ratatouille pour nous trois, dans la cabane, et emprunta la guimbarde de Sean pour faire une grande excursion de cent cinquante kilomètres au bord de la mer, jusqu'à une plage isolée. Nous pêchâmes des moules dans les rochers pour les fumer au-dessus d'un feu recouvert par un lit d'algues marines. Le repas comprenait aussi du vin et du fromage. Mais Psyché passa toute la journée couchée sur le ventre, sans ôter ses blue-jeans ni son sweater et sans rien dire. Une fois seulement elle leva le regard de ses petits yeux bleus et remarqua : « Smith, tu n'es qu'une bouche : tu es toujours occupé à boire ou à manger.

— Je suis le Bouddha qui remplit le Vide... stomacal.

— Elle est charmante, commenta Japhy.

— Psyché, dis-je, ce monde n'est qu'un film où figure tout ce qui se passe — tout est filmé sur la même bande qui n'appartient à personne — et tout est fait de cette même pellicule.

— Bla, bla, bla », fit-elle.

Nous courûmes un peu sur le sable, Japhy et Psyché devant, moi derrière, tout seul, sifflant *Stella* de Stan Getz. Je croisai deux très jolies filles avec leurs flirts. L'une d'elles se tourna vers moi et me cria : « *Swing.* » Il y avait sur cette plage des grottes ; Japhy y avait organisé parfois de grandes réunions où tout le monde dansait nu devant un feu de joie.

Les jours de semaine, entre deux week-ends, Japhy et moi faisions le ménage dans notre cahute, comme deux clochards de paille balayant un petit temple. Il me restait quelque argent de la bourse allouée l'année précédente. Je pris l'un de mes derniers *traveller's checks* pour aller au supermarché de la grand-route acheter de la farine, du gruau, du sucre, de la mélasse, du miel, du sel, du poivre, des oignons, du riz, du lait en poudre, du pain, des haricots de diverses sortes, des carottes, des choux, de la laitue, du café, de grandes allumettes de bois pour allumer le feu. Je rentrai à la cabane en titubant sous le poids de mes emplettes (j'avais acheté, en outre, un magnum de porto). Le petit garde-manger de Japhy, si net, fut aussitôt surchargé par toutes ces provisions. « Qu'est-ce qu'on va faire de tout ça ? Il nous faudra nourrir tous les bhikkhus pour en venir à bout. »

Et en effet, nous eûmes bientôt chez nous plus de bhikkhus que nous ne pouvions en satisfaire. Ce pauvre vieil ivrogne de Joe Mahoney, un de mes amis de l'année précédente, vint passer trois jours chez nous et dormit presque sans désemparer pendant tout ce temps, pour se remettre d'une nouvelle aventure à North Beach et *The Place*. Je lui apportais son petit déjeuner au lit. Pendant les week-ends, nous étions parfois douze dans la cabane, discutant et jasant. Je prenais de la farine de maïs, la mélangeais à des oignons hachés, et avec du sel et de l'eau je confectionnais une pâte à beignets que je faisais frire ensuite dans l'huile ce qui me permettait de servir à toute la bande de délicieux gâteaux tout chauds avec le thé. Dans le *Livre chinois des Changements*, j'avais tiré au sort, l'année précédente, le verset qui m'indiquerait ma destinée et j'avais pu lire : « Tu nourriras ton prochain. » En fait, je ne quittai plus le fourneau.

« Savez-vous pourquoi les arbres et les montagnes que vous voyez d'ici sont réelles et non pas magiques ? demandai-je un jour à mes amis.

— Pourquoi ?

— Parce qu'elles sont réelles et non pas magiques.

— Eh bien ?

— Pourquoi ne sont-elles pas du tout réelles mais seulement magiques ?

— Oh! ça va.

— Parce qu'elles ne sont pas du tout réelles mais seulement magiques.

— Nom de Dieu, est-ce l'un ou l'autre ?

— Pourquoi demandes-tu, nom de Dieu, si c'est l'un ou l'autre ? criai-je.

— Et alors ?

— Parce que tu demandes, nom de Dieu, si c'est l'un ou l'autre.

— Zut, fourre-toi la tête dans ton sac de couchage et apporte-moi une bonne tasse de café chaud.

J'étais toujours en train de faire infuser du café sur le poêle.

— Basta, cria Warren Coughlin, tu vas faire verser la charrette.

Un après-midi, j'étais assis dans l'herbe avec quelques enfants, et ils me demandèrent : « Pourquoi est-ce que le ciel est bleu ?

— Parce que le ciel est bleu.

— Je veux savoir *pourquoi* il est bleu.

— Le ciel est bleu parce que tu veux savoir pourquoi il est bleu.

— C'est toi qui n'y vois que du bleu », me dirent-ils.

Il y avait aussi quelques gamins qui venaient jeter des pierres sur notre toit, croyant la cabane abandonnée. Au temps où Japhy et moi avions pris en pension un petit chat noir, vif comme l'éclair, les gosses voulurent fureter dans notre logis. Mais au moment où ils allaient ouvrir la porte, je poussai le battant, tenant le chat noir dans mes bras et dis à voix basse : « Je suis le fantôme. » Ils me regardèrent bouche bée, convaincus de ce que je disais, poussèrent un « Aïe » affolé et détalèrent. Un instant plus tard, ils étaient à l'autre bout de la colline. Ils ne revinrent jamais plus jeter des pierres sur notre toit, persuadés que j'étais une sorte de sorcier.

26

Il avait été projeté d'organiser un grand raout d'adieu, quelques jours avant le départ de Japhy pour le Japon. (Il s'embarquerait sur un cargo japonais.) La fête devait être la plus mémorable de tous les temps et s'étendre du living-room-discothèque à la cour, puis à la cabane et sur toute la colline. Japhy et moi avions eu notre bonne dose de réjouissances de ce genre et la perspective d'assister à celle-là ne nous enchantait pas outre mesure. Mais tout le monde avait pris ses dispositions pour venir : toutes les filles, y compris Psyché, et le poète Cacœthes, Coughlin, Alvah et Princesse ainsi que son nouvel amour, et même Arthur Wane, le directeur de l'Association bouddhiste avec sa femme et ses fils. Il y aurait aussi le père de Japhy, Bud, bien entendu, et divers couples plus ou moins connus de nous qui allaient rappliquer de partout avec du vin, des provisions et des guitares. Japhy me confia : « J'en ai assez de toutes ces soirées ; pourquoi ne pas partir, toi et moi, juste après, sur les routes du comté de Marin, pendant quelques jours? Nous pourrions prendre nos sacs et aller à Potrero Meadows ou à Laurel Dell.

— D'accord. »

Entre-temps, la sœur de Japhy, Rhoda, fit irruption, un soir, avec son fiancé. Elle devait se marier dans la maison de son père, à Mill Valley, où aurait lieu une grande réception avec tout le tralala. Japhy et moi étions assis devant la cabane, par un après-midi somnolent, lorsqu'elle apparut tout à coup, devant la porte, mince, blonde, jolie, accompagnée de son fiancé — un Chicagoan élégant et fort bel homme. « Hou! » hurla Japhy en se jetant passionnément dans ses bras. Elle lui rendit impétueusement son baiser. Leur conversation était extraordinaire. « Est-ce que ton fiancé sait vraiment bien baiser?

— Tu parles! Je l'ai choisi avec soin, espèce de vieux sauteur de filles.

— Si tu t'es trompée, tu n'as qu'à m'appeler. »

Puis, pour se faire valoir, Japhy alluma un grand feu et dit : « Voilà comment nous opérons, nous autres, dans le Grand Nord. » Puis il arrosa le feu de pétrole et s'écarta précipitamment, avec l'air d'un petit garçon malicieux. *Boum!* Une formidable explosion se produisit dans le poêle. J'en sentis le choc à l'autre bout de la pièce. Japhy avait presque fait sauter la baraque, cette fois. Puis il demanda au pauvre fiancé s'il connaissait une bonne position pour la nuit de noces. Le malheureux venait de terminer son service militaire en Birmanie et tentait de raconter son voyage, mais il ne put placer un mot. Japhy était fou furieux de jalousie. Il fut invité à la réception.

« Pourrai-je y aller tout nu ? demanda-t-il.

— Comme vous voulez, mais venez.

— Je vois ça d'ici, le bol de punch, les dames en chapeau de campagne, les orgues « haute-fidélité » répandant de la musique d'orgeat enregistrée, et tout le monde s'essuyant les yeux « parce que la mariée est si belle ». Pourquoi veux-tu te laisser enliser dans la classe moyenne, Rhoda ?

— Je m'en moque. Je veux commencer à vivre. » Son fiancé avait un tas d'argent. C'était un garçon sympathique et je le plaignais de se forcer à sourire en l'occurrence.

Quand ils partirent, Japhy affirma :

« Elle ne restera pas avec lui plus de six mois. Rhoda est complètement folle. Elle ferait mieux de mettre des blue-jeans pour courir les routes plutôt que d'avoir pignon sur rue à Chicago.

— Tu en es amoureux, hein ?

— Pour sûr. Je ferais mieux de l'épouser moi-même.

— Mais c'est ta sœur.

— Je m'en fous. Elle a besoin d'un homme qui soit un homme, comme moi. Tu ne sais pas à quel point elle est folle. Toi, tu n'as pas été élevé avec elle dans les bois. » Rhoda était vraiment gentille et je souhaitais qu'elle ne nous eût pas présenté son fiancé. Dans tout ce remue-ménage de femmes, je n'en avais pas encore une qui m'appartînt en propre. Non point que j'eusse tenté d'en conquérir, mais, par moments, je me sentais un peu seul en voyant les autres s'accoupler et se donner du bon temps tandis que je me roulais en boule dans mon sac de couchage, soupirais et disais : « Bah! » Il ne me restait que le vin rouge et le coin du feu.

Mais à cette époque, je trouvai un corbeau mort dans la réserve des daims et pensai : « Voilà un spectacle édifiant pour un être humain doué de raison : la mort vient du sexe. » J'écartai donc une fois encore les tentations sexuelles. Aussi longtemps que le soleil se lèverait, se coucherait et se lèverait encore, je me tiendrais pour satisfait. Je pratiquerais la bonté et resterais solitaire, je ne chercherais pas midi à quatorze heures, je me reposerais et serais bon. « La compassion est l'étoile qui doit te guider, a dit Bouddha. Ne discute ni avec les puissants ni avec les femmes. Demande l'aumône. Sois humble. » J'écrivis un joli poème à l'intention de nos invités.

Sur vos paupières
Il n'est que guerres.
La soie frémit
Dedans vos yeux.
Les Saints ont fui
Vers d'autres lieux.

Je me tenais vraiment pour une sorte de saint dément. Et je ne cessai de me dire : « Ray, ne cherche ni l'alcool ni l'ivresse que procurent les femmes et les mots. Reste dans ta cabane et jouis des rapports naturels qui se nouent entre les choses telles qu'elles sont. » Mais il était difficile de s'en tenir à cette règle avec le va-et-vient qui avait lieu sur la colline pendant les week-ends et même souvent pendant la nuit, dans la semaine. Une fois, une jolie brune consentit à me suivre au sommet de la colline et nous étions déjà tous deux, dans le noir, sur la natte qui me servait de matelas pendant le jour, quand, soudain, la porte s'ouvrit toute grande et je vis entrer Sean accompagné de Joe Mahoney, riant et dansant tous deux, avec l'intention délibérée de me mettre hors de mes gonds... Peut-être croyaient-ils sincèrement à mes efforts d'ascétisme et voulaient-ils jouer les anges gardiens survenant à la onzième heure pour chasser le démon femelle. Ils y parvinrent, bien entendu. Parfois quand j'étais réellement ivre et en pleine euphorie, assis en tailleur, au plus fort d'une soirée déchaînée, je voyais sous mes paupières closes le vide sacré de la neige ; en ouvrant les yeux, je retrouvais autour de moi tous mes fidèles amis, assis, dans l'attente de mes explications, et personne ne s'étonna jamais de mon attitude, au demeurant fort naturelle pour des bouddhistes. Ils étaient également satisfaits lorsque j'ouvrais les yeux pour m'expliquer ou lorsque je gardais le silence. Pendant toute cette période, je ressentais, en fait, le besoin pressant de clore les paupières lorsque je n'étais pas seul.

Je crois que les filles en étaient terrifiées : « Pourquoi est-il toujours assis, les yeux fermés ? » demandaient-elles.

La petite Prajna, la fille de Sean, âgée de deux ans, s'approchait de moi et frôlait du doigt mes paupières closes en disant : « Bouba, hep! » Parfois je l'emmenais avec moi dans quelque promenade magique autour du jardin, tenant sa petite main dans la mienne, plutôt que de jacasser avec les autres dans le living-room.

Quant à Japhy, il était toujours ravi de tout ce que je faisais, sauf lorsque je me rendais coupable de quelque bévue, par exemple, si je faisais fumer la lampe à pétrole pour avoir tiré trop haut la mèche, ou si je négligeais d'affûter convenablement la hache. Sur ces points, il était intraitable. « Il faut que tu apprennes, maugréait-il. Bon Dieu, s'il y a une chose que je ne peux pas supporter c'est de voir que tout n'est pas fait convenablement. » J'étais étonné de voir les plats qu'il pouvait confectionner avec les provisions rangées sur son étagère : toutes sortes d'herbes et de racines séchées, achetées dans le quartier chinois, qu'il faisait bouillir à peine quelques minutes et qu'il assaisonnait de sauce au soja. Après avoir mélangé le tout, il servait sa ratatouille sur un petit monticule de riz fraîchement préparé et les baguettes entraient en danse. Je me régalais. Nous étions assis, enveloppés par le grondement du vent dans les arbres, à l'heure du crépuscule ; par la fenêtre ouverte, le froid pénétrait et nous dévorions, miam miam, ces exquis dîners chinois. Japhy n'avait pas son pareil pour manier les baguettes. Parfois je lavais la vaisselle et sortais pour méditer, sur ma natte, au pied des eucalyptus. Par la fenêtre, je voyais le halo roux de la lampe à pétrole devant laquelle Japhy s'asseyait pour lire, en se curant les dents. Parfois il apparaissait sur le seuil et criait : « Hello! » Je ne répondais pas tout de suite et l'entendais bougonner : « Où diable est-il? » tandis qu'il essayait de voir à travers l'obscurité où pouvait bien se nicher son bhikkhu. Une nuit, j'étais donc assis, en train de méditer, quand j'entendis un grand craquement, à ma droite; je levai les yeux et vis un daim, venu probablement en pèlerinage sur les lieux de son ancien terrain de pâture, pour mâchonner quelques herbes sèches dans les buissons. De l'autre côté de la vallée monta le « hi han » désolant d'une mule, comme un ioulement dans le vent, comme la fanfare d'une trompette embouchée par un ange étrangement triste, comme une sonnerie d'alarme destinée à rappeler aux hommes occupés à digérer leurs dîners, chez eux, que tout n'était pas aussi parfait qu'ils le pensaient. Et pourtant, ce n'était qu'un cri d'amour lancé vers une autre mule. Oui, mais...

Une nuit, j'étais en train de méditer, si parfaitement immobile que deux moustiques se posèrent sur chacune de mes pommettes et y restèrent un long moment sans me piquer.

27

Quelques jours avant la grande soirée d'adieux organisée en l'honneur de Japhy, celui-ci eut une violente discussion avec moi. Nous étions descendus à San Francisco pour déposer sa bicyclette chez l'affréteur, sur le quai, puis nous déambulâmes jusqu'aux bas-quartiers, sous une pluie fine et pénétrante, dans l'intention de nous faire couper les cheveux à bon compte, dans les salons de l'école de coiffure et aussi pour fouiller dans les rayons du magasin de l'Armée du Salut ou de la Coopérative, en quête de sous-vêtements et autres frusques. Comme nous pénétrions dans les petites rues brumeuses et animées (« Ça me rappelle Seattle », cria Japhy), je ressentis le besoin urgent de prendre une cuite et de me mettre de bonne humeur. J'achetai une bouteille de porto rouge, la débouchai et entraînai Japhy jusqu'à une impasse où nous bûmes au goulot.

« Tu ferais mieux de ne pas trop lever le coude, dit-il. Tu sais qu'il nous faut aller à Berkeley écouter une conférence au Centre bouddhiste.

— Ouais, j'veux pas aller à c'truc, j'veux juste continuer à boire dans des impasses comme celle-ci.

— Mais, on t'attend. C'est là que j'ai lu tes poèmes, l'an dernier.

— M'en fiche. Regarde le brouillard qui descend sur l'impasse et la couleur de ce porto. Dirait-on pas qu'il te donne envie de chanter dans le vent ?

— Non. Je ne crois pas. Tu sais, Ray, Cacœthes dit que tu bois trop.

— Lui, il a un ulcère. Et tu sais pourquoi il a un ulcère ? Parce qu'il a trop bu. Est-ce que j'ai un ulcère, moi ? Jamais de la vie. Je bois pour mon plaisir. Si tu n'aimes pas me voir lever le coude, t'as qu'à aller à ta conférence tout seul. Je t'attendrai chez Coughlin.

— Mais tu vas manquer quelque chose d'intéressant pour un verre de plus ou de moins.

— La sagesse est dans le vin, criai-je. Bois un coup.

— Non.

— Eh bien, cul sec ! » Je vidai la bouteille et nous retournâmes dans la Sixième Rue où je m'empressai d'acheter un deuxième flacon dans la même boutique. Je me sentais très bien.

Japhy était triste et déçu. « Comment peux-tu espérer devenir un bon bhikkhu ou même un Boddhisattva Mahasattva, si tu continues à t'enivrer comme ça ?

— As-tu oublié le dernier tableau des *Taureaux ?* La beuverie avec les bouchers ?

— Eh bien, quoi ? Comment peux-tu comprendre ton esprit si ta tête est brouillée, ta langue pâteuse et ton ventre malade ?

— Je ne suis pas malade, je me sens très bien. Je pourrais même m'élever dans le brouillard gris et voler autour de San Francisco comme une mouette. Est-ce que je t'ai jamais raconté que j'ai vécu, ici, dans les bas-quartiers...

— J'ai vécu moi-même dans les bas-quartiers de Seattle. Je connais tout ça. »

Les néons des bars et des boutiques brillaient dans l'opacité grise de l'après-midi pluvieux. Je me sentais en pleine forme. Après avoir été chez le coiffeur, nous entrâmes dans un magasin de la Coopérative pour fouiller au hasard des rayons, d'où nous tirâmes des chaussettes, des sous-vêtements, des ceintures et toutes sortes d'horreurs que nous achetâmes pour quelques sous. J'avais attaché la bouteille à ma ceinture et continuais à boire subrepticement au goulot, ce qui déplaisait fort à Japhy. Puis nous reprîmes la guimbarde pour aller à Berkeley, traversâmes le pont sous la pluie et atteignîmes Oakland, puis la ville basse, où Japhy voulait acheter des blue-jeans d'occasion pour moi. (C'était en partie le but de la course.) Je continuai à lui offrir du vin et il se dérida assez pour boire un coup lui aussi. Il me montra le poème qu'il avait écrit pendant que le coiffeur me coupait les cheveux :

A l'école de coiffure
Smith ferme les yeux
pour ne pas voir
ce qui en résultera.
Cinquante cents.
L'apprenti barbier
a la peau olivâtre
Un nom sur sa blouse :
« Garcia. »
Deux petits garçons blonds
— celui-ci a de grandes oreilles
et l'air effrayé —
regardent de loin.
Dis-lui :
« Tu es laid,
mon petit gars,
avec tes grandes oreilles. »
Il va pleurer,
et ce ne sera
peut-être qu'un mensonge.
— Celui-là, au visage
mince, sérieux, concentré,
me regarde.
Ses blue-jeans sont
étroits
et ses souliers
usés.
La puberté
le tourmente
et il me regarde.
Ray et moi,
porto, pluie,
Mai.

— Tu vois, dis-je, tu n'aurais jamais écrit ce poème si le vin ne t'avait pas inspiré.

— Je l'aurais écrit de toute façon. Tu bois trop et tout le temps. Je ne vois pas comment tu parviendras à l'illumination ni comment tu pourras tenir le coup dans la montagne. Tu seras toujours en train de descendre pour dépenser en vin l'argent destiné à tes repas. Après quoi tu finiras par tomber raide dans la rue, sous la pluie, et l'on t'enverra promener ; après ça, il te faudra renaître encore une fois, sous l'aspect d'un cabaretier enchaîné à son tiroir-caisse. Ce sera ton karma. » Il était vraiment triste en y pensant et se tourmentait à mon sujet. Mais je continuai tout simplement à boire.

Quand nous atteignîmes le chalet d'Alvah, il était temps d'aller à la conférence du Centre bouddhiste. Je dis : « Je vais m'installer ici et prendre une cuite en t'attendant.

— Okay, répondit Japhy, sombrement, ta vie est à toi. »

Il s'absenta pendant deux heures. Je me sentis très triste et bus beaucoup trop, après quoi je me sentis malade. Mais je ne voulus pas me déclarer battu et continuai, pour prouver quelque chose à Japhy. Soudain, il surgit de l'obscurité, soûl comme une bourrique, lui-même, en criant : « Tu ne sais pas ce qui est arrivé, Ray ? Je suis allé au Centre bouddhiste et tout le monde buvait du saké dans des tasses à thé. Nous avons tous pris une cuite. Ces saints japonais sont complète-

ment cinglés. C'est toi qui avais raison. Tout est toujours du pareil au même. Nous avons bu comme des trous en parlant du prajna. C'était formidable. »
Après quoi, Japhy et moi ne nous disputâmes plus jamais.

28

La grande soirée vint enfin. Je pouvais presque entendre le tohu-bohu des préparatifs, du haut de la colline et me sentais très déprimé. « Oh! mon Dieu, la sociabilité n'est qu'un large sourire, et un sourire n'est que dents, je voudrais pouvoir rester ici, et me reposer et pratiquer la bonté. » Mais quelqu'un m'apporta du vin et cela me mit en train.

Cette nuit-là, le vin coula à flots sur les flancs de la colline. Sean avait construit un grand bûcher dans la cour, pour le feu de joie ; la nuit de mai était claire et étoilée, chaude, agréable ; tout le monde était là. Les invités se divisèrent comme toujours en trois groupes. Je passai la plus grande partie du temps dans le living-room à écouter des enregistrements de Cal Tjader sur l'électrophone « hi-fi ». Il y avait beaucoup de danseuses. Bud et moi, puis Sean et même parfois Alvah, avec son nouveau pote, George, battions le tambour sur des casseroles.

Dans la cour, le spectacle était plus calme. Des quantités de gens étaient assis dans la lueur du feu, sur de grosses bûches que Sean avait disposées là. Sur les tréteaux, s'étalait un repas digne d'un roi et de ses courtisans affamés. Devant les flammes, loin du tambourinage qui faisait vibrer le living-room, Cacœthes discutait de poésie avec les intellectuels du cru, dans le style qui lui était propre :

« Marshall Dashiell est trop occupé à cultiver sa barbe et à se propulser en Mercedes Benz dans les cocktails de Chevy Chase ou dans le cul de Cléopâtre ; O. O. Dowler se fait balader en limousine dans les propriétés des rupins de Long Island et il passe l'été à glousser sur la place Saint-Marc ; quant au Très Sale Merdeux, il porte gilet et chapeau melon et parvient malheureusement à jouer les dandys à Savile Row ; Manuel Drubbing joue à pile ou face, pour savoir qui se cassera la gueule dans les revues littéraires. D'Omar Tott, je n'ai rien à dire. Albert Law Livingston passe son temps à signer des copies autographes de ses romans et à échanger des cartes de Noël avec Sarah Vaughan ; Ariadne Jones a des ennuis avec la société Ford ; Leontine McGee affirme qu'elle est vieille... qui reste-t-il ?

— Ronald Firbank, dit Coughlin.

— Je crois que les seuls poètes américains, hormis ceux qui se trouvent rassemblés ici, sont Doc Musial et Dee Sampson : le premier doit être en train de grommeler derrière les rideaux de son living-room, en ce moment, et le second a trop d'argent. Reste ce bon vieux Japhy qui s'en va au Japon maintenant ; je citerai pour mémoire notre gémissant ami Goldbook, et M. Coughlin à la langue acérée. Nom de Dieu, je suis le seul qui vaille quelque chose, dans ce pays. Au moins j'ai un solide passé d'anarchiste. J'ai de la glace sur le front, des bottes aux pieds et la protestation à la bouche. Il caressa sa moustache.

— Et Smith ?

— On ne peut en dire qu'une seule chose : c'est un Boddhisattva de la pire espèce. » Et il ajouta, en aparté, avec un ricanement : « L'est rrrond tout l'temps. »

Henry Morley vint aussi, cette nuit-là, mais il ne s'attarda pas et se comporta de façon très étrange : il s'assit par terre, s'absorba dans la lecture des bandes dessinées publiées par un journal illustré appelé *Mad*, puis étudia consciencieusement un autre illustré nouvellement paru, sous le nom de *Hip*, après quoi il prit congé non sans avoir commenté : « Les saucisses sont trop minces. Est-ce un signe des temps, ou bien dépèce-t-on désormais à Chicago les Mexicains errants, à votre avis ? » Personne ne lui adressa la parole, sauf Japhy et moi. Je regrettai de le voir partir si vite ; il était insaisissable comme un fantôme, à son habitude. J'avais pourtant remarqué qu'il étrennait un nouveau complet pour l'occasion. Mais il avait déjà disparu.

Pendant ce temps, au sommet de la colline, les

étoiles se balançaient dans les arbres, des couples se pelotaient ou buvaient dans l'ombre, au son des guitares, d'autres formaient de petits groupes dans notre cabane. C'était une nuit formidable. Le père de Japhy arriva enfin, après son travail. Il était aussi trapu que Japhy, à peine un peu chauve mais excentrique et énergique comme son fils. Il commença aussitôt à danser des mambos effrénés avec les filles, tandis que je marquais le rythme sur une casserole, avec ardeur, en criant : « Al-lez, al-lez. » On n'avait jamais vu danseur plus endiablé, il se renversait en arrière au point de tomber presque à la renverse, jouait des reins avec ses partenaires, suait, se démenait, riait, c'était bien le père le plus fou que j'eusse jamais vu. Quelques jours plus tôt, il avait fait scandale lors du mariage de sa fille en surgissant à quatre pattes au milieu de la pelouse, enveloppé dans une peau de tigre, pour aboyer aux chevilles des femmes. Il avait empoigné, ce soir-là, une certaine Jane, une amazone d'un mètre quatre-vingts et la faisait tourbillonner avec tant d'énergie qu'il démolit presque la bibliothèque. Japhy allait de groupe en groupe, une carafe de vin à la main, le visage radieux. Un moment, les amateurs de feu de camp se joignirent au clan de la bibliothèque et Japhy dansa frénétiquement avec Psyché, puis Sean s'empara de la jeune femme et la fit tourbillonner à la ronde jusqu'à ce qu'elle feignît de s'évanouir pour venir s'effondrer juste entre Bud et moi, toujours occupés à tambouriner, sur le plancher (nous n'avions de filles ni lui ni moi, et demeurions en dehors de toute cette agitation). Psyché s'étendit sur nos genoux, où elle dormit un moment. Nous continuâmes à tirer sur nos pipes comme si de rien n'était, sans cesser de battre la caisse. Polly Whitmore aidait Christine à la cuisine et nous servit même de délicieux gâteaux de sa fabrication. Je voyais bien qu'elle se sentait seule parce que Psyché accaparait Japhy. J'allai la prendre par la taille mais elle me regarda avec tant d'effroi que je ne poursuivis pas ma tentative. Princesse était là avec son nouvel ami et faisait, elle aussi, des mines dans un coin.

Je dis à Japhy : « Qu'est-ce que tu vas faire de toutes ces amoureuses transies ? Passe-m'en une.

— Prends celle que tu veux, je suis neutre, ce soir. »

J'allai écouter les dernières critiques de Cacœthes devant le feu. Arthur Wane était assis sur une bûche, bien habillé, avec cravate et complet-veston ; j'allais lui demander : « Qu'est-ce que le bouddhisme ? Illusion fantastique, magie d'une illumination, jeu, rêves — ou même pas ?

— Non, pour moi, le bouddhisme sert à connaître le plus de gens possible. » Et le voilà parti de groupe en groupe, affable, serrant des mains, bavardant avec tout un chacun, comme dans un cocktail. A l'intérieur de la maison, la soirée devenait de plus en plus agitée. Je commençai à danser avec la jeune géante, moi aussi. Elle était absolument enragée. J'essayai de l'entraîner vers la colline, avec une carafe de vin mais son mari était là. Un peu plus tard, un Noir en transses commença à jouer des bongos en battant le tambour avec ses poings et ses mains sur sa tête, ses joues, sa bouche, sa poitrine, tirant de son propre corps un rythme profond, violent, sonore. Tout le monde était dans l'admiration et déclara qu'il devait être, pour le moins, Boddhisattva.

Des gens de toutes sortes continuaient à arriver de la ville, où la nouvelle de la soirée se répandait de bar en bar. En regardant autour de moi, je vis Alvah et George se promener tout nus.

« Qu'est-ce que vous faites ?

— Nous avons décidé d'ôter nos vêtements. »

Nul ne semblait s'en soucier. Je vis même Cacœthes et l'élégant Arthur Wane s'entretenir courtoisement, devant le feu, avec les deux nudistes, et discuter sérieusement, devant ce couple de fous, de graves problèmes internationaux. Finalement Japhy se déshabilla, lui aussi, et continua à promener sa carafe de vin à la ronde. Chaque fois qu'une de ses filles le regardait, il poussait un profond rugissement et sautait sur elle, de sorte qu'elle s'enfuyait en piaillant. C'était de la folie pure. Je me demandais ce qui se passerait si les flics de Corte Madera apprenaient ce qui se passait et fonçaient vers nous dans leurs voitures, toutes sirènes hurlantes. Le feu illuminait toute la cour et n'importe qui, sur la route, pouvait nous voir distinctement. Pourtant, cela ne paraissait pas étrange de contempler quelques hommes nus, autour du feu, devant la table bien garnie, sur ses tréteaux, tandis que résonnaient les guitares au pied des arbres ondoyants.

Je demandai au père de Japhy ce qu'il pensait de l'apparition de son fils en tenue d'Adam.

« Je m'en moque ; pour ce qui est de moi, Japhy peut bien faire ce qu'il veut. Dites, où est donc cette grande fille qui dansait avec moi ? » C'était un céleste père clochard, dans toute sa splendeur. Il avait eu la vie dure, lui aussi, dans sa jeunesse, pour élever toute sa famille, au milieu des bois de l'Oregon. Il avait construit lui-même la cabane qui servait de foyer aux siens ; les rigueurs de l'hiver, la difficulté de faire pousser des récoltes sur une terre inhospitalière lui avaient causé bien des soucis. Maintenant c'était un entrepreneur de peintures, fort aisé, et il s'était bâti l'une des plus jolies maisons de Mill Valley. Il s'occupait scrupuleusement de sa sœur. La mère de Japhy habitait, seule, une sorte de pension de famille, là-bas, dans le Nord. Japhy pourvoirait à ses besoins, après être rentré du Japon. Je n'avais vu qu'une seule lettre d'elle. Japhy disait que ses parents s'étaient séparés pour des raisons très légitimes et qu'il prendrait soin de sa mère lorsqu'il aurait quitté son monastère japonais. Il n'aimait pas en parler. Le père, naturellement, ne faisait jamais allusion à elle, mais j'aimais ce vieil homme, sa manière de danser — tout suant et en transes — la façon dont il admettait toutes les excentricités qu'il avait sous les yeux, son désir de laisser chacun faire ce qui lui plaisait... Il s'en alla vers minuit, sous un bombardement de fleurs et dansa jusqu'à sa voiture, garée au bord de la route.

Al Lark était un autre de ces gars sympathiques qui assistaient à la soirée. Il s'était contenté de rester à demi étendu, en grattant sa guitare dont il tirait des blues lents et fascinants ou des airs flamencos, les yeux perdus dans le vide. Après la fête, vers trois heures du matin, lui et sa femme s'endormirent dans leurs sacs de couchage, au beau milieu de la cour, et je les entendis discuter dans l'herbe : « Dansons, disait-elle. — Non, il est temps de dormir », répondait-il.

Psyché et Japhy étaient fâchés l'un avec l'autre cette nuit-là, et elle refusa de l'accompagner sur la colline, pour faire honneur aux draps propres qu'il avait préparés. Elle s'en alla, à pas lourds. Je vis Japhy remonter la pente, tout seul, complètement ivre, et prenant congé de tous avec de grands gestes. La soirée était terminée.

J'accompagnai Psyché jusqu'à sa voiture, et dis : « Reviens donc. Pourquoi rendre Japhy malheureux, le soir de ses adieux ?

— Il a été méchant avec moi. Qu'il aille au diable.

— Allons, viens ; personne ne te mangera, là-haut.

— Je m'en moque, je rentre en ville.

— Ce n'est pas gentil. Japhy m'a dit qu'il t'aimait.

— Je n'en crois pas un mot. »

« C'est la vie », pensai-je en remontant la côte, balançant une carafe de vin au bout de mon index. J'entendis Psyché qui essayait de faire démarrer sa voiture sur le chemin en pente et de faire demi-tour en marche arrière. Mais la petite route était étroite et la conductrice tomba dans le fossé, de sorte qu'elle dut dormir chez Christine, sur le plancher, de toute façon. Pendant ce temps, Bud, Coughlin, Alvah et George s'étaient étendus par terre dans la cabane, enroulés dans leurs couvertures ou enfouis dans des sacs de couchage. Je déployai le mien sur l'herbe tendre et me sentis plus heureux que n'importe lequel d'entre eux. Ainsi la fête était finie, les cris s'étaient éteints et nul n'en était plus avancé. Je me mis à chanter dans la nuit, en dégustant avec plaisir le vin de la carafe. La lumière des étoiles était éblouissante.

« Un moustique aussi gros que le mont Sumeru est beaucoup plus gros que tu ne penses », me cria Coughlin en m'entendant chanter, de l'intérieur de la cabane.

Je hurlai à son adresse : « Un sabot de cheval est beaucoup plus délicat qu'il ne semble. »

Alvah sortit en courant, enveloppé dans ses longs sous-vêtements et dansa dans l'herbe en récitant des poèmes interminables. Finalement, Bud se leva aussi et nous expliqua en toute franchise l'état de sa pensée. Ce fut une sorte de nouvelle soirée. « Allons voir combien il reste de filles en bas. »

Je dégringolai la colline et tentai de convaincre

à nouveau Psyché, mais elle était sonnée comme un boxeur, sur le sol. Les braises du feu de camp étaient encore rouges et réchauffaient l'air, alentour. Sean ronflait dans la chambre de sa femme. Je pris un peu de pain sur la table, fis une tartine de fromage blanc et la dévorai, arrosée de vin. J'étais tout seul devant le feu et l'aube faisait grisailler le ciel, à l'est. « Mon gars, tu es ivre », pensai-je, puis je me mis à hurler : « Debout, debout, la chèvre du jour encorne l'aube. A corne et à cri. Bang. Debout, les filles, les fous, les braves, la canaille et les bourreaux! En avant! » Et tout à coup, je fus pris de la plus profonde pitié pour les humains, où qu'ils fussent, avec leurs pauvres visages, leurs bouches meurtries, leur sentiment de solitude, leurs tristes traits d'esprit, si vides et si vite oubliés, leur souci de personnalité, leurs tentatives de gaieté et leur misérable pétulance. Et tout cela pourquoi? Je savais que le silence est partout. Et que tout, toujours, est silence. Supposons que chacun s'éveille et voit qu'il a cru être ceci ou cela — ceci ou cela existe-t-il? Je titubai jusqu'au sommet de la colline, accueilli par le chant des oiseaux et contemplai tous ces corps endormis, enroulés dans leurs couvertures, sur le sol. Qui étaient tous ces fantômes plongés avec moi dans cette stupide et mesquine aventure terrestre? Qui étais-je? Pauvre Japhy. A huit heures, il se leva et battit le rappel sur sa poêle à frire en chantant le *Gocchami* pour nous convier à déguster ses crêpes.

29

La fête se poursuivit pendant plusieurs jours. Le matin du troisième jour, tous les invités étaient encore étendus par terre lorsque Japhy et moi partîmes à l'anglaise avec nos sacs à dos et quelques provisions choisies. Bientôt nous étions sur la route, dans l'aube orangée d'une belle journée californienne. Celle-ci promettait d'être mémorable. Nous étions de nouveau dans notre élément : sur la route.

Japhy était plein d'entrain : « Bon Dieu, ça fait du bien de fuir le monde et de se replonger dans les bois. Quand je rentrerai du Japon, Ray, et qu'il fera vraiment froid, nous mettrons des caleçons longs et nous partirons à pied sur les routes. Imagine, si tu peux, un océan de montagnes, de l'Alaska au Klamath. Une forêt de pins dense, pour servir d'abri à un bhikkhu ; un lac peuplé de millions d'oies sauvages. *Wouh!* Tu sais ce que signifie *Wouh* en chinois ?

— Non.

— Brouillard. Ces bois du comté de Marin sont fantastiques. Je te montrerai la forêt de Muir, aujourd'hui, mais plus au nord s'étend la vraie côte montagneuse du Pacifique et la terre océane, le futur foyer du Dharma de chair. Sais-tu ce que je vais faire? Je vais composer un nouveau poème, très long, intitulé *Fleuves et Montagnes sans fin.* Je l'écrirai sur un rouleau qui réservera sans cesse des surprises à celui qui le déploiera, de sorte qu'il oubliera au fur et à mesure ce qu'il a lu un peu plus tôt; ce sera comme le cours d'un fleuve ou comme l'une des peintures chinoises sur soie qui montrent deux petits hommes en route dans un paysage sans fin, d'arbres noueux et de montagnes, si hautes qu'elles se confondent avec le brouillard dans le vide supérieur du rouleau de soie. Je mettrai trois mille ans à l'écrire et il sera plein de détails utiles sur la conservation des sols, l'administration de la vallée du Tennessee, l'astronomie, la géologie, les voyages du Hsuan Tsung, la théorie de la peinture chinoise, le reboisement, l'écologie océanique et les chaînes alimentaires.

— Vas-y, mon vieux. » Comme toujours, je peinais derrière lui et quand nous commençâmes à grimper, heureux de sentir le poids de nos sacs sur nos épaules, comme si nous étions des bêtes de bât, qui ne se trouvent à l'aise qu'avec un fardeau sur le dos, j'écoutais le lourd ploum ploum de nos bottes à chaque foulée, sur le sentier, selon le rythme régulier qui nous emportait vers les sommets, lentement, à quinze cents mètres à l'heure. Bientôt ce fut la fin de la route escarpée et nous passâmes auprès de quelques maisons bâties sur les falaises broussailleuses où les chutes d'eau tintaient. Ensuite, il y eut une haute prairie, en pente, pleine de papillons et de foin, couverte de rosée matinale. Dans le creux, nous trouvâmes une petite route de terre qui nous mena, par un nouveau raidillon, en vue de Corte Madera et de Mill Valley, là-bas, dans le lointain. De l'autre côté, on pouvait distinguer jusqu'aux pylônes rouges du pont Golden Gate.

« Demain après-midi, sur la route de Stimson Beach, dit Japhy, tu verras toute la ville de San Francisco, à des kilomètres de distance, au bord de la baie bleue. Ray, nom de Dieu, dans l'une de nos vies futures, nous pourrions créer ici une tribu californienne libre sur ces collines, amener des filles, avoir des douzaines de splendides marmots éclairés, vivre comme des Indiens dans des huttes, manger des baies et des bourgeons.

— Pas de haricots?

— Nous composerons des poèmes Nous aurons des presses pour les imprimer nous-mêmes — Dharma Press and Co — nous poétiserons le tout et vendrons des livres de bombes glacées pour les gogos.

— Le public n'est pas mauvais en soi; il

souffre aussi. Les journaux racontent toujours des histoires de huttes en papier goudronné qui ont brûlé dans le Middle West ; à côté, on voit généralement une photo sur laquelle les parents pleurent leurs trois enfants carbonisés en compagnie du minet. Japhy, ne crois-tu pas que Dieu a créé le monde pour se distraire, parce qu'il s'ennuyait ? Dans ce cas, il serait vraiment un Dieu cruel.

— Qui appelles-tu Dieu ?

— Tathagata, si tu veux.

— Les Sutras disent que Dieu ou Tathagata n'a pas tiré le monde de son sein, mais qu'il a surgi de l'ignorance des êtres vivants.

— Mais il a créé les êtres vivants et leur ignorance. Tout cela est trop pitoyable. Je n'aurai pas de repos avant d'avoir compris *pourquoi*, Japhy, *pourquoi*.

— Ne trouble pas l'essence de ton esprit. Rappelle-toi que dans l'essence de l'esprit de Tathagata, il n'y a pas de question, et que les pourquoi eux-mêmes n'ont pas de sens.

— Donc, rien n'arrive réellement. »

Il me jeta un bâton dans les jambes.

« Tu ne m'as donc pas jeté vraiment ce bâton, dis-je.

— Je ne sais vraiment pas, Ray, mais j'apprécie la tristesse que t'inspire le monde. Pense à cette fête d'adieu, l'autre soir. Tout le monde voulait se donner du bon temps et chacun a fait de son mieux. Mais nous nous sommes réveillés le lendemain en nous sentant tristes et solitaires. Que penses-tu de la mort, Ray?

— Je pense que la mort est notre récompense. Lorsque nous mourrons, nous irons droit au ciel du nirvâna et ce sera tout.

— Mais suppose que tu renaisses dans le plus bas enfer et que des démons t'enfournent des boulets rouges dans le gosier.

— La vie *m'a* déjà enfourné son pied de fer dans la bouche mais je ne pense pas que ce soit autre chose qu'un rêve, mijoté par quelque moine hystérique qui ne comprenait pas la paix bouddhiste sous l'arbre de la Révélation, ni la paix du Christ qui se penche au-dessus de ses tortionnaires pour leur pardonner.

— Tu aimes vraiment le Christ, n'est-ce pas?

— Bien sûr. Et après tout, des tas de gens disent qu'il est Maitreya. Le Bouddha a prophétisé qu'il reviendrait après le Sakyamuni; tu sais, Maitreya signifie amour en sanscrit et le Christ n'a parlé que d'amour.

— Ne commence pas à me prêcher le christianisme. Je te vois d'ici baiser le crucifix sur ton lit de mort, comme le vieux Karamazov ou comme notre vieil ami Dwight Goddard qui avait toujours vécu en bouddhiste et s'est reconverti au christianisme juste avant de mourir. Tout cela n'est pas pour moi. Je veux passer des heures à méditer chaque jour, dans un petit temple solitaire, devant la statue voilée de Kwannon, que personne n'est autorisé à contempler en raison de sa puissance. Pour le reste, tu peux y aller !

— Tout cela sera du pareil au même le jour de la grande lessive.

— Tu te souviens de Rol Sturlason, mon vieux copain qui est parti au Japon pour étudier les rochers du Ryoanji. Il a fait la traversée sur un cargo baptisé *Serpent-de-Mer* et en cours de route, il a peint un serpent de mer et des sirènes accrochées à un rocher, tout cela sur le mur du carré. Après quoi, tout l'équipage était à sa dévotion au point que les hommes voulaient se transformer en clochards pour suivre la voie du Dharma sur-le-champ. En ce moment, je suppose qu'il est en train d'escalader le mont Hiei, à Kyoto, à travers les champs de neige de trente centimètres d'épaisseur, loin de toute piste, en plein dans les buissons de bambous et parmi les pins torturés, comme sur les anciens dessins au pinceau. Sur une pente escarpée, les pieds mouillés et l'estomac creux, voilà de l'alpinisme.

— Et comment seras-tu habillé, dans ton monastère ?

— Oh ! tout le tralala ! De longues machines noires, très amples, avec des manches flottantes, dans le style ancien de la dynastie T'ang, garnies de plis baroques ; on se sent très oriental, là-dedans.

— D'après Alvah, tandis que des gars comme nous cherchent à se sentir très Orientaux et à porter des robes, les vrais Orientaux lisent les œuvres de Darwin ou celles des surréalistes et n'aiment rien tant que le complet-veston de l'homme d'affaires occidental.

— L'Occident et l'Orient se rencontreront de toute façon. Pense à la grande révolution qui aura lieu lorsque l'Orient retrouvera finalement l'Occident. Des gars comme nous peuvent donner le branle. Pense aux millions de gars, dans le monde entier, qui errent à travers la campagne, sac au dos, à pied ou en auto-stop, pour répandre la Bonne Parole.

— Cela me fait penser aux premiers jours des croisades, lorsque Gaultier-sans-Avoir et Pierre l'Ermite conduisaient leurs hordes de gueux dévôts vers la Terre sainte.

— Ouais, mais ce n'était que du triste obscurantisme européen. Je veux que mes clochards célestes aient du printemps plein le cœur — avec des fleurs comme des filles et des petits oiseaux en train de fienter sur les chats étonnés qui pensaient les manger un instant plus tôt.

— A quoi penses-tu?

— Je composais un poème dans ma tête, en grimpant vers le Tamalpais. Regarde : en haut, juste devant toi, c'est la plus belle montagne que tu verras jamais, admire sa forme ; j'adore vraiment le Tamalpais. Cette nuit, nous dormirons derrière, après en avoir fait le tour. Nous n'y arriverons pas avant le crépuscule. »

Le comté de Marin était beaucoup plus agreste et accueillant que la rude sierra où nous avions campé l'automne précédent. Il n'y avait que des fleurs, des fleurs, partout, avec des arbres, des buissons et des sumacs vénéneux en grand nombre le long du chemin. Au bout de la route de montagne en terre battue, il nous fallut plonger vers une immense forêt de séquoias, en suivant un oléoduc, sous des ramures si denses que le jeune soleil matinal les perçait à grand-peine. Il régnait un froid humide dans les clairières. L'air était imprégné d'une riche odeur de pins et de bûches mouillées. Japhy était très disert, ce matin-là. On eût dit un petit garçon, maintenant qu'il se retrouvait sur la route.

« Le seul inconvénient de ce séjour dans un monastère japonais, c'est que mes Américains, malgré leur intelligence et leurs bonnes intentions, connaissent si mal leurs compatriotes. Ils ne savent pas ce que sont vraiment les Américains qui étudient le bouddhisme. Et puis ils n'entendent rien à la poésie.

— De qui parles-tu?

— Je parle des gens qui m'envoient là-bas et financent toute l'affaire. Ils dépensent un tas d'argent pour construire d'élégants jardins japonais, imprimer des livres, favoriser l'architecture japonaise et pour toute cette merde que personne n'aimera jamais et n'utilisera jamais, sauf quelques riches Américaines divorcées, en croisière au pays du Soleil Levant. Tout ce qu'ils devraient faire c'est construire ou acheter une bonne vieille maison japonaise, avec un potager et de la place pour les chats, afin de pouvoir pratiquer le bouddhisme. Je veux dire, une vraie maison avec de vraies plantes, et pas seulement ce genre de bazar habituel qui plaît au touriste de la classe moyenne, satisfait des apparences. De toute façon, je vais m'en occuper. Mon vieux, je me vois d'ici accroupi sur une natte, le matin, devant une table basse en train de dactylographier un texte sur ma machine portative, avec mon hibachi à proximité pour tenir au chaud un peu d'eau ; tous mes papiers et mes cartes, ma pipe et ma torche électrique soigneusement rangés à l'écart ; et dehors, les pruniers et les pins avec leurs rameaux couverts de neige, au pied du mont Hieizan où la neige s'accumule, parmi les sugi et les hinoki — ce sont les arbres rouges et les cèdres de là-bas. Un petit temple s'efface, à l'écart des pistes rocheuses, en contrebas, où les grenouilles coassent dans de vieux coins moussus et froids ; à l'intérieur, il y a de petites statues et des lampes à beurre suspendues, de vieilles peintures, des lotus d'or, des coffres de laque sculptés et une ancienne odeur d'encens. » Son bateau levait l'ancre, deux jours plus tard. « Mais je suis triste de quitter la Californie, c'est pourquoi je voulais la regarder longuement aujourd'hui, avé toua, Ray. »

Nous remontâmes vers la route à travers les éclaircies de la forêt de séquoias. Il y avait là un chalet de montagne ; de l'autre côté de la route, il fallut plonger de nouveau à travers les buissons jusqu'à une piste que seuls connaissaient probablement une poignée de campeurs. Nous arrivâmes ainsi au bois de Muir. C'est une vaste vallée qui s'étendait jusqu'à des kilomètres, devant nous. Une vieille piste de bûcherons nous conduisit à cinq kilomètres de là, puis Japhy me guida, à flanc de colline, vers une autre route dont nul n'aurait pu soupçonner l'existence. Nous reprîmes notre marche le long de cette nouvelle voie, par monts et par vaux, le long d'un petit ruisseau gargouillant, sur lequel des rondins étaient jetés çà et là ou que traversaient de petits ponts construits, selon Japhy, par des boy-scouts (de simples troncs sciés en deux dans le sens de la longueur, la partie plate servant de chaussée). Puis nous escaladâmes une nouvelle pinède escarpée pour déboucher enfin sur la grand-route. Plus loin, il y avait une colline herbeuse et une sorte de théâtre en plein air, dans le style grec, avec des sièges de pierre, tout autour d'un plateau de pierre nue, destiné à des représentations d'Eschyle et de Sophocle en quatre dimensions. Après avoir bu de l'eau et nous être assis sur les gradins supérieurs, chacun de nous se déchaussa pour contempler à l'aise la tragédie silencieuse. Au loin apparaissait le pont Golden Gate devant la ville toute blanche.

Japhy commença alors à crier, à ululer, à siffler et à chanter de joie. Il n'y avait personne pour l'entendre. « C'est comme ça que tu seras, au sommet du mont Desolation, cet été, Ray.

— Je chanterai à tue-tête pour la première fois de ma vie.

— Si quelqu'un t'entend ce ne pourra être qu'un lapin ou un critique plantigrade. Ray, la région du Skagit où tu passeras la saison est la plus merveilleuse de toute l'Amérique. Il y a une petite rivière qui sinue le long des gorges et plonge dans ses propres étangs déserts. Les montagnes enneigées et mouillées se changent en terres sèches et couvertes de pins. Des vallées comme le Grand Castor et le Petit Castor recèlent l'une des dernières réserves de cèdres rouges qui subsistent encore dans le monde. Je sens encore la nostalgie de mon poste de guet abandonné sur la Crater Mountain, où il n'y a que des vents hurlants et des lapins, bien tapis dans leurs nids fourrés creusés profondément sous les rochers, grignotant, au chaud, des graines et je ne sais quoi de bon. Plus tu te rapproches de la vraie nature, mon vieux, et plus tu comprends que le monde est esprit — air, roc, feu et bois. Tous ces gars qui se croient des matérialistes endurcis et pratiques, mon vieux, n'en connaissent pas un pet. Leurs têtes sont pleines de rêves et de fausses notions. Écoute cette caille. » Il leva la main.

« Je voudrais bien savoir ce qu'ils font tous, chez Sean, en ce moment.

— Ils sont réveillés maintenant et ils recommencent à se gorger de ce sale vin rouge en parlant pour ne rien dire. Ils auraient dû venir avec nous. Ça leur aurait appris quelque chose à tous. » Il ramassa son sac et repartit. Une demi-heure plus tard, nous étions au milieu d'une belle prairie et suivions une piste poudreuse traversée de ruisseaux peu profonds. Finalement, nous atteignîmes le camp de Potrero Meadows administré par le Service national des Forêts. Il y avait un foyer en pierre pour le feu et des tables de pique-nique, mais nous étions seuls. Personne ne viendrait là avant le week-end. A quelques kilomètres, une tour de guet, au sommet du Tamalpais, nous dominait. Nous défîmes nos sacs et passâmes tranquillement l'après-midi à sommeiller au soleil. Japhy courut aussi après les papillons et les oiseaux et prit des notes, tandis que je me promenais seul sur le versant nord, où une lande désolée, très semblable à la sierra, s'étendait vers la mer.

Au crépuscule, Japhy alluma un grand feu et prépara le dîner. Nous étions très fatigués et très heureux. Je n'oublierai jamais la soupe qu'il trempa cette nuit-là. Je n'en ai jamais mangé une pareille depuis que je suis devenu un jeune auteur new-yorkais à la mode, habitué à la cuisine du Chambord et de Henri Cru. Il l'avait confectionnée en jetant deux sachets de soupe aux pois dans une casserole d'eau, avec du bacon frit dans sa propre graisse. Il avait pris la précaution de remuer le mélange pendant l'ébullition. La riche saveur des pois, combinée à celle du bacon fumé et du lard, faisait de cette soupe le breuvage idéal pour une froide soirée devant le feu crépitant. En se promenant aux alentours, Japhy avait aussi trouvé des champignons sauvages appelés vesses-de-loup qui ne sont pas en forme de parapluie mais comme des sortes de boules, à la chair blanche et ferme. Il les avait émincés et frits dans du lard avant de les servir avec du riz pilaf. Ce fut un dîner royal Nous fîmes la vaisselle dans le ruisseau babillard. Le feu de camp ronflait et tenait les moustiques à l'écart. Une lune toute neuve glissait ses rayons à travers les ramures des pins. Nous déroulâmes nos sacs et nous couchâmes tôt, dans l'herbe, perclus de courbatures.

« Eh bien, Ray, dit Japhy, bientôt je serai en mer, loin d'ici, et tu courras les routes le long de la côte, vers Seattle et le Skagit. Je me demande ce qu'il adviendra de nous tous. »

Nous nous endormîmes pour rêver sur ce thème. Au cours de la nuit, je rêvai en effet — plus distinctement que jamais. Je voyais un petit marché chinois surpeuplé, sale et enfumé, encombré de mendiants et de marchands. Il y avait des bêtes de bât, de la boue, des feux de braseros et des tas d'ordures mêlés aux légumes offerts dans des paniers tressés et sales, à même le sol. Soudain, un bohème en loques, un petit bohème chinois, incroyable, brun et couturé, surgit à l'extrémité du marché qu'il surveillait sans se départir de son impassibilité. Il était petit, maigre, avec un visage tanné, rougi par le soleil du désert et des montagnes. Ses vêtements n'étaient que lambeaux cousus ensemble ; il portait un sac de cuir sur son dos et marchait pieds nus. Je n'avais rencontré des gens de sa sorte que rarement et nulle part ailleurs qu'au Mexique, où il existe des mendiants qui vivent probablement dans les grottes de la montagne et envahissent de temps à autre Monterrey. Mais le héros de mon rêve était deux fois plus pauvre, deux fois plus rude que les clochards mexicains. Ce vagabond infiniment mystérieux ne pouvait être que Japhy : il avait sa large bouche, ses yeux pétillants de gaieté, son visage osseux (comme le masque mortuaire de Dostoïevski, avec des arcades sourcilières saillantes et un crâne carré) ; en outre, il était trapu comme Japhy. Je m'éveillai à l'aube en pensant : « Aïe, est-ce *cela* qui va arriver à Japhy ? Peut-être quittera-t-il son monastère pour disparaître et nous n'entendrons plus jamais parler de lui ; il sera comme le fantôme de Han Shan dans les montagnes d'Orient et même les Chinois auront peur de lui tant il sera loqueteux et défait. »

Je racontai mon rêve à Japhy. Il attisait déjà le feu en sifflant. « Ne reste donc pas là, dans ton sac, à tirer ta flemme. Debout, va chercher de l'eau. Ou-la-la-iii-tou ! Ray, je te rapporterai des bâtonnets d'encens du temple de l'eau fraîche à Kiyomizu ; je les mettrai dans un grand encensoir de cuivre et m'inclinerai selon les rites, devant la fumée. Qu'est-ce qu'un rêve ?

Si c'est moi que tu as vu, cela ne change rien à rien. Qui pleure reste enfant. Hou! » Il tira une hachette de son sac et commença à tailler des branches. Bientôt le feu pétarada. Il y avait encore de la brume dans les arbres et du brouillard au sol. « Empaquetons tout et partons pour le camp de Laurel Dell. Là nous pourrons descendre par des sentiers jusqu'à la mer et nous baigner.

— Formidable. » Pour cette excursion, Japhy avait préparé un délicieux carburant : des crackers Ry-Krisp, enduits de bon fromage de Cheddar, et un salami. Tel fut le menu du petit déjeuner, arrosé de thé chaud, fraîchement infusé. Nous nous sentions en pleine forme. Deux adultes pourraient vivre pendant deux jours en ne mangeant que ce concentré de pain (les crackers) et ce concentré de viande (le saucisson) avec du fromage — trois cent cinquante grammes par personne tout compris. Japhy n'avait que des idées de ce genre! Quelle dose d'espoir, d'énergie, d'optimisme vraiment américain pouvait contenir la petite enveloppe bien nette de mon camarade! Il était déjà reparti, avançant pesamment devant moi, le long du chemin, et criant à mon adresse : « Essaie de méditer sur la piste, marche en baissant la tête, ne regarde rien d'autre que la terre qui défile sous toi et laisse-toi entrer en transe. »

Nous atteignîmes le camp de Laurel Dell vers dix heures. Il y avait, là aussi, des foyers de pierre avec des grilles et des tables de pique-nique, mais le paysage était beaucoup plus beau que celui de Potrero Meadows. Alentour s'étendaient de vraies prairies, pleines de rêves, vallonnées, herbeuses, bordées de bois verts et touffus ; des ruisseaux couraient dans l'herbe moutonnant à perte de vue.

« Bon Dieu, je reviendrai ici avec des vivres et un réchaud à pétrole pour ne pas faire de fumée. Les gardes forestiers n'y verront... que du feu.

— Oui, mais si on te prend à faire du feu en dehors des endroits réservés, on t'expulsera, Smith.

— Oui, mais que faire pendant le week-end? Se joindre aux joyeux pique-niqueurs? Je me cacherai de l'autre côté de cette merveilleuse prairie et vivrai là pour toujours.

— De toute façon, tu ne seras guère à plus de cinq kilomètres de Stimson Beach, où tu pourras te ravitailler. » A midi, nous partîmes pour la plage. Ce fut une excursion extrêmement pénible. Il fallut d'abord escalader la fameuse prairie qui se révéla fort escarpée. Après avoir contemplé San Francisco, réapparu dans le lointain, nous descendîmes par un sentier de chèvres qui semblait plonger droit dans la mer. Un torrent dégringolait à côté de la piste. Je marchais en tête et me mis à galoper en chantant joyeusement, si bien que je laissai Japhy loin derrière moi. Il me fallut m'arrêter pour l'attendre. Il prenait tout son temps, jouissant des fougères et des fleurs. Après avoir dissimulé nos sacs sous des buissons, parmi les feuilles mortes, nous pûmes descendre plus librement vers la mer à travers des prés-salés et des fermes maritimes où broutaient des vaches, jusqu'au village côtier où nous achetâmes du vin dans une épicerie. Bientôt nous pataugions dans le sable et les vagues. La journée était fraîche, avec quelques rayons de soleil éphémères, mais nous étions heureux. Nous sautâmes dans l'Océan, en caleçon, et après quelques brasses énergiques, nous pouvions faire de nouveau honneur aux crackers, au salami et au fromage. Nous avions mis la table sur une nappe en papier, dans le sable. Nous bûmes du vin et bavardâmes ; je fis même une petite sieste. Japhy se sentait de belle humeur. « Nom de Dieu, Ray, tu ne sauras jamais combien je suis heureux que nous ayons décidé de passer ces deux derniers jours sur la route. Je me sens en pleine forme maintenant. Je *sais* que tout cela finira bien.

— Qu'est-ce que *tout cela* ?

— Je l'ignore, peut-être est-ce notre façon d'envisager la vie. Toi et moi ne cherchons pas à avoir la peau de qui que ce soit, ni à lui couper la gorge — je parle au figuré, bien sûr. Nous ne cherchons pas à nous enrichir aux dépens d'autrui. Nous nous contentons de vouloir prier pour tous les êtres vivants et quand nous serons assez forts, nous y parviendrons, comme les saints de l'ancien temps. Qui sait, le monde entier s'éveillera peut-être et se transformera en une merveilleuse fleur de Dharma. »

Après avoir sommeillé un peu, il sortit de son rêve, me regarda et dit : « Regarde toute cette eau qui s'étend d'ici au Japon. »

Il était de plus en plus triste à l'idée de partir.

30

Nous prîmes le chemin du retour et, après avoir retrouvé nos sacs, il fallut remonter le raidillon qui nous avait menés jusqu'à la plage : ce fut une rude affaire ; après nous être hissés d'arbustes en rochers, nous étions complètement épuisés en atteignant, au sommet, une merveilleuse prairie dont la partie la plus élevée dominait, une fois encore, San Francisco, étendu dans le lointain. « Jack London utilisait souvent ce sentier », dit Japhy.

Nous poursuivîmes notre route sur le versant sud d'une splendide montagne d'où l'on pouvait contempler tout le Golden Gate et même Oakland, à des kilomètres de là, tout en grimpant. Il y avait de somptueux parcs naturels et des chênes sereins, tout verts et dorés dans le crépuscule, avec des milliers de fleurs sauvages. Nous vîmes même un faon nous regarder avec étonnement, sur un pan de pâture. Après avoir dévalé la prairie, nous nous retrouvâmes dans la forêt de bois rouges, en contrebas. Encore une escalade, si pénible que nous poussions des jurons en suant dans la poussière. C'est ainsi que sont les pistes : on a l'impression, par moments, de flotter dans le paradis shakespearien d'Arden ; on guette les nymphes et les joueurs de pipeau et soudain on se retrouve en train de se débattre au milieu des orties et des sumacs vénéneux, sous un soleil brûlant et dans un nuage de poussière... comme dans la vie. « Un mauvais karma engendre un karma favorable, dit Japhy. Ne blasphème pas tant et avance. Tu seras bientôt assis confortablement au sommet d'une colline. »

Les trois derniers kilomètres furent terribles. Je dis :

« Japhy, il y a une chose que je désire en ce moment plus que n'importe quoi au monde, plus que tout ce que j'ai jamais désiré dans ma vie. » Les vents froids du soir commençaient à souffler. Nous avancions, courbés sous nos sacs, le long de cet interminable sentier.

« Quoi donc?

— Une bonne tablette de chocolat Hershey, ou même une toute petite tablette Hershey de rien du tout. Pour toutes sortes de raisons, cela me permettrait de racheter mon âme.

— Voilà où le bouddhisme va se nicher : dans une tablette de chocolat. Pourquoi pas un clair de lune sur les orangers et un cornet de glace à la vanille?

— Trop froid. Je veux, je désire, je souhaite,

j'invoque, je conjure, j'appelle une tablette Hershey... à la pistache. »

Nous étions très fatigués et traînions les pieds comme des enfants qui rentrent au foyer. Je poursuivais mes litanies interminables en hommage aux tablettes Hershey. J'étais sincère. Il me fallait récupérer. J'avais des vertiges et ressentais le besoin de manger du sucre. Mais j'évoquais en outre le goût du chocolat fondant et de la pistache, sous le vent froid, et c'était plus que je ne pouvais supporter.

Bientôt nous sautions la barrière qui clôturait les pâturages à chevaux où se dressait notre cabane. Une fois franchis les barbelés, nous étions juste dans notre jardin. Encore six mètres d'herbes hautes, de part et d'autre de mon rosier favori, et nous nous traînions devant la porte de notre bonne vieille bicoque. C'était la dernière nuit que nous passerions ensemble. Nous nous assîmes tristement dans le noir pour nous déchausser en soupirant. Je ne pouvais que rester là, mes jambes repliées sous moi, sans bouger, pour soulager mes pieds meurtris. « Je ne prendrai plus jamais la route jusqu'à la fin de mes jours, dis-je.

— Bon, il faut quand même dîner, remarqua Japhy. Je sais où sont passées toutes nos provisions pendant le week-end. Il faudra que je descende jusqu'au supermarché, sur la route, pour acheter de quoi manger.

— Oh! vieux, est-ce que tu n'es pas encore assez fatigué? Va te coucher. On mangera demain. » Mais il remit tristement ses bottes et sortit. Tout le monde était parti. La fête s'était terminée quand les invités eurent appris que Japhy et moi avions disparu. J'allumai le feu et m'étendis. Je fis même un petit somme. Et tout à coup ce fut la nuit. Japhy revint et alluma la lampe à pétrole avant d'étaler ses emplettes sur la table. Il avait acheté trois tablettes de chocolat Hershey pour moi. Je n'en avais jamais mangé d'aussi savoureuses. Il avait aussi acheté une bouteille de mon vin favori, du porto rouge.

« Je m'en vais, Ray, et j'ai pensé que nous pouvions fêter l'événement ensemble... » Sa voix était traînante, triste, fatiguée. Quand Japhy était au bout de sa résistance physique (il allait souvent jusqu'à l'épuisement total de ses forces, sur la route ou au travail), sa voix devenait lointaine et faible. Mais très vite il retrouva toute son énergie et commença à préparer le dîner en chantant devant le poêle comme un millionnaire, marchant pesamment dans ses grosses bottes, sur le plancher sonore, arrangeant des bouquets dans les pots de grès, faisant bouillir l'eau pour le thé, pinçant les cordes de sa guitare et tâchant de me remonter le moral, tandis que je gisais tristement, perdu dans la contemplation du plafond tapissé de toile. C'était notre dernière nuit et, tous deux, nous en avions conscience.

« Je me demande lequel de nous deux mourra le premier, demandai-je à haute voix, nonchalamment. En tout cas, j'espère que son fantôme reviendra pour tout expliquer à l'autre. »

Il m'apporta mon dîner et nous dévorâmes, assis tous deux en tailleur, comme au cours de si nombreuses nuits passées. On n'entendait que le vent s'acharnant sur l'océan des frondaisons et nos mâchoires, miam, miam, broyant notre austère nourriture de bhikkhus, simple et savoureuse. « Pense un peu, Ray, à ce qui se passait sur cette même colline, à l'emplacement de notre cabane, il y a trente mille ans, au temps du Neandertal. Sais-tu que les Sutras affirment qu'il existait déjà un Bouddha Dipankara ?

— Celui qui n'a jamais prononcé un seul mot ?

— Imagines-tu tous ces hommes-singes éclairés, assis autour d'un feu ronflant, auprès de leur Bouddha qui ne disait mot et savait tout ?

— Les étoiles étaient les mêmes... »

Plus tard dans la soirée, Sean vint nous rejoindre et s'assit en tailleur avec nous. Il échangea tristement quelques mots avec Japhy. Tout était fini. Puis Christine se présenta, elle aussi, avec ses deux enfants dans les bras. C'était une fille vigoureuse qui pouvait escalader des collines, lourdement chargée. Cette nuit-là, je m'en fus dormir dans mon sac de couchage sous le buisson de roses et regrettai que l'obscurité froide fût soudain descendue sur la cabane. Cela me rappela les premiers chapitres de la vie de Bouddha, lorsqu'il décida de quitter le palais, abandonnant sa femme en pleurs et ses enfants ainsi que son pauvre père, pour s'en aller au loin, sur son cheval blanc ; après avoir rasé sa chevelure dorée dans les bois, il avait renvoyé le destrier et son écuyer en larmes, puis il avait entrepris le triste voyage à travers la forêt pour découvrir la vérité éternelle. « Comme les oiseaux qui se rassemblent pendant le jour et disparaissent dans toutes les directions quand vient le soir, telles sont les existences de ceux qui se séparent en ce monde », écrivait Ashvhaghosha, il y a quelque deux mille ans.

Le lendemain, j'avais projeté de faire à Japhy un petit cadeau d'adieu un peu insolite. Mais je n'avais pas plus d'argent que d'idées, de sorte que je pris un petit bout de papier, pas plus large que l'ongle du pouce, sur lequel je calligraphiai consciencieusement : USE DU DIAMANT DE LA PITIÉ. Quand nous prîmes congé l'un de l'autre, sur le quai, je lui tendis cette maxime. Il la lut et la mit dans sa poche sans dire mot.

Ce fut le dernier geste qu'on lui vit faire à San Francisco. En effet, Psyché s'était attendrie et lui avait écrit : « Je serai dans ta cabine, le jour de ton départ, si tu veux, et ferai ce que tu voudras », ou quelque chose d'approchant. De sorte qu'aucun de nous ne monta à bord où la jeune femme l'attendait déjà pour jouer avec lui la grande scène d'amour du dernier acte. Sean fut pourtant autorisé à se promener sur le pont, à tout hasard. Par conséquent, après avoir fait nos adieux à Japhy, nous nous écartâmes et notre ami fit probablement l'amour avec Psyché dans la cabine. Malheureusement, elle se mit à pleurer et à crier qu'elle voulait le suivre au Japon. Quand le capitaine fit descendre tous les visiteurs à terre, elle refusa de s'en aller. La conclusion de tout ceci fut que Japhy surgit sur le pont, tenant Psyché dans ses bras au moment où le navire quittait l'embarcadère. Il se pencha sur le bastingage et jeta la fille sur le quai — il était assez vigoureux pour l'envoyer à trois mètres juste dans les bras de Sean qui l'attrapa au vol. Ce n'était peut-être pas la meilleure façon d'user du diamant de la pitié, mais nul n'y pouvait rien, Japhy avait besoin de franchir l'Océan où l'appelaient ses affaires, c'est-à-dire le Dharma. Puis le cargo s'élança sur le Golden Gate et, au-delà, sur les eaux grises du Pacifique insondable, cap à l'ouest. Psyché se mit à pleurer. Sean l'imita. Tout le monde se sentait très triste.

Warren Coughlin dit : « C'est dommage. Il va probablement disparaître dans les plaines de l'Asie centrale qu'il parcourra à pied, paisiblement, de Kashgar à Lanchow, en passant par Lhassa, avec une caravane de yaks. Il vendra des popcorns, des épingles de sûreté et des bobines de fil aux populations pour subsister avant d'escalader quelque Himalaya, après quoi il convertira le Dalaï-Lama et tous les habitants du pays, à des kilomètres à la ronde, et nous n'entendrons plus jamais parler de lui.

— Mais non, répondis-je, il nous aime trop.

— De toute façon, tout finit toujours par des larmes », conclut Alvah.

31

Comme si Japhy me montrait du doigt la route à suivre, je partis en direction du nord, vers ma montagne.

C'était le matin du 18 juin 1956. Je descendis la colline pour prendre congé de Christine et la remercier de toutes ses attentions, avant de prendre la route. Elle affirma : « Ce sera bien solitaire, ici, maintenant que tout le monde est parti. Il n'y aura plus de grandes réunions pour le week-end. » Elle avait vraiment pris plaisir à toutes nos folies, et je la vis agiter la main, de loin, sur le gazon de la cour, à côté de la petite Prajna, pieds nus toutes deux, tandis que je m'éloignai par la prairie aux chevaux.

Le voyage vers le nord fut facile, comme si les vœux de Japhy avaient été exaucés et que je leur obéissais en me dirigeant vers ma montagne. Sur la route 101, je stoppai très vite une voiture conduite par un professeur de sciences sociales, originaire de Boston, et qui avait gardé l'habitude de chanter des airs du cap Cod. Il s'était évanoui, la veille, pour avoir trop jeûné, au cours du mariage de son meilleur ami. Quand il me quitta, près de Cloverdale, j'achetai des provisions pour la route : du salami, du fromage de Cheddar, des crackers Ry-Krisp et quelques dattes pour le dessert. J'enveloppai proprement le tout dans des sacs spéciaux. Il me restait des cacahuètes et des raisins secs depuis ma dernière excursion avec Japhy. Celui-ci avait dit : « Je n'en aurai pas besoin à bord de ce cargo. » Je me rappelai avec un brin de tristesse combien Japhy traitait sérieusement le problème de l'alimentation et je souhaitais que le monde entier s'y intéressât aussi, plus qu'aux fusées et autres engins plus ou moins explosifs qui rognent, sur le budget alimentaire de l'humanité, des sommes considérables pour la détruire, ni plus ni moins.

Après avoir déjeuné derrière un garage, je parcourus un kilomètre à pied, jusqu'à un pont sur la Rivière russe où j'eus la malchance de rester trois heures sans pouvoir stopper une voiture. Mais de la façon la plus inattendue, je fus recueilli soudain par un fermier — un brave homme affligé d'un tic qui lui tordait le visage — qui conduisait sa femme et son fils à Preston, la petite ville voisine. Une fois là, un camionneur m'offrit de m'emmener jusqu'à Eureka (« Eurêka ! » criai-je) pour bavarder avec moi. « Bon Dieu, dit-il, je me sens tout seul dans mon camion, sans personne à qui parler, toute la nuit. Je vous déposerai à Crescent

City, si vous voulez. » Cela me détournait un peu de ma route, mais me rapprochait beaucoup du Nord, de sorte que j'acceptai. Le gars, qui s'appelait Ray Breton, me fit parcourir plus de quatre cents kilomètres dans la nuit, sous la pluie, sans cesser de parler un instant. Il me raconta toute sa vie, celles de ses frères, de ses femmes, de ses fils, de son père. A Humboldt Redwood Forest, il m'offrit un somptueux dîner — bouquets frits, gâteau de framboises, glace à la vanille et café brûlant. Je lui fis abandonner le sujet de ses soucis personnels pour l'amener à parler de la mort. Il dit : « Ouais, les bons sont au paradis, ils ont toujours été au paradis, depuis le début. » C'était là une parole très sage.

Nous poursuivîmes notre route dans la nuit pluvieuse jusqu'à Crescent City, une petite ville au bord de la mer, dans le brouillard gris de l'aube. Breton gara son camion sur le sable de la plage et dormit une heure. Puis il me quitta après m'avoir offert un petit déjeuner — des œufs et des crêpes. Il en avait sans doute assez de payer mes repas. Je quittai Crescent City à pied par la route 199 pour reprendre la voie à grande circulation 99. La route de la côte est plus pittoresque, mais en la suivant j'aurais tardé davantage à atteindre Portland et Seattle.

Soudain, je me sentis si libre que je commençai à marcher sur le côté gauche de la route en faisant signe avec mon pouce à contresens. Je marchai comme un saint chinois, vers Nulle Part, sans raison, en direction de ma montagne pour mon seul plaisir. Je trouvais ce pauvre petit monde angélique et ne me souciais plus de rien. J'aurais fait tout le chemin à pied. Mais précisément parce que je dansais le long de la route — du mauvais côté, par surcroît — sans m'en faire, tous les automobilistes s'arrêtaient pour me prendre à bord de leurs voitures. Ce fut d'abord un chercheur d'or sur une chenillette conduite par son fils. Nous parlâmes longuement des bois que nous traversions (les monts Siskiyou qui s'étendent jusqu'à Grants Pass-Oregon) et de la meilleure façon de cuire le poisson au four — il me dit qu'il fallait allumer du feu dans le sable jaune d'un ruisseau bien propre, puis enterrer le poisson dans le sable chaud après avoir nettoyé toute trace du feu et laisser la bête cuire pendant des heures. Après quoi, il n'y avait plus qu'à ôter le sable des écailles. Il s'intéressa vivement à mon sac et à mes projets.

Nous nous quittâmes dans un village de montagne semblable à Bridgeport, en Californie, où Japhy et moi nous étions reposés au soleil. Je marchai encore pendant un kilomètre et fis la sieste dans les bois, en plein cœur des monts Siskiyou. Quand je m'éveillai, je me sentais tout dépaysé dans le brouillard oriental. Je poursuivis mon chemin, toujours sur le côté gauche de la route, et un marchand de voitures d'occasion de Grants Pass s'arrêta pour me faire monter dans son auto à Kerby. Ensuite, ce fut un gros cowboy, au volant d'un camion de gravier, avec un sourire malicieux sur le visage, qui commença par feindre d'écraser mon sac sur la route. Puis il y eut un bûcheron mélancolique, casque en tête, qui roulait très vite à travers une vallée de rêve, toute en côtes et en descentes, jusqu'à Canyonville. Là, je fus pris en charge par un camionneur cinglé qui conduisait un magasin roulant de gants, avant que j'eusse pu comprendre ce qui m'arrivait. Le conducteur, un certain Ernest Petersen, insista pour m'installer face à lui, de sorte que je tournais le dos à la route. Il m'emmena, de la sorte, à toute allure, jusqu'à Eugene, dans l'Oregon, sans cesser de parler un instant de tout ce qui lui passait par la tête. Il m'offrit deux canettes de bière et, en cours de route, s'arrêta devant plusieurs stations-service pour y mettre ses gants en devanture. Il disait : « Mon père était un grand homme. Il m'a appris qu'il existe beaucoup plus de culs de chevaux en ce monde que de chevaux. » C'était un amateur de sports, absolument enragé, qui chronométrait les coureurs sur les pistes d'athlétisme, lors des compétitions, et fonçait intrépidement sur les routes, dans son propre camion, en refusant de s'affilier aux syndicats locaux, par souci d'indépendance.

Au crépuscule, il me souhaita bonne chance, près d'un petit étang, aux portes d'Eugene où je projetais de passer la nuit. J'étendis mon sac de couchage sous un pin, dans un fourré épais ; de l'autre côté de la route se dressaient de jolis chalets de banlieue dont les habitants ne pouvaient me voir et ne m'auraient sans doute pas vu, de toute façon, occupés qu'ils étaient par leurs postes de télévision. Je dînai et dormis douze heures d'affilée, sauf que je m'éveillai au milieu de la nuit pour m'enduire d'un produit destiné à écarter les moustiques.

Le matin, je pus contempler les imposants contreforts des monts Cascades, dont l'extrémité septentrionale abritait ma montagne, à la frontière canadienne. Il me fallait encore franchir quelque six cents kilomètres pour y parvenir. Une scierie, située de l'autre côté de la route, souillait le petit ruisseau où je me lavai néanmoins. Puis, je fis une courte prière sur le chapelet que m'avait donné Japhy dans notre camp, sur le Matterhorn : j'adorai le vide que représente chaque grain de chapelet du divin Bouddha.

Deux jeunes gars costauds s'arrêtèrent immédiatement pour moi, sur la grand-route, et m'emmenèrent jusqu'à Junction City où je bus du café ; de là, je marchai pendant trois kilomètres jusqu'à une auberge routière qui avait meilleure mine et où l'on me servit des crêpes ; ensuite, je marchai encore le long d'une route encaissée entre des rochers, tandis que les voitures filaient à côté de moi sans s'arrêter. Je me demandais déjà comment j'arriverais jusqu'à Portland, sans parler de Seattle, mais un curieux petit peintre en bâtiment eut pitié de moi. C'était un homme aux cheveux rares, chaussé de souliers tout tachés d'éclaboussures et qui emportait avec lui quatre chopines de bière glacée, ce qui ne l'empêcha pas de s'arrêter à une auberge pour acheter quelques bouteilles supplémentaires. Finalement, nous entrâmes dans Portland après avoir traversé une infinité de ponts dont les tabliers se relevaient derrière nous, pour laisser passer les péniches à grues qui naviguaient sur la grande rivière sale. Tout autour s'étendait la ville, dominée par des pinèdes à flanc de montagne.

Une fois au centre de la cité, je pris un ticket d'autocar à 25 *cents*, pour gagner Vancouver dans l'État de Washington, où je mangeai un hamburger dans un kiosque. Puis je repris la route 99 ; un Sudiste émigré, gentil garçon moustachu, avec une vocation de demi-Bodhisattva me ramassa en disant : « J' suis rudement fier d'vous avoir, pour causer. » Partout où nous nous arrêtâmes pour boire du café, il joua au billard électrique avec un air terriblement sérieux. Il prit aussi dans sa voiture tous les stoppeurs qu'il rencontra sur sa route. Tout d'abord un grand gaillard — Sudiste, lui aussi, de l'Alabama — à l'accent traînant, puis un marin cinglé, originaire du Montana, qui racontait des histoires folles avec beaucoup d'intelligence. Nous fonçâmes tous à 120 km/h vers Olympia, dans l'État de Washington, et de là vers la péninsule Olympic, par des routes sinueuses, en pleine forêt, jusqu'à la base navale de Bremerton (Washington) où un ferry-boat m'emmènerait à Seattle moyennant un ticket de 50 *cents*.

Nous prîmes congé du conducteur et je m'embarquai à bord du ferry en compagnie du vagabond d'Alabama à qui je payai le passage, en action de grâces pour la chance qui m'avait accompagné tout au long du voyage. Je partageai même avec mon compagnon mes cacahuètes et mes raisins qu'il dévora avidement, tant et si bien que je lui donnai aussi du fromage et du salami. Puis, tandis qu'il s'asseyait dans le grand salon, je montai sur le pont supérieur au moment où le ferry prenait le large, dans le vent glacé, pour admirer le Puget Sound. La traversée, jusqu'à Seattle, durait une heure. Je découvris un quart de vodka coincé dans le bastingage et dissimulé derrière un numéro de *Time*. Je le bus sans y chercher malice, puis je tirai de mon sac un gros chandail que je passai sous ma veste imperméable. Après quoi, je me promenai de long en large, seul dans le brouillard froid qui balayait le pont. Je me sentais sauvage et lyrique. Et, tout à coup, je compris que le grand Nord-Ouest était quelque chose de bien plus imposant que je n'avais pu l'imaginer à travers les récits de Japhy. Des kilomètres et des kilomètres d'incroyables montagnes courant d'un bout à l'autre de l'horizon sur un fond de nuages sauvagement déchiquetés — le mont Olympus et le mont Baker — un gigantesque châssis orangé soutenant le ciel sombre, jeté au-dessus du Pacifique, en direction (je le savais) de la sibérienne Hokkaido, la terre la plus désolée du monde. Blotti contre le rouf, j'entendis le patron et le timonier échanger des propos dignes de Mark Twain, sur la passerelle. Dans le brouillard sombre qui s'épaississait à l'avant, parut une inscription en grandes lettres de néon : PORT DE SEATTLE. Et soudain tout ce que Japhy m'avait raconté sur Seattle m'imprégna comme une pluie froide. Je pouvais sentir et voir la ville et non plus l'imaginer. Tout était exactement comme il l'avait annoncé : humidité, immensité, forêts, montagnes, froid, joie, défi. Le ferry pointa vers le quai, en plein sur la route de l'Alaska, et je vis aussitôt les hauts totems à la porte des vieilles boutiques, les pompiers somnolents bringuebalant une vieille pompe dans le plus pur style de 1880, du haut en bas du front de mer, teuf teuf, sur la jetée. Tout ressemblait à mes rêves d'enfant. Il y avait une de ces vieilles locomotives de Casey Jones, la plus vieille que j'eusse jamais vue — sauf dans les films — mais encore en état de marche et traînant même des fourgons dans les ténèbres enfumées de la cité magique.

Je m'en fus immédiatement vers les bas quartiers réserver une chambre dans un bon hôtel, bien tenu, l'Hôtel Stevens, où j'obtins satisfaction pour 1 dollar et 75 *cents*. Je m'endormis pour une longue nuit, après un bon bain chaud et, le lendemain, je me rasai et sortis. Sur la Première Avenue, je trouvai nombre de magasins coopératifs fort bien approvisionnés en chandails et sous-vêtements rouges. Je fis un petit déjeuner copieux arrosé d'un café à 5 *cents* sur la place du marché, grouillante, ce matin-là. Le ciel était bleu avec quelques nuages qui filaient rapidement au-dessus de ma tête, tandis que les eaux du Puget Sound étincelaient et dansaient sous les vieux quais. C'était vraiment le Nord-Ouest tel qu'on l'imagine. A midi je rendis la clef de ma chambre et m'en fus gaiement vers la route 99 après avoir empaqueté avec soin mes nouvelles chaussettes de laine, mes foulards et toutes mes affaires. A quelques kilomètres de la ville, je commençai à stopper des voitures qui me conduisirent successivement, par petites étapes, vers le lieu de ma destination.

Les monts Cascades commençaient à se profiler à l'horizon, vers le nord-est ; d'incroyables arêtes, des rochers torturés et des immensités enneigées — de quoi vous couper le souffle. La route s'enfonçait droit à travers les fertiles vallées de la Stilaquamish et du Skagit, de riches vallées grasses, comme on en pourrait rêver, avec des fermes et des vaches en train de paître dans cet impressionnant décor de neige vierge. Plus j'avançais vers le nord et plus les montagnes grandissaient, au point que je finis par m'en effrayer. J'étais à ce moment dans la voiture d'un homme qui pouvait passer pour quelque avocat à lunettes, compassé et conservateur, mais qui se révéla être Bat Lindstrom, le fameux coureur automobile. Sa respectable voiture cachait un moteur bricolé qui lui permettait d'atteindre des vitesses de 250 km/h. Il me permit d'en juger en appuyant sur l'accélérateur, devant un feu rouge, rien que pour me faire entendre le vrombissement puissant de l'engin. Puis je fus emmené par un bûcheron qui me dit connaître les gardes forestiers — mes fameux *rangers* — qui patrouillaient autour de ma montagne. « Il n'y a qu'une vallée, dit-il, qui soit plus fertile que celle du Skagit, c'est celle du Nil. » Il me déposa au bord de la route I-G qui conduit à une voie de grande communication, la 17-A. Cette dernière pénètre au cœur des montagnes et, en fait, s'achève en impasse sous la forme d'une route en terre au barrage du Diable. Cette fois, je me trouvais pour de bon en pleine montagne. Les gars qui me transportaient étaient tous des bûcherons, des prospecteurs d'uranium, des paysans. Ils me firent traverser la dernière grande ville de la vallée, Sedro Wolley, un petit marché rural. Au-delà, la route devenait plus étroite, plus sinueuse, entre les rocs et le lit du Skagit que j'avais traversé sur la route 99 alors qu'il n'était qu'un cours d'eau ventru, somnolant entre des prairies et que je retrouvais transformé en torrent de neige fondue, coulant vite entre les berges resserrées et boueuses.

Des falaises apparurent bientôt de part et d'autre de la route. Les sommets enneigés avaient disparu du champ de vision, mais je pouvais sentir mieux encore leur proximité.

32

Dans une vieille auberge, je vis un vieil homme décrépit qui pouvait à peine remuer. Tandis qu'il allait chercher pour moi une bouteille de bière derrière le bar, je pensai que je préférerais mourir dans une grotte glacée que de vivre éternellement un après-midi dans cette pièce poussiéreuse. Un couple de prospecteurs me laissa devant une épicerie à Sauk, et c'est là que je stoppai pour la dernière fois une voiture. Elle était conduite par une sorte de bagarreur, ivrogne, prompt au dérapage et adroit à la guitare, avec un visage hâlé et un corps tout en longueur, au demeurant un gars bien du Skagit, qui freina dans une embardée en soulevant un nuage de poussière devant le poste des *rangers* de Marblemount et me déposa au lieu de ma destination.

Un aide-*ranger* me regardait venir vers lui : « Êtes-vous Smith ?

— Ouais.

— Celui-là, c'est un de vos amis ?

— Non, il m'a simplement amené ici.

— Il ne sait pas que c'est interdit de foncer comme ça sur les domaines de l'État? »

J'avalai ma salive. Je n'étais plus un libre bhikkhu, mais un fonctionnaire. Je ne retrouverais ma liberté que dans ma cachette montagnarde, la semaine suivante. Il me fallait, entre-temps, passer une semaine entière à l'école des pompiers forestiers, avec des tas d'autres gars. On nous fournit à chacun un casque dont le port est obligatoire et que les uns posaient tout droit sur leur tête, tandis que d'autres, comme moi, l'inclinaient d'une pichenette. Nous apprîmes à creuser des sillons pour arrêter le feu dans les bois humides ou parmi les troncs coupés ; on alluma de petits incendies pour faire des manœuvres et je rencontrai le vieux *ranger* Burnie Byers, l'ancien bûcheron dont Japhy imitait toujours la grosse voix amusante.

Burnie et moi parlâmes de Japhy, assis tous deux dans sa voiture, au fond des bois : « Ch'est dégoûtant que Japhy choit pas venu chette année. Ch'était le meilleur guetteur qu'on ait jamais eu et, nom de Dieu, le meilleur grimpeur que j'aie jamais vu moi-même. Toujours prêt à echcalader n'importe quoi, et toujours gai. J'ai jamais vu un meilleur gars. Avait peur de perchonne. Allait droit de l'avant. J'aime cha, moi. Quand un gars aura plus le droit de dire che qui lui chante, j' plaquerai tout et j' m'en irai dans le bas pays finir ma vie sur une chaise longue. Une chose de chure, pour Japhy, où qu'il choit il aura toujours du bon temps, même quand y chera vieux. » Burnie avait près de soixante-cinq ans et parlait de Japhy avec une affection paternelle. Quelques-uns des autres gars se souvenaient aussi de Japhy et s'étonnaient de ne pas le voir de retour. Cette nuit-là, comme on fêtait le quarantième anniversaire de l'entrée de Burnie dans le corps des gardes forestiers, ses camarades lui offrirent en présent une grosse ceinture de cuir flambant neuve. Le vieux Burnie avait toujours eu des ennuis avec ses ceintures et il portait un bout de ficelle ce jour-là. Il noua donc son cadeau autour de sa taille et commenta ironiquement les dangers de l'embonpoint, ce qui lui valut des acclamations et des applaudissements. Je pensai que Japhy et Burnie étaient sans doute les deux meilleurs travailleurs qu'on pût jamais trouver aux États-Unis.

Après le stage, je passai quelque temps à errer dans la montagne, derrière le poste des forestiers, ou à fumer ma pipe sur les bords du Skagit, pendant des après-midi entiers, une bouteille entre mes jambes, ou au clair de la lune tandis que les autres se gavaient de bière dans les foires de la région. A Marblemount, le Skagit était d'une belle couleur verte et charriait de la neige fondue. Au-dessus, les pins disparaissaient dans les nuages venus du nord-ouest, ou du Pacifique. Plus loin encore, les sommets perçaient la couche nuageuse et ouvraient un passage aux rayons de soleil. Ce torrent de pureté, à mes pieds, était aussi l'œuvre de la montagne. Le soleil jouait, lui, sur les remous, autour des souches qui tenaient bon dans le lit du cours d'eau. Des oiseaux exploraient la surface liquide, guettant quelque poisson souriant et secret qui de temps à autre sautait, se cambrait en vol et retombait dans le courant où se défaisaient les tourbillons, puis tout était balayé à nouveau. Bûches et souches étaient emportées à 40 km/h. Je calculai que si je voulais traverser à la nage je serais emporté sur plus de cinq cents mètres en aval, avant de pouvoir toucher l'autre rive. C'était une rivière du pays des merveilles, le vide d'une éternité dorée, faite d'odeur de mousse, d'écorce, de branches, de terre ; de mystérieuses visions ululantes se dressaient devant mes yeux, tranquilles pourtant et éternelles ; les arbres faisaient une chevelure aux collines et les rayons de soleil dansaient. Quand je regardais en l'air, les nuages prenaient des visages d'ermites — comme moi. Les branches de pins semblaient heureuses de tremper dans le courant. Les cimes des arbres se perdaient dans le brouillard. Les feuilles s'agitaient dans la brise du nord-ouest comme si elles avaient été créées pour leur propre joie. Les neiges les plus hautes, à l'horizon, semblaient vierges, berceuses et chaudes. Tout était éternel, détendu, vivant ; tout était au-delà de la vérité, au-delà de l'espace vide et bleu. « Les montagnes ont la puissance de leur patience, homme-Bouddha », dis-je à haute voix, et je bus. Il faisait un peu frais, mais quand le soleil paraissait, la souche qui me servait de siège devenait brûlante. Quand je revins à la même place, au clair de lune, le monde avait son visage de rêve, fantomatique, comme une bulle ou une ombre, une rosée qui s'évapore, un éclair dans le ciel.

Enfin le moment vint où l'on m'installa sur ma montagne. J'achetai à crédit pour quarante-cinq dollars de victuailles, dans la petite épicerie de Marblemount, et le tout fut hissé dans un camion. Happy, le muletier (qu'on appelait l'écorcheur de mules), partit avec moi le long de la rivière, en direction du barrage du Diable. Au fur et à mesure que nous progressions, le Skagit devenait plus étroit et plus torrentueux; finalement, il ne dévalait plus qu'à travers des rochers, alimenté par de petites cataractes en miniature, par-dessus ses berges boisées, et devenait de plus en plus sauvage et rocailleux. Puis il fut refoulé vers un barrage, une première fois à Newhalem, puis au barrage du Diable où un ascenseur géant, comme on en voit à Pittsburgh, nous hissa sur une plate-forme, au niveau du lac du Diable. Il y avait eu là une ruée vers l'or, à la fin du siècle dernier. Des prospecteurs avaient construit un chemin à travers les durs escarpements rocheux de la gorge, entre Newhalem et ce qui était maintenant le lac Ross à l'endroit du dernier barrage. Ils avaient essaimé le long de Ruby Creek, de Granite Creek, de Canyon Creek sans jamais être payés de leur peine. De toute façon la plus grande partie du chemin est désormais noyée. En 1919, un incendie avait dévasté la partie haute du Skagit et tout le pays autour de Desolation, ma montagne, qui avait brûlé pendant deux mois, remplissant le ciel de fumée au point de cacher le soleil jusqu'en Colombie britannique et au nord de l'État de Washington. Le gouvernement avait tenté de combattre le feu et envoyé un millier d'hommes sur place ; mais il fallut trois semaines pour que le convoi, parti du camp de Marblemount, arrivât sur les lieux et, finalement, seules les pluies d'automne purent avoir raison du sinistre. On voyait encore des souches calcinées, me dit-on, à Desolation Peak et dans quelques vallées. De là venait le nom de « Desolation ».

Happy, l'écorcheur, portait encore son chapeau à larges bords, tout cabossé, comme un cowboy aux beaux jours du Wyoming ; il roulait ses propre mégots et aimait raconter des histoires : « Ne sois pas comme ce petiot qui était venu à Desolation, il y a quelques années ; on l'a monté là-haut, et c'était bien le bleu le plus bleu que j'aie jamais vu. Je l'ai installé dans sa tour de guet et il a voulu faire des œufs sur le plat pour son dîner. Voilà-t-il pas qu'en cassant les œufs, il rate la poêle, et même le fourneau, et qu'il se fout les œufs sur ses bottes. Il ne savait même pas chier tout seul, et à peine bouger son cul. Et ce benêt qui me disait tout le temps : « Oui, Monsieur, oui, Monsieur. »

— Moi je m'en fous. Tout ce que je veux, c'est être seul là-haut tout l'été.

— Tu dis ça maintenant, mais tu chanteras une autre chanson bientôt. Vous faites tous les maricles, mais il arrive un moment où il n'y a plus personne devant qui jouer la comédie. Ce n'est pas si mauvais, là-haut, mais tâche de ne pas jouer la comédie tout seul en te donnant la *réplique* à toi-même, fils. » Le vieux Happy conduisit les mules par le sentier de la gorge, tandis que je traversais en bateau le lac du Diable, jusqu'au pied du barrage de Ross d'où l'on découvrait un paysage impressionnant : les forêts de l'État couvrent entièrement le mont Baker, autour du lac de Ross, lequel s'étend, tout en scintillements, jusqu'au Canada. Sur le lac de Ross, les bateaux du Service forestier étaient attachés un peu à l'écart de la rive boisée et escarpée. Il était difficile de dormir sur les couchettes, la nuit, tant était fort le bruit combiné des vagues et des bûches qui heurtaient le fond des embarcations, durement balancées par la houle.

La lune était haute, le soir où je dormis là, et elle dansait sur les eaux. L'un des guetteurs remarqua : « La lune est juste sur la montagne. Quand je la vois comme ça, j'ai toujours l'impression qu'il y a un coyote qui se profile. »

Puis vint le jour gris et pluvieux du départ vers Desolation. L'assistant forestier était avec nous. Il nous accompagnerait, Happy et moi, jusqu'au sommet. La journée n'allait pas être agréable. Il nous faudrait chevaucher sous un véritable déluge. « Mon gars, tu aurais dû inscrire deux quarts de brandy sur ta liste de provisions. Tu en auras besoin, avec ce froid », dit Happy en pointant vers moi son gros nez rouge. Nous étions tous debout devant l'enclos des bêtes ; Happy leur attachait les sacs de picotin au cou. Elles se mirent en route en mâchonnant, sans se soucier de la pluie. Après avoir franchi la barrière de bois, nous gagnâmes le bord au plus vite, pliés en deux, tirant nos bêtes. Autour du bateau, un immense suaire couvrait les monts Sourdough et Ruby. Les vagues déferlaient et nous éclaboussaient d'écume. Nous entrâmes dans la cabine du pilote qui nous prépara un pot de café. On ne distinguait qu'à grand-peine les sapins sur la rive escarpée, comme des fantômes dans le brouillard. Je ressentais toute la vraie misère amère et aigre du Nord-Ouest.

« Où est Desolation ? demandai-je.

— Tu ne le verras pas de la journée, jusqu'au moment où tu seras au sommet, ou presque, répondit Happy. Et même alors, tu ne l'aimeras pas beaucoup. Il tombe de la neige et de la grêle là-haut, en ce moment. Mon gars, est-ce que tu es sûr de ne pas avoir caché une petite bouteille de brandy dans ton sac, quelque part ? » Nous avions déjà bu un quart de vin de mûres qu'il avait acheté à Marblemount.

« Happy, quand je descendrai de là-haut, en septembre, je t'achèterai un quart de whisky pour toi tout seul. » J'allais durement gagner la montagne que je voulais.

« Chose promise, chose due. » Japhy m'avait beaucoup parlé de Happy-le-boucher, comme on l'appelait aussi. Happy était un brave homme. Lui et le vieux Burnie étaient les meilleurs survivants de l'époque héroïque. Ils connaissaient la montagne et leurs bêtes, n'avaient aucune ambition et ne cherchaient aucunement à devenir inspecteurs.

Happy évoquait, lui aussi, Japhy avec bonne humeur. « Ce gars connaissait un tas de chansons drôles et des choses comme ça. Pour chur qu'il aimait travailler sur les pistes avec les bûcherons. Il avait une petite amie chinoise, en bas, à Seattle. Je l'ai vue dans sa chambre à l'hôtel. Ce Japhy, pour chur que c'était un coureur de jupons. » Je pouvais entendre la voix de Japhy, chantant des airs joyeux au son de la guitare, tandis que le vent hurlait autour de notre péniche et que les vagues grises s'écrasaient contre les fenêtres de la cabine du pilote.

« Et voici le lac de Japhy, et les montagnes de Japhy », pensais-je, et je regrettais que Japhy ne fût pas là pour me voir faire ce qu'il avait souhaité que je fasse.

Deux heures plus tard, nous étions à douze kilomètres de notre point de départ ; nous sautâmes sur la berge et amarrâmes le bateau à de vieilles souches. Happy fouetta la première mule qui se rua à travers les branches, avec sa double charge équilibrée de part et d'autre du bât ; elle attaqua la pente glissante, en battant des sabots, faillit retomber dans le lac avec toutes mes provisions, mais se dégagea et clopina jusqu'au sentier où elle s'arrêta pour attendre son maître. Puis ce fut le tour de l'autre mule, qui portait la batterie électrique et l'équipement ; enfin Happy sortit du bateau sur son cheval ; je le suivis avec ma jument, Mabel. Wally, l'assistant forestier, venait en dernier.

Nous échangeâmes des signes d'adieu avec le pilote du remorqueur. Alors commença la triste et pluvieuse expédition, dans le brouillard épais, sur des pistes escarpées, étroites et rocailleuses, bordées d'arbres et de buissons qu'on ne pouvait frôler sans se sentir aussitôt trempé jusqu'à la peau. Ce fut une dure escalade arctique. J'avais noué mon poncho de nylon autour du pommeau de ma selle, mais je dus l'enfiler pardessus mes vêtements, ce qui me fit ressembler à un moine bossu à cheval. Happy et Wally ne prirent pas la peine de se protéger et continuèrent à chevaucher, la tête basse, mouillés jusqu'à la moelle. De temps à autre, les chevaux glissaient sur les pierres du sentier. Nous montions toujours, encore, encore plus haut. En un certain endroit, un tronc était tombé en travers de la piste. Happy descendit de cheval, armé d'une hache à double tranchant, et se mit au travail en sacrant, suant, ouvrant, à la hache, une piste autour de l'obstacle, avec l'aide de Wally, tandis que j'étais chargé de surveiller les bêtes. Je m'acquittai confortablement de ma tâche en m'asseyant sur une souche, à l'abri d'un buisson, pour rouler une cigarette. Les mules prirent peur devant le bout de piste escarpée et dangereuse que Happy avait tracé. Celui-ci me jeta rudement : « Sacré nom, attrape-la par la crinière et traîne-la jusqu'ici. » Mais la jument avait trop peur. « Amène-la. Tu ne penses quand même pas que c'est moi qui vais tout faire ici! »

Nous sortîmes finalement de ce mauvais pas et l'ascension continua. Bientôt nous laissions les buissons derrière nous et nous engagions dans un nouveau décor. A cette altitude, il n'y avait plus que des prairies rocailleuses, où des lupins bleus et des coquelicots mettaient une jolie note de couleur, estompée dans la grisaille de la brume. Le vent soufflait durement maintenant et se chargeait de neige à moitié fondue. « 1 700 mètres! » cria Happy, devant moi, en se retournant sur sa selle. Son vieux chapeau claquait dans le vent, mais le muletier se roulait une cigarette, à l'aise sur sa selle comme quelqu'un qui a passé sa vie à chevaucher. Les prairies mouillées couvertes de bruyères et de fleurs sauvages montaient toujours, parcourues par les lacets de la piste. Le vent soufflait de plus en plus fort. Finalement, Happy hurla : « Tu vois ce grand rocher qui se dresse à pic, là-bas ? » Je levai les yeux et vis un énorme bloc rocheux, tout gris dans le brouillard, juste au-dessus de nous. « Il faudra grimper encore 300 mètres avant que tu puisses être assez près pour le toucher. Quand on y arrivera, on ne sera pas loin du but. Il n'y en aura plus que pour une demi-heure.

— T'es sûr que t'as pas apporté une *petite* bouteille de brandy, mon gars ? » hurla-t-il encore, une minute plus tard. Il était trempé et malheureux mais cela lui était égal et je pouvais l'entendre chanter dans le vent. Peu à peu, nous avions dépassé les derniers arbres, et la prairie fit place à des rocs inhospitaliers. Tout à coup, il y eut de la neige sur le sol, à gauche et à droite. Les chevaux trébuchaient dans 15 centimètres de neige fondue et l'on pouvait voir les trous d'eau laissés par leurs sabots. Nous étions vraiment à grande altitude, cette fois. Autour de moi, je ne voyais que brouillard, neige vierge et nuages chassés par le vent. Par temps clair, j'aurais eu la possibilité de contempler les précipices à pic, de part et d'autre du sentier ; chaque fois que les sabots de mon cheval dérapaient, j'aurais été atterré. Mais je ne voyais guère que des ramures nébuleuses émergeant de ces creux, comme des buissons bas. « Ô Japhy, pensais-je, tu vogues maintenant en toute quiétude sur l'Océan. Tu as chaud dans ta cabine où tu écris à Psyché, à Sean et à Christine. »

La neige devenait plus épaisse et la grêle commença à fouetter nos visages rougis par les intempéries, mais finalement Happy hurla, devant nous : « On y est presque! » J'avais froid et j'étais mouillé. Je mis pied à terre et conduisis simplement la jument par la bride. Elle poussa une sorte de grognement de joie en se sentant libérée de mon poids et me suivis docilement. Elle était encore lourdement chargée, de toute façon. « Ça y est! » hurla Happy, et dans le brouillard tourbillonnant, sur ce toit du monde, j'aperçus une curieuse petite cabane à toit pointu, d'allure vaguement chinoise, parmi des sapins effilés et des blocs pierreux, posée au sommet d'un rocher chauve, entouré lui-même de bancs de neige et de plaques d'herbe grasse semée de fleurettes.

J'avalais ma salive. L'endroit était trop sombre et tragique pour que je pusse l'aimer. « Est-ce bien là que je vais vivre et flâner tout l'été? »

Nous atteignîmes péniblement l'enclos des bêtes, bâti en rondins de bois par un guetteur aux environs de l'année 1930. Les chevaux et les mules furent attachés et déchargés de leurs fardeaux. Happy ôta la double porte, prit les clefs et ouvrit. A l'intérieur tout semblait gris, triste, humide; le sol était de terre battue et la pluie avait laissé des traces sur les murs. Une morne couchette portait un sommier de corde (tout lit métallique eût attiré la foudre). La poussière rendait les fenêtres opaques. Pis encore, le sol était jonché de magazines déchirés, à moitié dévorés par les souris.

Des restes de provisions étaient dans le même état. On pouvait distinguer d'innombrables petites boules noires partout : des crottes de rats

« Bon, dit Wally avec un sourire qui fit briller sa canine ; il te faudra un bout de temps pour nettoyer tout ça, hein ? Commence tout de suite. Prends donc toutes ces boîtes de conserves vides qui sont sur l'étagère et donne un coup de chiffon mouillé avec du savon sur cette sale planche. »

Je dus m'exécuter. J'étais payé pour ça.

Mais le bon vieux Happy alluma bientôt un grand feu de bois dans le poêle ventru, mit un pot d'eau à chauffer avant d'y verser la moitié du contenu d'une boîte de café, en criant : « Y a rien comme un vrai café bien fort, sur ces hauteurs. Mon gars, il nous faut un café qui nous fasse dresser les cheveux sur la tête. »

Je regardai par la fenêtre : on ne voyait que le brouillard.

« A quelle altitude sommes-nous ?

— 1 828 mètres virgule 9.

— Comment pourrai-je jamais voir si le feu prend quelque part ? Il n'y a que du brouillard, dans ce coin.

— Dans deux jours, le vent l'aura chassé et tu pourras observer le pays jusqu'à 150 kilomètres à la ronde. N'aie crainte. »

Mais je n'en croyais rien. Je me rappelais ce que Han Shan avait dit du brouillard éternel sur la Montagne Froide. Je commençai à concevoir de l'estime pour le courage de Han Shan. Happy et Wally sortirent avec moi. Il nous fallut quelque temps pour redresser le mât de l'anémomètre et accomplir diverses besognes du même ordre. Puis Happy rentra et se mit à préparer un dîner pétillant sur le poêle en faisant frire des œufs avec du jambon. Nous fîmes un bon repas arrosé de café fort. Wally déballa la batterie du poste émetteur-récepteur et entra en contact avec les bateaux de Ross. Puis je me couchai dans mon sac sur le sommier humide, tandis que les autres se pelotonnaient dans leurs propres sacs, par terre, pour la nuit.

Le matin, le brouillard gris enveloppait toujours la maison battue par le vent. Les bêtes furent bientôt prêtes. Avant de partir, mes compagnons me demandèrent si j'aimais encore Desolation. Et Happy ajouta :

« N'oublie pas ce que je t'ai dit. Ne commence pas à te donner la réplique à toi-même. Si tu vois un fantôme te regarder par la fenêtre, ferme les yeux. »

Les fenêtres grinçaient tandis que la petite caravane s'éloignait et se perdait dans le brouillard parmi les cimes des arbres noueux, au sommet des rochers. Bientôt je ne vis plus personne. J'étais seul à Desolation pour toute l'éternité, me semblait-il. J'étais sûr que je n'en sortirais pas vivant, de toute façon. Je tentai de voir la montagne, mais je n'aperçus que des formes vagues et lointaines, au hasard de quelques éclaircies dans le brouillard venteux. Je renonçai donc et rentrai.

Je passai toute la journée à nettoyer la cabane sordide.

Le soir, je mis mon poncho par-dessus ma veste imperméable et mes lainages et sortis pour méditer dans le brouillard, sur le toit du monde. Je me trouvais bien dans le Grand Nuage de Vérité, Dharmamega, le but ultime. Je commençai à voir la première étoile à dix heures et soudain une partie du brouillard blanc se dissipa ; je devinai des montagnes au loin, d'immenses formes sombres barrant l'horizon, raides, noires et blanches, couronnées de neige, si proches tout à coup que j'eus l'impression de pouvoir les atteindre d'un saut. A onze heures, je pouvais voir l'étoile du soir au-dessus du Canada, vers le nord, et je pensai que je pouvais distinguer les écharpes orangées du couchant derrière le brouillard, mais tout cela n'était qu'illusions, suscitées par le bruit des rats grattant la porte du sous-sol. Au grenier, un bijou de souricette se sauva sur ses petites pattes noires parmi les grains d'avoine, de riz et les vieux gréements laissés pour compte par les naufragés de Desolation, pendant toute une génération. « Ouh, pensai-je, est-ce que je ne vais pas aimer tout ça ? Et sinon, comment m'en sortir ? » La seule chose à faire était de me coucher et de me fourrer la tête dans mon sac.

Au milieu de la nuit, à moitié endormi encore, j'avais probablement ouvert un peu les yeux car je m'éveillai, les cheveux dressés sur ma tête. Je venais de voir un énorme monstre noir par la fenêtre. Je regardai plus longuement et m'aperçus qu'il était couronné d'une étoile. C'était le mont Hozomeen, distant de plusieurs kilomètres, au Canada, qui se penchait au-dessus de mon jardin et me regardait par les croisées. Le brouillard avait été balayé et les étoiles brillaient dans la nuit claire. Quelle montagne! Elle avait bien cette forme de donjon à sorcières, impossible à confondre, que Japhy avait tracée au pinceau, sur un dessin accroché à la toile tapisserie, là-bas dans notre cahute fleurie de Corte Madera. Elle était entourée d'une corniche en spirale, comme une sorte de sentier, taillée dans le roc, jusqu'au sommet, où le donjon des sorcières faisait pointer sa silhouette parfaitement imitée, dressée vers l'infini. Hozomeen, Hozomeen, la plus lugubre des montagnes que j'aie jamais vues et la plus belle — comme je l'appris bientôt lorsque je vis les lumières du Grand Nord, loin derrière, y refléter toute la glace du pôle, de l'autre côté de la Terre.

33

Voilà que le matin, quand je m'éveillai, le ciel était magnifiquement bleu et ensoleillé. Je sortis dans mon jardin alpestre, et tout était comme Japhy me l'avait annoncé. A des centaines de kilomètres, on ne voyait que la neige pure sur les rochers, des lacs vierges et de hautes forêts. Au-dessous, au lieu du monde, il y avait une mer de nuages de guimauve, plate comme un toit, à des kilomètres et des kilomètres, dans toutes les directions, comme une crème au-dessus de la vallée. Du haut de mon pinacle, je pouvais dominer les nuages bas, qui passaient loin au-dessous de moi. Je préparai du café sur le poêle, sortis de nouveau pour réchauffer mes pauvres os, glacés par la pluie de la veille, sous le bon soleil brûlant qui léchait les petites marches de bois devant la porte. Je criai « Tttt » à un gros lapin à fourrure et il s'amusa un moment à contempler la mer de nuages avec moi. Je fis frire ensuite du bacon et des œufs, creusai un trou pour les ordures, à cent mètres environ du chemin, charriai du bois et identifiai les points de repère dans le paysage grâce à mon plan panoramique et le détecteur d'incendies, mettant sur chacun des rochers et des arêtes magiques les noms que Japhy avait fait chanter si souvent à mes oreilles : montagne Jack, mont Terreur, mont Furie, mont Défi, mont Désespoir, Corne d'Or, Sourdough, pic Cratère, mont Ruby, mont Baker plus grand que le monde, là-bas vers l'ouest, mont Jackass, Pouce crochu ; je récitai les noms fabuleux des cours d'eau : les Trois-Idiots, Cannelle, Bagarre, Éclair, Gèle-dur. Et tout cela était à moi. Aucun autre regard humain n'embrassait ce vaste cyclorama de l'univers. J'éprouvais une sensation profonde de rêve, qui ne m'abandonna plus pendant tout l'été et ne fit que croître avec le temps, tout particulièrement lorsque je faisais le poirier fourchu pour activer la circulation de mon sang, juste au sommet de la montagne, avec une toile de sac sous la tête ; les montagnes m'apparaissaient alors comme de petites bulles suspendues dans le vide et inversées. En fait, je les voyais à l'envers et c'était moi qui avais la tête en bas. Rien ici ne venait contrecarrer l'impression de me trouver maintenu, sens dessus dessous, à la surface de la terre par la loi de la gravité, dans l'immense vide de l'espace. Et tout à coup, je compris que j'étais vraiment seul, et n'avais rien à faire qu'à me nourrir, me reposer et m'amuser sans que personne ne puisse me critiquer Il y avait des fleurettes partout autour des rochers, sans que personne leur eût demandé de pousser. Nul ne m'avait demandé de pousser, à moi non plus.

L'après-midi, le toit de guimauve — ou plutôt de nuages — s'en alla par plaques, et je vis le lac de Ross se déployer sous mes yeux : au-dessous de moi, très loin, je pouvais contempler sa merveilleuse flaque céruléenne, semée de petits bateaux de plaisance qu'on n'apercevait pas mais que dénonçaient leurs minuscules sillages à la surface du miroir lacustre. On aurait cru deviner les reflets des pins, inversés dans l'eau et pointant vers l'infini des profondeurs. Tard dans l'après-midi, je m'étendis sur l'herbe, entouré de cette splendeur, et commençai à m'ennuyer un peu. Je pensai : « Tout cela n'existe pas, parce que je m'en moque. » Puis je me dressai d'un bond et me mis à chanter, à danser, à siffler entre mes dents en direction de la lointaine gorge de l'Éclair, mais la distance était trop grande pour que j'obtienne un écho. Derrière la cabane se trouvait un grand champ de neige qui me fournirait de l'eau fraîche jusqu'en septembre : je n'aurais qu'à en remplir un seau, chaque jour, et la laisser fondre dans la maison. J'y puiserais avec un gobelet en étain de l'eau glacée, à volonté. Je me sentais de nouveau heureux, plus heureux que jamais depuis des années, depuis mon enfance. J'étais lucide, joyeux et solitaire. Je chantonnai « tralala lalère » en me promenant à la ronde, jouant au football avec des cailloux. Puis ce fut mon premier coucher de soleil — inoubliable. Les montagnes se couvrirent de neige rose, les nuages prenaient leurs distances et se vêtaient de ruchés, comme d'anciennes cités, au temps de la splendeur de l'empire de Bouddha. Le vent soufflait sans répit, pshh, pshh, raclant la coque de mon vaisseau, éclatant par rafales. Le disque de la lune nouvelle ressemblait à un visage prognathe et secrètement comique, chapeauté de bleu pâle, au-dessus des formidables épaules de vapeurs qu'exhalait le lac de Ross. Des rochers escarpés et aigus jaillissaient des flancs de la montagne, comme des pics enfantins. Cette image m'amusa. Quelque part semblait se dérouler un festival doré de réjouissances. Dans mon journal, j'écrivis : « Je suis heureux. » Sur les cimes du couchant, je venais de voir l'espérance. Japhy avait eu raison.

Comme l'obscurité enveloppait la montagne et que la nuit tombait, les étoiles et l'abominable Homme des Neiges reprirent possession de l'Hozomeen. Je craquai une allumette et le poêle se mit à ronfler. J'y fis cuire de délicieux beignets de seigle que je mêlai à un bon ragoût de bœuf. Un fort vent d'ouest souffletait la cabane, mais celle-ci était solide et renforcée d'une armature d'acier qui étayait le béton. Elle ne s'envolerait pas. J'étais satisfait. Chaque fois que je regardais par la fenêtre, je voyais les sapins de montagne sur un arrière-plan de calottes de neige, de brumes opaques, tandis que le lac, strié de rayons de lune, ressemblait à une baignoire de poupées. Je cueillis pour mon propre plaisir un bouquet de lupins et autres fleurs alpestres que je mis dans une tasse à café remplie d'eau. Le sommet de la montagne Jack s'était mué en nuage d'argent. Parfois je voyais quelque éclair lointain illuminer un incroyable horizon. Certain matin, le brouillard noyait de lait la corniche où je me trouvais, la corniche de la Famine.

L'aube du dimanche suivant me révéla — comme le premier jour — une mer de nuages plats, brillant à trois cents mètres au-dessous de moi. Chaque fois que je m'ennuyais, je roulais une cigarette, en puisant dans une boîte de tabac Prince-Albert. Il n'est rien de meilleur au monde que de fumer lentement une cigarette qu'on a roulée soi-même. On en jouit plus profondément. Je me promenais dans la quiétude lumineuse et argentée, bornée d'horizons roses, à l'ouest. La nuit, les insectes se taisaient, en hommage à la lune. Il y eut aussi des journées lamentables et chaudes, peuplées de sauterelles et de toutes sortes d'insectes, de fourmis ailées; l'air chaud était irrespirable; pas un nuage. Je ne pouvais comprendre comment une telle chaleur pouvait régner au sommet d'une montagne septentrionale. A midi, on n'entendait que le bourdonnement symphonique de millions d'insectes amicaux. Mais la nuit, la lune brillait de nouveau sur la montagne et traçait des sillons sur le lac. Je sortais pour m'asseoir dans l'herbe et méditer, face à l'ouest, souhaitant qu'une Personne divine habitât cette

Nature impersonnelle. J'allais jusqu'à la plaque de neige et dégageais mon pot de gelée rouge que je tenais devant mes yeux pour regarder la lune blanche. Je sentais le monde rouler vers la lune. La nuit, alors que j'étais dans mon sac, quelques daims sortis des forêts, au-dessous de moi, venaient jusqu'aux abords de la cabane fouiller dans les restes de nourriture que contenaient les gamelles, devant le seuil : de vieux mâles aux andouillers imposants, des biches ou de gracieux petits faons qui ressemblaient à des mammifères issus d'une autre planète, sur ce fond de clair de lune et de rochers.

Puis il y eut des pluies sauvages, rageuses, lyriques, venues avec le vent du sud et je dis : « Pourquoi s'agenouiller devant le goût de la pluie ? Voici venu le moment de boire un café chaud et de fumer une cigarette », en m'adressant à mes bhikkhus imaginaires. La lune grandit, devint pleine, et l'aurore boréale brilla sur le mont Hozomeen (« Regarde le vide, il est plus tranquille encore », avait dit Han Shan, selon la traduction de Japhy) ; et, en fait, j'étais moi-même très tranquille. Je n'avais rien à faire qu'à changer de position de temps à autre quand j'étais assis dans l'hërbe alpestre en écoutant le bruit de sabots qui retentissait sous le galop des daims quelque part. Quand je faisais le poirier fourchu, avant de me coucher, sur ce toit de rocher, dans la lumière de la lune, je pouvais voir la terre littéralement sens dessus dessous et considérer l'homme comme un insecte bizarre et vain, plein d'idées étranges se promenant la tête en bas et s'accordant plus d'importance qu'il n'en a. Et je pouvais comprendre que cet homme se rappelait pourquoi son rêve de planètes, de plantes et de Plantagenêts était issu de l'essence première. Parfois je devenais enragé parce que tout n'allait pas comme je voulais. J'avais raté une crêpe, ou dérapé dans la neige en allant chercher de l'eau. Une fois, ma pelle glissa dans un précipice et j'en fus si irrité que j'aurais voulu mordre la montagne. Je rentrai dans la cabane, donnai un coup de pied à l'armoire et me fis mal aux orteils. Mais tant que l'esprit est en éveil, même si la chair se tourmente captive, l'existence vaut la peine d'être vécue.

Ma seule tâche consistait à observer l'horizon et à guetter toute fumée, à manœuvrer la radio et à balayer le plancher. La radio ne me causait pas de soucis. Il n'y avait aucun incendie assez proche pour que je le signale avant les autres et je ne participai pas aux conversations entre les guetteurs. On me parachuta deux batteries neuves, mais la mienne était toujours en bon état.

Une nuit, je vis au cours d'une méditation Avalokitesvara, celui qui écoute et exauce les prières, et il me dit : « Tu as le pouvoir de rappeler aux hommes qu'ils sont entièrement libres. » Je posai la main sur mon propre corps pour m'en convaincre moi-même d'abord, et me réjouis. Je criai « Ta! » et ouvris les yeux juste à temps pour voir passer une étoile filante. Les innombrables mondes de la Voie lactée étaient des *mots*. Je mangeais ma soupe à petites bolées et elle avait meilleur goût que dans de grandes marmites : la soupe aux pois et aux lardons de Japhy... Je faisais deux heures de sieste, chaque après-midi, et comprenais en me réveillant que « rien de tout cela n'était arrivé », en regardant autour de moi la crête des montagnes.

Le monde était suspendu, sens dessus dessous, dans un océan d'espace infini. Il y avait des gens qui allaient au cinéma pour voir des films dans le monde où je retournerais bientôt. Me promenant devant ma porte, un soir, je chantai *Wee Small Hours* et, en prononçant : « quand l'immense univers est profondément endormi », mes yeux se remplirent de larmes. « Vieux monde, je t'aime », pensai-je. La nuit, une fois couché, au chaud et plein de joie, dans mon sac, sur le bon lit de chanvre, je voyais mes vêtements et ma table dans le rayon de lune et pensais : « Pauvre Raymond, sa journée est si pénible et tourmentée, ses raisons sont si éphémères ; vivre n'est qu'une pitoyable illusion. » Et je m'endormais comme un innocent. Sommes-nous des anges déchus qui refusent de croire que rien *n'est* rien ? Sommes-nous venus au monde à seule fin de perdre ceux que nous aimons, nos amis chers, un par un, et jusqu'à notre vie même pour le prouver ? Mais le matin froid revenait et les nuages déferlaient à l'issue de la gorge de l'Éclair, comme une fumée géante ; le lac demeurait serein et bleu et l'espace vide impassible comme toujours. Ô dents grinçantes de la terre, où tout cela nous conduira-t-il sinon à quelque douce éternité dorée qui nous révélera combien nous nous sommes trompés et que cette révélation elle-même n'est rien ?...

34

Le mois d'août vint enfin, dans un ouragan qui ébranla la cabane et ne laissait guère prévoir un temps de saison. Je fis de la gelée de framboise de la couleur du rubis au soleil couchant. Des crépuscules furieux poussaient des écumes de nuages à travers d'inimaginables rochers ; au-delà se déployait un éventail de teintes roses comme l'espoir. Je me sentais à l'unisson : brillant et désert, au-delà d'un brouillard de mots. Tout autour, ce n'était qu'horribles champs de glace et torches de neige. Un brin d'herbe ancré dans le roc, agité par les vents de l'infini. Tout étais gris, vers l'est, horrible vers le nord, furieux vers l'ouest ; on eût dit que de stupides géants de fer se livraient bataille dans le clair-obscur. Vers le sud planaient des brumes qui me rappelaient le pays de mon père. La montagne Jack, du haut de sa calotte rocheuse de trois cents mètres, inspectait cent terrains de football couverts de neige. Le ruisseau de la

Cannelle était transformé en fantôme de brouillard écossais. La Shull elle-même se perdait dans la Corne d'Or. Ma lampe à huile brûlait pour l'éternité. « Pauvre chair mortelle, il n'est pas de réponse », pensai-je. Je ne savais rien d'autre. Je me moquais du reste. Rien ne comptait plus. Et, soudain, je me sentis libre. Il y eut aussi des matins de gel ; je fendais du bois, ma casquette sur la tête et les oreillettes rabattues, tandis que le feu pétillait. Je me sentais alors paresseux et détendu, dans la cabane cernée par les nuages de brouillard glacé. La pluie et le tonnerre régnaient sur la montagne, mais devant le poêle, je lisais des histoires de cow-boys dans un magazine illustré. L'air sentait la neige et la fumée de bois. Puis la neige tomba, comme un suaire aux multiples plis. Elle vint du Canada, par l'Hozomeen et chacun de ses hérauts blancs et radieux me semblait être l'ange de lumière qui m'épiait. Le vent se leva. De sombres nuages bas déferlèrent comme d'une forge. Le Canada n'était plus qu'une mer de brume sans forme ni sens. Ce fut une attaque générale de la bourrasque annoncée par le ronflement de mon tuyau de poêle. Elle envahit mon ciel bleu familier et en chassa les nuages pensifs et dorés. Au loin, le badadoum du tonnerre canadien ; au sud, une autre noire tornade ; j'étais pris en tenaille. Mais l'Hozomeen tenait bon, étouffant l'assaillant sous des vagues de silence. Rien pourtant ne pouvait attirer vers Desolation les horizons dorés et joyeux que j'apercevais au nord-est, à l'écart de la tempête. Tout à coup, un arc-en-ciel vert et rose se dressa juste sur la corniche de la Famine, à moins de cent mètres de ma porte, comme une flèche, comme un pilier, dans les tourbillons de nuages fumants et de rayons de soleil orangés.

Qu'est-ce qu'un arc-en-ciel, Seigneur ?
Un cerceau, pour les humbles.

Le cerceau roula droit dans le ruisseau de l'Éclair. La neige et la pluie tombaient simultanément. Le lac, à quinze cents mètres au-dessous, était d'un blanc laiteux. L'ensemble me paraissait parfaitement stupide. Je sortis, et soudain l'arc-en-ciel chevaucha mon ombre au moment où j'arrivai au sommet. Un halo gracieux et mystérieux me fit sentir le besoin de prier. « O Ray, le cours de ta vie est comme une goutte de pluie dans l'océan sans fin de la conscience éternelle. Pourquoi t'inquiéter plus longtemps ? Écris tout cela à Japhy. » La tempête s'en fut aussi brusquement qu'elle était venue. Vers la fin de l'après-midi, les derniers rayons de soleil étaient éblouissants, au-dessus du lac, et je pouvais faire sécher mon linge sur les rochers. Le torse nu et froid, je dominais le monde et remplissais mon seau sur le champ de neige, à grandes pelletées. C'était moi, et non pas le monde, qui avais changé. Dans le chaud crépuscule rose, je méditai. Une demi-lune jaune, estivale, brillait. Quand j'entendais encore le tonnerre dans la montagne, j'imaginais qu'il battait le fer de l'amour de ma mère. Je chantais :

Neige et tonnerre,
Vas-tu te taire.

Enfin vinrent les pluies torrentielles d'automne, pendant des nuits entières. Des millions d'hectares d'arbres d'Illumination étaient lessivés, lessivés encore. Dans mon grenier, des rats millénaires s'endormaient dans leur sagesse.

Le matin : le sentiment de l'automne imminent, la fin prochaine de mon travail, des vents fous soufflant les nuages à longueur de journée, un dernier regard doré dans la lumière de midi. La nuit : du chocolat chaud, des chansons devant le feu. J'appelai Han Shan dans la montagne. Il ne répondait pas. J'appelai Han Shan dans les brumes matinales. Silence. Je criai : « Dikanpara m'a instruit par son mutisme. » Des rafales de brume passaient. Je fermai les yeux. Le poêle bavardait avec moi. « Hou », hurlai-je, et l'oiseau du parfait équilibre, au sommet d'un sapin, remua la queue. Puis il s'envola et la distance s'accrut, immense et blanche. Au fond des nuits sauvages et sombres, on sentait la présence des ours. Dans mon dépotoir, des boîtes de lait vides où restaient quelques gouttes caillées étaient mordues et éventrées par des griffes puissantes : Avalokitesvara, l'ours. Des brouillards sauvages et glacés, avec de rares éclaircies. Sur mon calendrier, je barrai le cinquante-cinquième jour.

Mes cheveux étaient longs, mes yeux me paraissaient plus bleus dans le miroir, ma peau était tannée et heureuse. Des rafales de pluie torrentielle encore, pendant des nuits entières. Des pluies d'automne. Mais j'étais douillettement au chaud dans mon sac, rêvant à des éclaireurs manœuvrant à la tête d'une armée, en pleine montagne. Des matins froids et sauvages, des vents puissants coursant les nuages, les brouillards. De soudains rayons de soleil. La lumière pure en flaques, sur les versants. Trois bûches ronflaient dans le poêle quand j'entendis avec bonheur Burnie Byers donner, par radio, l'ordre à tous les guetteurs de redescendre. La saison était finie. Je sortis me promener dans le vent, devant la maison, une tasse de café au bout des doigts en chantant : « Promenons-nous dans le bois, quand le tamia n'y est pas. Tamia, y es-tu? » Il était là, dans l'atmosphère venteuse et ensoleillée, comme le prince qui possède tout le pays qu'il peut apercevoir, me regardant du haut d'un rocher. Il s'assit les pattes serrées, un grain d'orge entre les griffes. Il renifla et fila comme un dard. Le soir, un grand mur de nuages surgit, venu du nord. Brr. Et je chantai : « C'est elle que j'aime. » Il s'agissait de ma vaillante cabane que le vent n'avait pu emporter, de tout l'été. Et je chantai encore : « Passe, passe, passera... » J'avais contemplé soixante couchers de soleil sur ce rocher abrupt. J'avais acquis la certitude d'une liberté éternelle. Le tamia fila entre les rochers et un papillon fit son apparition. C'était aussi simple que cela. Des oiseaux passèrent au-dessus de la cabane gaiement. Il y avait pour eux des mûres douces sur quinze cents mètres entre le sommet et la forêt. Pour la dernière fois, je m'en fus jusqu'au bord de la gorge de l'Éclair où la petite guérite était érigée au bord d'un profond précipice. C'est là que je m'étais assis tous les jours pendant soixante jours, pour contempler le brouillard, le soleil, la lune ou les ténèbres nocturnes, et, chaque fois, en compagnie du petit arbre noueux qui semblait jailli de la roche même.

Et soudain, je revis cet inimaginable petit clochard chinois, debout dans le brouillard, avec son visage sans expression et ravagé. Ce n'était pas le vrai Japhy, celui de nos courses en montagnes, sac au dos, ni le studieux bouddhiste ni le héros des soirées frénétiques de Corte Madera, mais il était plus vrai que le vrai.

« Allez-vous-en, voleurs de la pensée », gémit-il, et son cri s'abîma dans les vallées des incroyables monts Cascades. C'était Japhy qui m'avait engagé à venir en ce lieu. Et maintenant, alors qu'il se trouvait à onze mille kilomètres répondant à l'appel de la cloche, à l'heure de la méditation, au Japon (une petite cloche qu'il envoya plus tard, par courrier, à ma mère, simplement parce que c'était ma mère et pour lui faire plaisir), il semblait se dresser sur le pic Desolation, près du vieil arbre noueux, pour certifier et justifier l'existence de chaque chose.

« Japhy, dis-je à haute voix, je ne sais pas quand nous nous reverrons ou ce qui nous arrivera à l'avenir, mais, Desolation, Desolation, je te dois tant pour m'avoir offert Desolation. Merci à jamais pour m'avoir conduit en ce lieu où j'ai tout appris. C'est maintenant le triste moment du retour vers la ville, et la montagne m'a vieilli de deux mois et je retourne à l'humanité, celle des bars et du strip-tease et de l'amour de cendres, sens dessus dessous dans le vide, et que Dieu la bénisse. Mais Japhy, toi et moi savons pour toujours : " O toujours jeune, ô toujours gémissant. " » En bas, sur le lac, des reflets roses de vapeurs célestes apparurent et je dis : « Dieu, je vous aime. » Je levai les yeux au ciel et j'étais sincère. « Je suis tombé amoureux de vous, mon Dieu. Prenez soin de nous, quoi qu'il arrive. »

Pour l'enfant et l'innocent, aucune chose n'est jamais différente d'une autre chose.

Comme Japhy en avait l'habitude, je pliai le genou et adressai une petite prière au campement que je laissais derrière moi. C'est ainsi qu'il avait fait dans la sierra, et dans le comté de Marin, et même, en témoignage de gratitude, devant la cahute de Sean, le jour de son départ. Et comme je descendais, à flanc de montagne, avec mon sac, je me retournai et m'agenouillai sur le sentier, et je dis : « Merci, cabane. » Puis j'ajoutai : « Blablabla » avec une grimace car je savais que la montagne et la cabane comprendraient ce que je voulais dire. Puis je leur tournai le dos et continuai à descendre le long du sentier, vers ce bas monde.

DU MÊME AUTEUR

Aux Éditions Gallimard

SUR LA ROUTE (Folio n° 766, Folio Plus n° 31)

LES SOUTERRAINS (Folio n° 1690)

LES CLOCHARDS CÉLESTES (Folio n° 565)

DOCTEUR SAX (Folio n° 2607)

LE VAGABOND SOLITAIRE (Folio n° 1187)

BIG SUR (Folio n° 1094)

VISIONS DE GÉRARD

SATORI À PARIS (Folio n° 2458)

VRAIE BLONDE, ET AUTRES

LES ANGES VAGABONDS (Folio n° 457)

VIEIL ANGE DE MINUIT

Aux Éditions Denoël

ANGES DE LA DÉSOLATION

COLLECTION FOLIO

Dernières parutions

3566 Philippe Sollers	*Passion fixe.*
3567 Balzac	*Ferragus 1833.*
3568 Marc Villard	*Un jour je serai latin lover.*
3569 Marc Villard	*J'aurais voulu être un type bien*
3570 Alessandro Baricco	*Soie.*
3571 Alessandro Baricco	*City.*
3572 Ray Bradbury	*Train de nuit pour Babylone.*
3573 Jerome Charyn	*L'homme de Montezuma.*
3574 Philippe Djian	*Vers chez les blancs.*
3575 Timothy Findley	*Le chasseur de têtes.*
3576 René Fregni	*Elle danse dans le noir.*
3577 François Nourissier	*À défaut de génie.*
3578 Boris Schreiber	*L'excavatrice.*
3579 Denis Tillinac	*Les masques de l'éphémère.*
3580 Frank Waters	*L'homme qui a tué le cerf.*
3581 Anonyme	*Sindbâd de la mer et autres contes.*
3582 François Gantheret	*Libido omnibus.*
3583 Ernest Hemingway	*La vérité à la lumière de l'aube.*
3584 Régis Jauffret	*Fragments de la vie des gens.*
3585 Thierry Jonquet	*La vie de ma mère !*
3586 Molly Keane	*L'amour sans larmes.*
3587 Andreï Makine	*Requiem pour l'Est.*
3588 Richard Millet	*Lauve le pur.*
3589 Gina B. Nahai	*Roxane.*
3590 Pier Paolo Pasolini	*Les anges distraits.*
3591 Pier Paolo Pasolini	*L'odeur de l'Inde.*
3592 Sempé	*Marcellin Caillou.*
3593 Bruno Tessarech	*Les grandes personnes.*
3594 Jacques Tournier	*Le dernier des Mozart.*
3595 Roger Wallet	*Portraits d'automne.*
3596 Collectif	*Le nouveau testament.*
3597 Raphaël Confiant	*L'archet du colonel.*

3598 Remo Forlani — *Emile à l'hôtel.*
3599 Chris Offutt — *Le fleuve et l'enfant.*
3600 Parc Petit — *Le Troisième Faust.*
3601 Roland topor — *Portrait en pied de Suzanne.*
3602 Roger Vaillant — *La fête.*
3603 Roger Vaillant — *La truite.*
3604 Julian Barnes — *England,England.*
3605 Rabah Belamri — *Regard blessé.*
3606 François Bizot — *Le portail.*
3607 Olivier Bleys — *Pastel.*
3608 Larry Brown — *Père et fils.*
3609 Albert Camus — *Réflexions sur la peine capitale.*
3610 Jean-Marie Colombani — *Les infortunes de la République.*
3611 Maurice G. Dantec — *Le théâtre des opérations.*
3612 Michael Frayn — *Tête baissée.*
3613 Adrian C. Louis — *Colères sioux.*
3614 Dominique Noguez — *Les Martagons.*
3615 Jérome Tonnerre — *Le petit voisin.*
3616 Victor Hugo — *L'Homme qui rit.*
3617 Frédéric Boyer — *Une fée.*
3618 Aragon — *Le collaborateur.*
3619 Tonino Benaquista — *La boîte noire.*
3620 Ruth Rendell — *L'Arbousier.*
3621 Truman Capote — *Cercueils sur mesure.*
3622 Francis Scott Fitzgerald — *La sorcière rousse.*
3623 Jean Giono — *Arcadie...Arcadie.*
3624 Henry James — *Daisy Miller.*
3625 Franz Kafka — *Lettre au père.*
3626 Joseph Kessel — *Makhno et sa juive.*
3627 Lao She — *Histoire de ma vie.*
3628 Ian McEwan — *Psychopolis et autres nouvelles*
3629 Yukio Mishima — *Dojoji et autres nouvelles.*
3630 Philip Roth — *L'habit ne fait pas le moine .*
3631 Leonardo Sciascia — *Mort de L'Inquisiteur.*
3632 Didier Daeninckx — *Leurre de vérité et autres nouvelles.*
3633. Muriel Barbery — *Une gourmandise*
3634. Alessandro Baricco — *Novecento : pianiste*
3635. Philippe Beaussant — *Le Roi-Soleil se lève aussi*
3636. Bernard Comment — *Le colloque des bustes*
3637. Régine Detambel — *Graveurs d'enfance*

3638. Alain Finkielkraut	*Une voix vient de l'autre rive*
3639. Patrice Lemire	*Pas de charentaises pour Eddy Cochran*
3640. Harry Mulisch	*La découverte du ciel*
3641. Boualem Sansal	*L'enfant fou de l'arbre creux*
3642. J.B. Pontalis	*Fenêtres*
3643. Abdourahman A. Waberi	*Balbala*
3644. Alexandre Dumas	*Le Collier de la reine*
3645. Victor Hugo	*Notre-Dame de Paris*
3646. Hector Bianciotti	*Comme la trace de l'oiseau dans l'air*
3647. Henri Bosco	*Un rameau de la nuit*
3648. Tracy Chevalier	*La jeune fille à la perle*
3649. Rich Cohen	*Yiddish Connection*
3650. Yves Courrière	*Jacques Prévert*
3651. Joël Egloff	*Les Ensoleillés*
3652. René Frégni	*On ne s'endort jamais seul*
3653. Jérôme Garcin	*Barbara, claire de nuit*
3654. Jacques Lacarrière	*La légende d'Alexandre*
3655. Susan Minot	*Crépuscule*
3656. Erik Orsenna	*Portrait d'un homme heureux*
3657. Manuel Rivas	*Le crayon du charpentier*
3658. Diderot	*Les deux amis de Bourbonne*
3659 Stendhal	*Lucien Leuwen*
3660. Alessandro Baricco	*Constellations*
3661. Pierre Charras	*Comédien*
3663. Gérard de Cortanze	*Hemingway à Cuba*
3664. Gérard de Cortanze	*J. M. G. Le Clézio*
3665. Laurence Cossé	*Le Mobilier national*
3666. Olivier Frébourg	*Maupassant, le clandestin*
3667. J.M.G. Le Clézio	*Cœur brûle* et autres romances
3668. Jean Meckert	*Les coups*
3669. Marie Nimier	*La nouvelle pornographie*
3670. Isaac B. Singer	*Ombres sur l'Hudson*
3671. Guy Goffette	*Elle, par bonheur, et toujours nue*
3672. Victor Hugo	*Théâtre en liberté*
3673. Pascale Lismonde	*Les arts à l'école. Le plan de Jack Lang et Catherine Tasca*
3674. Collectif	*« Il y aura une fois ». Une anthologie du Surréalisme*

Impression Bussière Camedan Imprimeries
à Saint-Amand (Cher),
le 8 avril 2002.
Dépôt légal : avril 2002.
1er dépôt légal dans la collection : juin 1974.
Numéro d'imprimeur : 021709/1.

ISBN 2-07-036565-4./Imprimé en France.